DESPUÉS DEL MONZÓN
ÁFRICA RUH

Cualquier forma de reproducción, distribución, comunicación pública o transformación de esta obra solo puede ser realizada con la autorización de sus titulares, salvo excepción prevista por la ley.
Diríjase a CEDRO si necesita reproducir algún fragmento de esta obra.
www.conlicencia.com - Tels.: 91 702 19 70 / 93 272 04 47

Editado por Harlequin Ibérica.
Una división de HarperCollins Ibérica, S.A.
Núñez de Balboa, 56
28001 Madrid

© 2019 África Vázquez Beltrán
© 2020 Harlequin Ibérica, una división de HarperCollins Ibérica, S.A.
Después del monzón, n.º 202 - 1.1.20

Todos los derechos están reservados incluidos los de reproducción, total o parcial. Esta edición ha sido publicada con autorización de Harlequin Books S.A.
Esta es una obra de ficción. Nombres, caracteres, lugares, y situaciones son producto de la imaginación del autor o son utilizados ficticiamente, y cualquier parecido con personas, vivas o muertas, establecimientos de negocios (comerciales), hechos o situaciones son pura coincidencia.
® Harlequin, HQN y logotipo Harlequin son marcas registradas por Harlequin Enterprises Limited.
® y ™ son marcas registradas por Harlequin Enterprises Limited y sus filiales, utilizadas con licencia. Las marcas que lleven ® están registradas en la Oficina Española de Patentes y Marcas y en otros países.
Imágenes de cubierta utilizadas con permiso de Dreamstime.com y Shutterstock.

I.S.B.N.: 978-84-1328-913-7
Depósito legal: M-31036-2019

Este es para ti, mami. Ha llovido desde aquella primera versión que leíste, ¿verdad?
Como diríamos nosotras:
«¡Otra cosica es, que ya hemos publicado el libro!».
Con todo mi amor.

Capítulo 1

Kioto, Universidad de Estudios Extranjeros
Febrero de 2018

—No se preocupe, profesora Zárate: ahora mismo descubriremos dónde está el problema y buscaremos una solución.

La recepcionista me hace una reverencia y se aleja dando pasitos cortos. Yo apoyo las manos en el reluciente mostrador para disimular que me tiemblan.

Es la primera vez que hago algo ilegal. Bueno, quizá no sea exactamente ilegal, pero no es ético. Para alguien como yo, acostumbrada a cruzar en verde los semáforos y a devolver incluso los bolis de propaganda, es lo más parecido a cometer un crimen que voy a hacer en toda mi vida.

Pero estoy decidida. Por eso he pasado diez horas encerrada en un avión, empachándome de snacks y viendo un *dorama* japonés en el que el protagonista muere dramáticamente al final. Por eso me he dejado engullir por el bullicio de Kioto nada más salir del aeropuerto de Kansai y he ido directa a la universidad. Porque tengo un plan.

Tecleo frenéticamente un mensaje de WhatsApp para Marta: *Van a pillarme.*

La respuesta de mi amiga no se hace esperar: *Tranquila, dicen que las cárceles japonesas están llenas de* yakuzas *sexys.*

A pesar de todo, suelto una carcajada. Un hombre trajeado me dirige una mirada reprobatoria mientras pasa por mi lado, pero yo lo ignoro. Me hubiese puesto roja en cualquier otro momento, pero ahora mismo estoy demasiado nerviosa como para preocuparme por mis modales.

No he venido hasta Japón para ligar con mafiosos tatuados, pero gracias por tus buenos deseos. Con un suspiro, vuelvo a guardar el móvil en el bolso; por lo menos, los mensajes de Marta lo hacen todo más llevadero. Después de las diez horas de vuelo y las dos horas y media que me ha costado llegar hasta aquí en autobús desde el aeropuerto, lo único que quiero es ir al hotel, darme un baño caliente y dormir doce horas seguidas. Pero no puedo olvidar que este no es un viaje de placer.

He venido en busca de algo, algo que tendría que estar en manos de mi familia y que pienso recuperar cueste lo que cueste.

El hombre trajeado ya se ha ido y ahora estoy sola en el recibidor. Me siento fuera de lugar aquí: toda la gente con la que me he cruzado iba impecable, mientras que yo debo de tener una pinta horrible. Casi no he dormido en el avión, pero el maquillaje y yo no nos llevamos bien y no he querido correr el riesgo de acabar disfrazada de oso panda después de una encarnizada lucha con el lápiz de ojos (no sería la primera vez). Me he conformado con lavarme un poco la cara y pasarme un peine por el pelo antes de salir hacia la universidad. Por lo demás, voy vestida con un jersey de punto amarillo y unos vaqueros normales y corrientes, y calzada con las botas más cómodas que tenía. Se supone que febrero es el mes más frío en Japón, pero yo lo he pasado bastante peor en Madrid. La única pega es que anochecerá pronto.

De todos modos, el hall de la universidad está bien iluminado. Y limpio. Solo llevo unas horas en este país, pero ya tengo la impresión de que los japoneses y la suciedad son incompatibles.

—¿Profesora Zárate?

La voz de la recepcionista me hace pegar un brinco. Sonríe, pero también parece apurada; intento no fijarme en sus pestañas rizadas ni en sus impecables uñas, hay algo intimidante en toda esa perfección.

—¿Va todo bien? —digo intentando sonar despreocupada.

—Aún no sabemos dónde está el problema. El sistema informático no reconoce su carné de investigadora.

—Oh —murmuro.

—Lo siento muchísimo.

La mujer me dedica otra reverencia, pero después se queda mirándome sin decir nada más. Tengo entendido que los japoneses consideran grosero dar un no por respuesta, por lo que temo que el silencio de mi interlocutora sea una forma elegante de mandarme a paseo.

No puedo permitirlo.

—He venido desde España solo por ese libro. —Pongo mi mejor cara de inocencia—. ¿No hay ninguna posibilidad de que pueda consultarlo? ¿Aunque sea aquí, en la biblioteca de la universidad?

—Un momento, por favor.

La recepcionista vuelve a parapetarse tras el mostrador, descuelga el teléfono y teclea rápidamente un número. Luego empieza a hablar a toda prisa. No tengo ni idea de lo que está diciendo, y casi lo prefiero.

Si ella supiese lo importante que es para mí ese libro...

—El libro no está en la biblioteca. —Vuelve a hablar en español mientras cuelga el teléfono—. Lo tiene el profesor Ikeda.

—¿El profesor Ikeda?

—Un momento, por favor.

Intento no parecer demasiado impaciente mientras ella hace otra llamada. Preferiría cruzar un semáforo en rojo o robar un boli del banco, incluso cortando la cadenita con unas tijeras; cualquier cosa sería mejor que estar metida en todo este embrollo. Por alguna razón, el plan me parecía mucho más razonable cuando estaba en España, analizando sus pros y sus contras con Marta frente a dos capuchinos y buscando en Internet los típicos artículos de *«10 cosas que debes saber antes de hacer turismo por Japón»*.

—El profesor Ikeda está en su despacho —me anuncia la recepcionista por fin—. Dice que podría recibirla.

—¿Y me enseñaría el libro? —pregunto esperanzada.

—Eso tendrá que hablarlo con él.

Bien, todo apunta a que voy a tener que engatusar a algún venerable doctor en Filología Hispánica. Mientras sigo el taconeo de la recepcionista por un pasillo amplio y luminoso, con las paredes pintadas de blanco y las puertas de color salmón, trato de hacerme una imagen mental de cómo será el profesor Ikeda. Decido que lo más probable es que me encuentre con un señor mayor con gafas, y quizá también con barbita de chivo. «O tatuado como un *yakuza*», dice la voz de Marta dentro de mi cabeza. Estoy a punto de reírme como una tonta, pero me controlo. Mi madre tiene razón: tendré treinta y tres años, pero a veces me comporto como una adolescente de quince.

La recepcionista llama a la puerta y espera. Momentos después, una voz masculina nos da permiso para entrar.

—Adiós, profesora Zárate. —La mujer da un pasito atrás para dejarme espacio.

—Gracias otra vez. —Yo le sonrío agradecida y entro.

El despacho del profesor Ikeda es sencillo, aunque agradable, con las paredes blancas y una gran ventana al fondo a través de la que se puede ver un ciruelo sin flores. Frente al escritorio hay un hombre trajeado, pero no parece venerable ni tiene barbita de chivo: es joven, quizá un par de años mayor que yo, y me resulta extrañamente familiar.

Me cuesta una fracción de segundo reconocerlo: es el mismo hombre con el que me he cruzado en el recibidor, el que me ha mirado mal por reírme en voz alta. Empezamos bien.

—Buenas tardes, profesor Ikeda —saludo en español.

—Buenas tardes. —Él responde con un acento casi impecable, mejor que el de la recepcionista—. Supongo que usted es la investigadora española.

—Lo soy. Me llamo Ana Zárate.

Hago una torpe reverencia y recuerdo que debo mostrarle mi tarjeta. Saco del bolsillo una de las que imprimí en la copistería de al lado de casa y se la ofrezco al joven con las dos manos. Él la acepta, le echa un rápido vistazo e inclina la cabeza en señal de reconocimiento, pero no me ofrece su propia tarjeta, un gesto que no sé cómo interpretar. Se supone que en las reuniones de trabajo japonesas hay que intercambiar tarjetas de visita, pero ¿se considera esto una reunión de trabajo? Tal vez no. Tal vez haya metido la pata nada más empezar.

O tal vez me esté agobiando tontamente, no lo sé.

Como el profesor Ikeda continúa observándome en silencio, decido iniciar yo la conversación:

—Ha debido de haber algún problema con mi carné de investigadora, el sistema informático no lo reconoce. A un compañero le pasó lo mismo en la Universidad de Helsinki —improviso.

El joven ni siquiera parpadea. En serio, ¿por qué ha tenido que tocarme el único japonés antipático con el que me he cruzado en todo el día? Seguro que un señor venerable sería más fácil de tratar.

Por toda respuesta, él señala con la barbilla una de las sillas que hay frente a su escritorio. Yo me dejó caer en ella con menos elegancia que un saco de patatas y carraspeo:

—¿Su compañera le ha contado lo que estoy buscando?

—Un libro.

—Pero no uno cualquiera.

—Lo suponía.

Va a ser difícil darle conversación a este hombre. Me armo de paciencia y le dedico mi mejor sonrisa. Él no me la devuelve, por lo que vuelvo a ponerme seria y suspiro:

—Se trata de un libro titulado *Después del monzón*. Lo escribió una joven inglesa que vivió en Japón coincidiendo con la Guerra Boshin y la restauración Meiji...

—Española —me interrumpe él.

—¿Qué? —Parpadeo confundida.

—Amelia Caldwell no era inglesa, sino española.

Vaya, así que el profesor Ikeda conoce perfectamente a la autora de ese libro. Interesante.

—Vivió en Madrid durante años, pero su padre era inglés —puntualizo.

—Aun así, ella se consideraba a sí misma española.
—El profesor Ikeda continúa observándome de la misma manera. Ahora que estamos más cerca, me fijo en su cara ovalada y en su pelo negro y brillante y pienso que podría ser guapo si sonriese, aunque considero esto último cada vez más improbable—. Lo dice varias veces en el libro, que es más bien un diario de sus vivencias en Japón. Uno de los pocos escritos por mujeres.

—Sí, ya lo sabía.

—Veo que está bien informada. —El joven enarca las cejas—. ¿Ha venido desde España en busca del diario de Amelia Caldwell?

—Exacto.

—En ese caso, entiendo que participa usted en algún proyecto de investigación.

Me fuerzo a sostenerle la mirada. Sus ojos, rasgados y vivaces, no parecen casar muy bien con el rictus severo de sus labios. En lo que dura un parpadeo, trato de repasar mentalmente el audio de WhatsApp de siete minutos y medio que le envié a Marta ensayando mi discurso, confío en recordar al menos las partes más importantes.

—Sí, de uno de la Universidad Autónoma de Madrid. El año pasado me gradué en Estudios de Asia y África: Árabe, Chino y Japonés. —Otra vez sonrío un poco; otra vez el profesor Ikeda no lo hace—. Mi tutora está siguiendo la pista de los europeos que estuvieron en Japón justo antes de la restauración Meiji y por eso me ha enviado aquí.

—¿Cómo se llama su tutora?

—Natalia Pequerul, ¿la conoce?

—No personalmente. —El profesor Ikeda entrelaza sus dedos largos y apoya los codos en el escritorio—. ¿Cómo descubrió ella la existencia de *Después del monzón*? No es precisamente famoso.

—Lo ignoro.

—¿No se lo ha contado?

—No. —Empiezo a respirar con dificultad.

—Me sorprende que no me haya escrito antes de enviarla a usted. —El condenado ni siquiera parpadea—. ¿Cuál es exactamente su propósito?

—Nos gustaría consultar el libro. Por supuesto, no pretendemos arrebatárselo, pero sería muy útil para nuestra investigación que me permitiesen leerlo y tomar algunas notas. Con eso sería más que suficiente.

—¿De cuánto tiempo dispone antes de volver a España?

—Cinco días.

—Le da tiempo a leer *Después del monzón*, entonces.

—Leo deprisa. —Se me acelera el corazón: ¿eso significa que van a prestarme el libro?

El profesor Ikeda no dice nada más, pero abre un cajón de su escritorio y extrae de él un libro muy viejo y gastado. Yo apenas puedo creer la suerte que he tenido, no puedo esperar a contárselo a Marta por WhatsApp.

—Aquí tiene. —¿Me lo parece a mí o hay un brillo burlón en sus ojos?—. Todo suyo.

El libro es antiguo y está tan manoseado que algunas páginas parecen a punto de desprenderse. Yo lo miro con desaliento.

—Pero... está en japonés —digo tontamente.

—Es una traducción de 1907, una de las pocas que hay. —No, no me lo estoy imaginando: el profesor Ikeda parece divertido—. El original en español se lo enviamos a un grupo de investigadores de Tokio el mes pasado, coincidiendo con el reportaje que hizo *The Guardian* sobre la presencia de ingleses en Japón a mediados del siglo XIX. Mencionaba al botánico John Caldwell y a su hija, Amelia, autora del diario. Teniendo en cuenta las características de su investigación, me sorprende que no leyese la noticia.

Estoy sudando a pesar del frío. No sé ni dónde meterme, pero el profesor Ikeda sigue hablando como si nada:

—Ha dicho que el año pasado se graduó en Estudios de Asia y África: Árabe, Chino y Japonés. No tendrá ningún problema con nuestro idioma, ¿verdad?

—Eh... La verdad es que lo tengo un poco oxidado. —¿Cómo salgo de esta? ¡Piensa rápido, Ana, por el amor de Dios!—. Me costaría más de cinco días leer el libro con el diccionario al lado y sería una lástima tener que dejarlo a medias. ¿No hay ningún modo de que pueda leer la versión original? Es decir, si ya no la necesitan en Tokio y...

Empiezo a vacilar. El joven parpadea lentamente.

—¿Tan importante es para usted? —pregunta con tono amable.

—Sí —contesto tan rápido que me veo obligada a rectificar—: Es importante para mi grupo de investigación.

Hay un breve silencio durante el cual estoy a punto de confesarlo todo y marcharme con el rabo entre las piernas. Pero, para mi asombro, el profesor Ikeda me dirige una mirada impenetrable.

—Podría leérselo yo.

No dice nada más, solo me observa fijamente. Yo me quedo boquiabierta durante unos segundos.

—¿Usted...?

—Podría leérselo —repite—, y traducírselo. Mi español no está oxidado.

«Ni su amor propio», pienso con una pizca de rencor. Pero mis ojos regresan al libro en japonés y comprendo que esta es mi única oportunidad.

—Sería muy amable por su parte —digo inclinando la cabeza—. Gracias.

—¿Quiere que empecemos ya?

—¿Ya? —me sorprendo.

—¿Tiene algo mejor que hacer, profesora Zárate?

—No, pero ¿y usted?

—Yo me he ofrecido.

Vuelvo a mirar al profesor Ikeda, pero él sigue poniendo la misma cara, es decir, ninguna.

—Gracias —repito en voz baja.

El joven baja la vista hacia el escritorio y entonces me fijo en el estuche de color azul marino que reposa frente a él. Al menos, me digo, he acertado con lo de que llevaría gafas. Son negras, de montura gruesa y rectangular. Primero pienso que solo le quedarían bien a Brad Pitt, pero luego descubro, sorprendida, que al profesor Ikeda no le sientan del todo mal.

—Cuando usted me diga.

Sus ojos parecen escrutarme a través de los cristales impolutos. Yo cruzo y descruzo las piernas, me apoyo en el respaldo de la silla y, finalmente, le hago un gesto de asentimiento.

El profesor empieza a traducir en voz alta.

Primera Parte

FLORECIMIENTO

I

Kioto, capital imperial
Abril de 1864

Cuando el sol empezó a ponerse sobre los tejados de Kioto, yo solo tenía dos cosas en mente: la carta que acababa de escribirle a Martina y mis sandalias rotas.

La carta aún tenía la tinta fresca. Acababa de terminarla, pero tardaría meses en llegar a Madrid; para cuando mi hermana mayor la recibiese, yo ya le habría enviado otra, o quizá dos. Me gustaba escribirle a Martina porque así se me olvidaba un poco que medio mundo nos separaba: yo le contaba todo aquello que me maravillaba de Japón, desde el pacífico florecimiento de los cerezos en primavera hasta el rugido del tifón durante la estación lluviosa, y ella respondía hablándome de Madrid, de la última obra que había visto en el Teatro Real y de lo bien que crecían las hortensias de la abuela. Así parecía que nunca nos habíamos separado, aunque yo ya llevara cinco años viviendo en Japón con nuestros padres mientras ella disfrutaba de su vida de casada en España.

Suspiré. Había dejado todos mis útiles de escritura esparcidos por la mesa de madera lacada; la señorita

Fenton, mi institutriz inglesa, me hubiese reprendido al verlo, pero hacía semanas que había partido de vuelta a Inglaterra para reunirse con su prometido. Yo aún no me había acostumbrado a mi recién estrenada libertad: me había costado tanto esfuerzo convencer a mis padres de que dieciocho años eran demasiados para seguir teniendo una institutriz que ahora me resultaba extraño gozar de tanto tiempo libre. Invertía la mayor parte de él en ampliar mi pequeña colección de plantas, y me había propuesto aprovechar aquella breve estancia en Kioto para hacerme con unos cuantos crisantemos. El crisantemo era el símbolo de la familia imperial japonesa y consideraba apropiado incluirlo en mi herbario; mis padres se habían ofrecido a ayudarme, en parte porque la botánica era importante en nuestras vidas y en parte porque se sentían aliviados siempre que conseguían que algo me mantuviese ocupada en mi habitación.

Yo sabía que estaban preocupados por la situación política. No hacía ni diez años que el shogun Tokugawa se había visto obligado a firmar tratados de amistad con diferentes países europeos, entre ellos, Inglaterra; la apertura de Japón a Occidente había permitido que muchos estudiosos como mi padre se trasladaran a Edo, la capital del shogunato, para conocer la cultura y las costumbres del país, pero también había traído consigo numerosos problemas. El año anterior, sin ir más lejos, algunos radicales habían incendiado el consulado inglés. Ninguna ciudad era completamente segura para los extranjeros, pero Kioto, la ciudad imperial, estaba plagada de *ronin*, exsamuráis que habían perdido a su señor y deambulaban por las calles buscando pelea.

Por desgracia, a mis padres no les había quedado más remedio que viajar hasta allí para reunirse con algunos conocidos y, aunque albergaban la esperanza de que yo permaneciese recluida en la posada hasta que regresáramos a Edo, no contaban con la intervención de Akiko.

Akiko era una muchacha japonesa de mi edad. También era mi doncella y mi amiga: me había recibido en el puerto de Edo junto al resto del servicio cuando llegamos de España, me había consolado cuando echaba de menos a mi hermana y mi abuela y me había ayudado a hablar su idioma con fluidez y a leerlo y escribirlo razonablemente bien. También me había enseñado otras cosas realmente interesantes, como la cantidad de alazor rojo que usaban las geishas para pintarse los labios o el número exacto de vasos de sake que hacían falta para tumbar a una joven como yo. Apenas había otras jóvenes europeas en Edo y las que había me aburrían bastante; Akiko, con sus ojos vivaces y su nariz chata, siempre tenía alguna idea genial para divertirme. Aunque sospecho que mis padres hubiesen preferido que me divirtiera menos.

Ahora que ha pasado tanto tiempo desde aquella noche, la noche en la que todo comenzó, siento lástima por ellos. Sin embargo, no soy capaz de lamentar la frívola decisión que tomé y que cambiaría el curso de mi vida para siempre.

Ni siquiera mis sandalias rotas me disuadieron. Mi madre se había ofrecido a comprarme otro par al día siguiente, pero yo no podía esperar: esa noche se celebraba la fiesta de Año Nuevo y no iba a perdérmela por nada del mundo.

El Año Nuevo era todo un acontecimiento en Japón; en la ciudad imperial, según se decía, se llevaban a cabo unos festejos magníficos. Pero mis padres jamás me hubiesen permitido salir de la posada después de la cena, por lo que debía asegurarme de regresar temprano y con sigilo.

—Solo estaremos un rato —le había advertido a Akiko en varias ocasiones, más para convencerme a mí misma que a ella—. Y apenas nos alejaremos de la posada, solo lo suficiente como para ver a las geishas y comprar unos cuantos *mochi*.

Los *mochi*, unos pastelillos de arroz que se rellenaban de judías o se espolvoreaban con azúcar, eran, junto con una sopa llamada *zoni*, las comidas típicas del Año Nuevo nipón. El *zoni* que nos habían servido en la posada esa noche, compuesto de *mochi*, verduras troceadas y salsa de soja, tenía un sabor excelente, pero yo estaba tan nerviosa que apenas pude disfrutarlo.

Cuando se me rompieron las sandalias, acudí de inmediato a mi amiga, que se encargó de conseguirme unas tiras de bambú con las que repararlas provisionalmente. Confiaba en que se mantendrían pegadas a mis pies el tiempo suficiente.

—Con la cara tan bonita que tiene, señorita, no creo que ningún samurái se fije en sus pies —me dijo Akiko con picardía.

—¿Qué te hace pensar que quiero que un samurái mire cualquier parte de mi cuerpo? —dije pomposamente, pero ella rio:

—Van a mirarla de todas maneras, y un fuerte y hermoso guerrero siempre será mejor que un campesino o un mercader. —Torció el gesto al pronunciar esa palabra, «mercader», casi como si fuese un insulto.

—Lo dices como si todos los guerreros fuesen fuertes y hermosos —repliqué yo.

—¿No le parece que a los hombres les sientan bien las espadas, señorita?

—Solo a los que ya son fuertes y hermosos. —Akiko cloqueó y yo me encogí de hombros—. Hablando de guerreros, he observado que hay un hombre uniformado en cada esquina de esta ciudad. Aunque supongo que esos son *ronin*, ¿no?

—Son miembros del Shinsengumi, la policía del shogun —asintió mi doncella—. Han perdido a sus señores, como tantos otros samuráis, pero no su código de honor. No debemos temerlos.

Yo no estaba tan segura. Los policías ataviados de azul celeste que patrullaban las calles de Kioto con aire taciturno se mostraban respetuosos con los europeos, pero incluso los más apuestos me resultaban vagamente intimidantes, quizá porque mis padres me habían advertido en un sinfín de ocasiones que los *ronin*, a diferencia de los samuráis, no estaban controlados por ningún señor. Por mucho que los miembros del Shinsengumi recibiesen órdenes del mismísimo shogun, seguían estando desarraigados; por si acaso, yo prefería no cruzarme en su camino.

Akiko me recogió primorosamente el pelo y me ayudó a ponerme el kimono de seda azul estampada con grullas blancas que me habían regalado mis padres por mi decimoctavo cumpleaños. Hubiese preferido vestir mi *yukata* rosa, más liviana y cómoda, pero las noches aún eran frescas en esa época del año. Mi doncella también me pintó los labios con alazor rojo, me entregó el abanico con borlas con el que ocultaría mis rasgos europeos si me cruzaba con algún conocido y sostuvo un espejito de marfil frente a mí para que pudiera contemplar mi aspecto.

—Mírese, está preciosa —alabó—. Ni siquiera he tenido que empolvarle el rostro, lo tiene tan pálido ya... Si no fuera por sus ojos redondos, parecería una joven de Kioto. Las que hemos nacido en Edo tenemos la desgracia de ser mucho más morenas. —Se tocó su propia mejilla con la mano que tenía libre y suspiró—: A veces pienso que no es justo que una extranjera sea más blanca que yo, y menos siendo de madre española.

—Mi madre tiene la tez más oscura y es muy hermosa —dije con lealtad—. Como tú.

—Ay, señorita, usted me ve con buenos ojos. —Akiko entornó los ojos y me hizo un gesto para pedirme silencio—. Creo que sus padres duermen ya, pero será mejor que no hagamos ruido al bajar las escaleras. ¿Lleva el monedero y el abanico?

—Sí, pero a ti aún te falta algo. —Luché contra las capas de tela del kimono para buscar un diminuto paquete que había escondido entre mis pinceles—. Toma, es para ti.

Se lo entregué ceremoniosamente mientras ella me contemplaba boquiabierta. Tuve que reprimir una sonrisa al notar el rubor que se extendía por sus mejillas.

—Señorita, yo... no sé qué decir.

—¿Por qué no lo abres?

—¿Delante de usted? —Los japoneses nunca abrían sus regalos en presencia de quienes se los habían entregado para no mostrar su decepción públicamente si no les agradaban, pero yo me sentía impaciente:

—No te apures, sé que te encantará. Y me gustaría que lo estrenaras esta misma noche.

Por fin, Akiko cedió y retiró el envoltorio de papel. Cuando vio lo que había dentro, se tapó la boca con la mano para ahogar un gritito de emoción.

—¡Es precioso! —susurró con voz aguda sin dejar de mirar el broche con forma de flor de cerezo que le había comprado la tarde anterior.

—Pensé que te quedaría bien prendido en el kimono de color melocotón —dije quitándoselo de las manos para colocárselo yo misma. Después sostuve el espejo de marfil para que se viese reflejada en él.

—Gracias. —Mi doncella ignoró su propio reflejo y me hizo varias reverencias—. Lo atesoraré, se lo aseguro.

Las dos intercambiamos una sonrisa cómplice y luego salimos de mi habitación en silencio. Pasamos de puntillas por la zona común de la posada, deslizamos la puerta corredera y salimos al exterior. Era tan tarde que los *onsen* ya estaban vacíos, con las aguas quietas cubiertas por una pátina de vapor flotante.

—Tiene que ser maravilloso bañarse a estas horas de la noche —murmuró Akiko.

—Será nuestra próxima travesura —prometí con una sonrisa.

Reprimí una exclamación de asombro al ver la calle iluminada a nuestros pies. Kioto había sido erigida sobre colinas, por lo que muchas de sus calles eran en pendiente y las hileras de lámparas de papel que se mecían al compás de la brisa nocturna parecían conducirnos hacia las entrañas de la tierra. Todo estaba abarrotado de gente que conversaba, reía e intercambiaba confidencias junto a las puertas de los locales que aún permanecían abiertos; el olor dulzón de las orquídeas se mezclaba con el de los puestos ambulantes de comida y me di cuenta de que tenía hambre.

—¿Le gusta? Pues aún no ha visto nada. —También era la primera vez que Akiko estaba en Kioto durante la celebración del Año Nuevo, pero a veces me hablaba como si conociese cada rincón de Japón. Yo se lo permitía porque me parecía gracioso—. Sígame.

Entrelazó su brazo con el mío y las dos comenzamos a caminar con paso ligero. Pasamos junto a dos geishas que jugaban al volante y una de ellas nos dedicó una caída de ojos.

—Qué geisha más hermosa —murmuré admirada.

—No es una geisha, sino una *maiko*, una aprendiz. Si quiere distinguirlas, fíjese en su maquillaje: el de la *maiko* es mucho más recargado, con rosa en las mejillas y rojo alrededor de los ojos. También puede observar que el cuello de su kimono es rojo en vez de blanco.
—La *maiko*, al sorprender nuestra mirada, volvió a pestañear—. Se está exhibiendo, no le haga mucho caso.

Observé que Akiko se había sonrojado ligeramente, pero no le hice ningún comentario al respecto. Mi amiga me guio hacia una de las calles colindantes, en la que había varios gatos con cascabeles colgados del cuello: al parecer, sus dueños les hacían celebrar el Año Nuevo de ese modo. Uno de ellos, naranja y gordinflón, se restregó contra mis piernas y emitió un maullido lastimero.

—No tengo *mochi* para ti, lo siento —me disculpé.

—¡Nunca le dé *mochi* a un gato, señorita! —Akiko rio—. Se le pegaría a los dientes y le haría una buena faena. Tampoco sienta lástima por este canalla —añadió mirando al gato anaranjado con aire severo—: está tan gordo que sospecho que le roba el pescado a su dueña.

Seguimos recorriendo las calles de Kioto cruzándonos con samuráis, geishas, actores, titiriteros y juerguistas en general. Yo tenía la vaga sensación de estar caminando en sueños: Japón era mi hogar y, al mismo tiempo, me resultaba exótico y atrayente a pesar del tiempo que llevaba viviendo en él.

Me entusiasmaba tanto la idea de poder recorrer la ciudad imperial a mi antojo que ni siquiera me percaté de que varios pares de ojos nos observaban entre la multitud.

Fue Akiko quien se dio cuenta en primer lugar:
—Nos están siguiendo.

Nos detuvimos junto a una puerta entornada a través de la cual se oía el tañido de un arpa de dos cuerdas. Con el paso de las horas, las calles se habían llenado de música y *kabuki*, teatrillos ambulantes, y Akiko y yo incluso habíamos presenciado un fragmento de *Los amantes suicidas de Sonezaki*, que mis padres nos hubiesen prohibido terminantemente ver en cualquier otra situación. Mi doncella parecía animada hasta ese mismo instante.

—¿Quiénes nos siguen? —Me cubrí con el abanico instintivamente—. ¿Y cómo lo sabes?

Akiko tiró de mí para impedir que nos arrollara un grupo de borrachos que portaban linternas. Cuando se alejaron, me susurró:

—Tres hombres, parecen guerreros. Dos son pequeños como macacos y el tercero es alto y tiene una enorme verruga en la frente, y todos van armados. No exhiben los colores de ningún clan, por lo que deduzco que son *ronin*. Nos los hemos cruzado varias veces y no dejan de observarnos.

—¿Y qué más da? —Señalé a un joven *ronin* vestido de negro que se había detenido cerca de nosotras—. Él también nos está mirando y no creo que tenga malas intenciones.

—*La princesa Komatsu te espera...* —Al tañido del arpa se le unió una voz femenina. Para cuando quise darme cuenta, el joven de negro se había esfumado por completo.

Pero Akiko sacudió la cabeza y aprovechó que un grupo de gente pasaba por allí para hacer que las dos nos mezcláramos entre ellos.

—No es lo mismo, señorita. Esos tres llevan crisantemos blancos prendidos con alfileres.

—¿Qué tienen de malo los crisantemos?

—Son el símbolo de la familia imperial.

—Lo sé, pero no entiendo por qué…

—Ahí están otra vez. —Akiko me cogió de la mano—. ¡No los mire, llamará la atención!

Por supuesto, los miré. En efecto, eran tres hombres de aspecto vulgar, vestidos con kimonos oscuros, *haori* de mangas acampanadas y sandalias de madera, que caminaban juntos y sin hablar entre ellos. No parecían estar celebrando el Año Nuevo, precisamente. Todos llevaban dos espadas en el cinto: la katana, larga y curva, y el *wakizashi*, el arma ceremonial. El de la verruga nos observaba tan fijamente que me giré tan rápido como pude.

—¡Le he dicho que no mirara, señorita!

—¿Qué querrán de nosotras?

—Lo ignoro, pero debemos volver a casa.

Akiko sorteó a una anciana desdentada que vendía *mochi* y apretó el paso. Que mi amiga se resignara a que nos perdiésemos el resto de la celebración me hizo comprender la gravedad del asunto. Sin necesidad de ponernos de acuerdo, las dos echamos a correr por las calles serpenteantes.

Doblamos una esquina. Mi amiga saltó por encima de un carro y yo traté de imitarla, pero perdí una sandalia en el intento. No dejé de correr, una decisión que lamentaría en cuanto la primera piedra me cortó la planta del pie. Se me escapó un grito y Akiko me reprendió.

Tras unos minutos angustiosos, llegamos a un callejón sin salida que había entre locales comerciales cerrados a cal y canto. Estaba oscuro y olía a algas podridas. Akiko jadeó de pura frustración y las dos nos dimos la vuelta al oír pisadas acercándose velozmente.

Los tres *ronin* nos cortaban el paso.

—¿Vas a algún sitio, extranjera? —me espetó el alto de la verruga.

Me di cuenta de lo ingenua que había sido al pensar que nadie repararía en mí y deseé fervientemente haberme quedado en la posada con mi herbario, pero ya era tarde para volver atrás. No tenía ni idea de dónde estábamos e ignoraba si Akiko sabría encontrar el camino de vuelta, pero tenía el horrible presentimiento de que ni siquiera podríamos intentarlo.

—No entiende japonés —dijo uno de sus compañeros al ver que yo no contestaba.

—Mejor que no lo haga —bufó él avanzando otro paso.

Puso la mano en la empuñadura de su katana y yo abrí la boca para decir algo, no recuerdo qué, pero Akiko se me adelantó:

—¡Atrás!

Consiguió que no le temblara la voz. Mis piernas sí que lo hicieron, y mucho, al ver lo que mi amiga sostenía fuertemente en su mano.

Los hombres también lo vieron y uno de ellos rio, pero los otros dos permanecieron serios.

—Detente, Akiko —susurré mirando el *tanto* con aprensión. Era un puñal sencillo, sin adornos, que mi doncella llevaba encima para disuadir a los ladronzuelos de poca monta. Ni siquiera sabía usarlo.

Pero Akiko me empujó hacia atrás con decisión.

—No se muevan —les dijo a nuestros perseguidores y luego se dirigió a mí—: ¡Huya, señorita!

—No voy a dejarte —murmuré.

El tipo de la verruga avanzó. Creo que hubiese golpeado a Akiko sin dudarlo, pero no tuvo la oportunidad de hacerlo.

Porque entonces una sombra cayó del cielo frente a él.

En realidad, no cayó del cielo, sino que saltó desde el tejado más próximo; tampoco era una sombra, solo un joven *ronin* vestido de negro que se irguió con la elegancia de un bailarín y se puso en posición de guardia. Estaba de espaldas cuando lo vi por primera vez, pero contuve el aliento de todas maneras: era alto, esbelto y flexible como un junco. La chaqueta y los pantalones holgados que llevaba no ocultaban del todo su cuerpo musculoso ni su piel pálida como el marfil; el pelo lo tenía muy largo, y lo sujetaba con una cinta de cuero. Cuando ladeó el rostro para mirarnos de reojo, me fijé en sus armoniosos rasgos y en la cicatriz que los afeaba, un tajo en plena cara que iba del pómulo al mentón.

Era el joven de antes, el que nos había mirado mientras oíamos el tañido del arpa y había desaparecido justo después. ¿Qué hacía allí, también nos estaba siguiendo?

Sin prestarnos atención a Akiko y a mí, se situó delante de nosotras, sin bajar la guardia en ningún momento, y contempló a los otros *ronin* con aparente calma. Él también llevaba dos espadas samuráis.

Durante unos segundos, solo se oyó el lejano murmullo de las calles principales. Luego el *ronin* de la verruga gruñó:

—Largo.

El hombre de negro no movió un músculo. Yo estaba paralizada; la tela del kimono se me pegaba a la piel por culpa del sudor frío y me dolía la planta del pie, pero apenas me atrevía a respirar. No entendía lo que estaba ocurriendo ni deseaba hacerlo, solo quería marcharme de allí cuanto antes.

Nuestros perseguidores se miraron entre sí y, finalmente, uno de ellos levantó su katana y cargó contra el joven de negro.

Tiré de Akiko hacia un lado y las dos chocamos contra la pared sucia del callejón. Yo me golpeé la sien y mi amiga estuvo cerca de perder el equilibrio, pero se apoyó en mí en el último momento. Con el *tanto* en la mano aún. Cuando volví a mirar al *ronin* de negro, descubrí que había cambiado de posición y se había movido con nosotras; también había desenvainado su katana y la mantenía cruzada frente a él como si aguardara un nuevo ataque, con la guardia alta y los pies firmemente anclados al suelo.

Y ese ataque llegó. Esta vez fue el tipo de la verruga el que se abalanzó sobre él: las katanas entrechocaron, una chispa refulgió en el callejón y Akiko y yo gritamos al mismo tiempo.

—Corran.

Tardé una fracción de segundo en darme cuenta de que el hombre de negro se dirigía a nosotras, y un poco más en comprobar que se las había arreglado para cambiar las tornas y mi doncella y yo ya no estábamos acorraladas.

Yo dudé, pero Akiko no: sin mediar palabra, mi doncella me agarró de la manga y, dejando atrás a nuestro misterioso salvador, me arrastró en una precipitada huida por las calles de Kioto.

Capítulo 2

Kioto, Universidad de Estudios Extranjeros
Febrero de 2018

El teléfono empieza a sonar justo cuando el profesor Ikeda ha terminado de traducir en voz alta el primer capítulo del libro.

—Disculpe. —Coloca el dedo índice en la página en la que se ha quedado leyendo y responde a la llamada.

Mientras habla, yo me quedo mirando las tapas descoloridas del diario. Las palabras de Amelia aún resuenan dentro de mi cabeza: «No soy capaz de lamentar la frívola decisión que tomé y que cambiaría el curso de mi vida para siempre». ¿Me arrepentiré yo alguna vez de mi propia travesura, de haber cruzado el mundo para recuperar algo que consideraba que me pertenecía por derecho? Aún no puedo saberlo. Después de todo, Amelia me llevaba ventaja: cuando ella escribió su diario, ya había vivido los hechos que decidió narrar en él.

¿Quién será el joven de negro que aparece ya en el primer capítulo, el que las salvó a Akiko y a ella de esos hombres durante su escapada nocturna por la ciudad imperial? Siento cierta emoción al imaginar las posibles respuestas a esa pregunta, pero me digo que no debo sacar conclusiones precipitadas: no podré estar segura de nada hasta que descubra cómo sigue la historia.

No sé cuánto tiempo llevo pensando en Amelia Caldwell y *Después del monzón*. A veces me pregunto qué hubiese pensado Amelia de haber sabido que, ciento cincuenta años después de haber escrito su libro, otra mujer se obsesionaría con él hasta el punto de dejarlo todo para viajar al otro lado del mundo y desentrañar los secretos que duermen entre sus páginas. Por lo poco que he leído, o más bien escuchado, tengo la impresión de que no se hubiese concedido a sí misma semejante importancia.

Aprovecho la interrupción para contemplar al profesor Ikeda con disimulo. De nuevo, pienso en lo mucho que contrastan su mirada despierta y el gesto aburrido de sus labios. Es como si perteneciesen a dos personas diferentes. Por lo demás, me ha parecido alto cuando ha pasado por mi lado, aunque sin exageraciones, y lleva un traje entallado a su cuerpo esbelto que deja mi jersey amarillo a la altura del barro. No paso por alto ciertos detalles que Marta aprobaría, como las manos grandes o la elegante línea de la mandíbula; también sospecho que es mayor de lo que aparenta, aunque he notado que eso es algo relativamente habitual entre las personas asiáticas. ¡Qué afortunadas! Yo tengo arrugas desde que intenté sacarme unas oposiciones a los veintiocho años. No aprobé ni el primer examen.

Volviendo al profesor Ikeda, creo que el problema está en ese aire severo. Si me lo imagino con unos vaqueros y una camiseta de algodón, por ejemplo, creo que tendría buen aspecto.

Entonces, como si él me hubiese leído el pensamiento, nuestras miradas se cruzan durante una fracción de segundo. Yo me siento azorada de pronto, así que saco mi móvil del bolso.

He encontrado el libro, le escribo rápidamente a Marta, *pero las cosas no han ido exactamente como esperaba.*

¿Y eso?, contesta ella al cabo de un momento.

El original está en Tokio, pero un profesor de Kioto me está traduciendo una copia en japonés que tenía en su despacho.

Qué simpático, ¿no?

Yo reprimo un bufido. *Es cualquier cosa menos simpático, pero le agradezco que se haya ofrecido.*

Entonces, ¿qué pasa con tu plan? ¿Sigue adelante o no?

El profesor Ikeda cuelga el teléfono en ese momento y yo también guardo el móvil. Cuando nuestros ojos vuelven a encontrarse, siento un ligero vértigo en el estómago, pero ni siquiera sé por qué. El joven parece tranquilo, aunque una arruga de preocupación ha aparecido en su frente.

—¿Va todo bien? —le pregunto por cortesía. Me doy cuenta de que estoy toqueteándome el pelo, como siempre que me pongo nerviosa, y me obligo a dejar las manos quietas sobre mi regazo.

El profesor tarda un poco en responder:

—Perfectamente. —Por fin, deja de observarme y abre el libro de nuevo—. ¿Continuamos?

—Sí.

Pero, antes de que pueda comenzar, pregunto impulsivamente:

—¿Por qué le interesa a usted la historia de Amelia Caldwell?

Él arruga la frente y eso hace que me arrepienta de haber preguntado, pero ya no tiene remedio.

—Soy investigador —dice el profesor como si eso lo explicara todo—. Igual que usted.

Igual que yo, ¿eh?

Reprimo un suspiro. Está claro que no tiene ganas de charlar.

—Entiendo.

No me atrevo a seguir con el interrogatorio: lo último que quiero es que el profesor Ikeda se ponga a hacerme preguntas a mí. Ha sido una suerte que se haya ofrecido a traducirme el libro y solo faltaría que mi curiosidad lo estropeara todo. No, es mejor que me calle por ahora y me limite a escuchar.

Él retoma la lectura. Su voz es grave y dulce al mismo tiempo, como de locutor. Aunque habla español con fluidez, pronuncia algunas eles como erres: por ejemplo, dice «*Ameria Carwell*» en vez de «Amelia Caldwell». Pero resulta agradable escucharlo de todos modos. Aunque habla en voz baja, sus palabras parecen conquistar el despacho entero.

Mis ojos se deslizan hacia la única ventana, hacia las ramas del ciruelo desnudo. Es una imagen delicadamente hermosa, aunque también triste; la próxima vez, me digo para animarme, vendré a Japón coincidiendo con el florecimiento primaveral (creo que lo llaman *hanami*). Tiene que ser todo un espectáculo. Y bastante caro, pero siempre puede tocarme la lotería, ¿no?

Sin dejar de contemplar el árbol solitario, vuelvo a concentrarme en la historia de Amelia, Akiko y el misterioso *ronin* de negro.

II

Kioto, capital imperial
Abril de 1864

—No... No puedo... hacerlo...

Me detuve jadeando y apoyé las manos en las rodillas. Solo llevábamos unos minutos corriendo, pero yo ya me había quedado sin aire y notaba pinchazos en el pecho, y estaba segura de que me sangraba el pie. Alrededor todo eran linternas de papel, cascabeles y bullicio, pero ni Akiko ni yo prestábamos atención ya.

Mi amiga me ayudó a incorporarme.

—Tenemos que irnos, señorita, antes de que...

—No. —Le puse la mano en el pecho—. No, Akiko, no puedo marcharme sin saber si ese hombre... —Ella me miró con cara de incomprensión—. Quiero saber si le ha ocurrido algo malo.

Y con «algo malo» me refería a que yaciese muerto en aquel callejón. Sabía cómo eran los *ronin*: una provocación tan simple como rozar sus espadas al pasar podía convertirse en una carnicería en cuestión de minutos, y el hombre de negro había desafiado abiertamente a nuestros perseguidores.

¿De dónde había salido? ¿Y por qué nos había ayudado?

—No puede hacer nada por él, señorita —dijo Akiko agarrándome de los hombros—. Vamos.

—No. —Me zafé de ella—. Nos ha salvado, no podemos irnos sin más. No estaría bien.

—Quizá no lo haya hecho por nosotras, quizá tuviese una deuda pendiente con esos hombres.

—Aun así, hemos huido gracias a él.

—¿Y usted quiere estropear su sacrificio metiéndose en la boca del lobo?

—Solo quiero asegurarme de que sigue vivo.

—Es demasiado arriesgado.

—No si tengo cuidado.

—Señorita, se lo ruego...

—Voy a ir —atajé—. Tú puedes volver a la posada si quieres.

Oí cómo suspiraba a mis espaldas, pero no me giré.

Minutos después, las dos volvíamos a detenernos frente al callejón. Akiko iba delante y llevaba el *tanto* semioculto en la manga; yo miraba por encima del hombro para comprobar que no hubiese nadie que pudiese cortarnos la retirada. Ambas nos asomamos al mismo tiempo.

La luz de las calles contiguas apenas llegaba hasta allí. Mi amiga soltó el aire que había estado reteniendo en los pulmones y dio un paso al frente.

—Creo que se han ido —susurró.

Yo también avancé y pisé algo blando que emitió un desagradable crujido. Miré hacia abajo y descubrí que se trataba de un crisantemo ensangrentado.

En ese instante, un gruñido me sobresaltó. Akiko me agarró del brazo y las dos miramos hacia la oscuridad.

Entonces lo vi, o más bien intuí su presencia en forma de silueta oscura encogida contra el fondo del callejón.

—¿Señor? —llamé tímidamente en japonés.

—Vámonos de aquí —me dijo Akiko con aprensión.

Pero yo avancé un poco más.

Entonces el *ronin* alzó la barbilla y el tenue resplandor anaranjado proveniente de las calles aledañas bañó su rostro, que se convirtió en un mapa de luces y sombras. La cicatriz no lograba estropear del todo las formas suaves de su rostro ni la curva severa de sus labios; un mechón de pelo negro caía sobre su mejilla, enmarcando los pómulos altos y la mandíbula firme.

Durante unos segundos, aquel guerrero y yo nos miramos como si estuviésemos en otro mundo.

Fue Akiko quien me devolvió a la realidad:

—Los ha matado.

Había una nota de pánico en su voz. Miré hacia donde señalaba y localicé dos bultos oscuros e inertes; Akiko se estremeció y yo también lo hice, aunque de un modo distinto. Yo no tenía miedo.

El *ronin* se apoyó en la pared y comenzó a levantarse. Sus movimientos eran lentos y pesados.

—No deberían haber vuelto.

Yo esperaba que su tono de voz fuese tan áspero como las cicatrices de su rostro, pero era grave y limpio. Sonaba como cuando alguien tensaba un arco grande.

—Ya nos vamos, señor —murmuró Akiko.

—¿Se encuentra bien? —Yo los ignoré a los dos y me acerqué al guerrero—. ¿Está herido?

Su proximidad me resultaba turbadora. Era más alto de lo que me había parecido al principio y desprendía un penetrante olor metálico que no tardé en reconocer como el de la sangre.

Él no respondió, solo hizo un gesto vago con la cabeza. Su sombra se proyectó en la pared y, por un instante, sentí como si me hallara frente a un demonio disfrazado de hombre.

—Esta ciudad es peligrosa para usted —dijo simplemente—. Vuelva a casa.

Inspiré profundamente y me pregunté si me estaba diciendo que volviese a la posada, a Edo o a España, pero enseguida decidí que prefería no saberlo.

Vi cómo el joven se erguía y volvía a encogerse sin poder contener una expresión de dolor. Trataba de disimular su debilidad, pero yo estaba demasiado cerca como para dejarme engañar por él.

—Está herido —afirmé. Un poco más allá, Akiko me miraba con una mezcla de apuro y exasperación. Entonces se me ocurrió algo—: ¿Quiere que busque alguna patrulla del Shinsengumi? Tal vez ellos puedan ayudarle a...

—No.

No fue brusco y, sin embargo, enmudecí nada más oírlo.

—Voy a ver a un amigo —añadió con más suavidad—. No se preocupe por mí y márchese.

Me quedé mirándolo en silencio. ¿Quién era ese joven y por qué no quería saber nada de la policía? Era obvio que los hombres a los que había matado eran criminales; dadas las circunstancias, no creía que el Shinsengumi fuese a reprocharle nada. Yo misma estaba dispuesta a responder por él.

—Ya lo ha oído, señorita —susurró Akiko detrás de mí—. Quiere que nos vayamos.

—¿Dónde vive su amigo? —insistí sin dejar de contemplar al *ronin*.

Él pareció atravesarme con la mirada.

—Dos calles más allá.

Yo me situé a su lado y, tras un instante de vacilación, tomé su brazo para colocarlo sobre mi hombro. Fui extrañamente consciente de las sensaciones que me provocó aquel acercamiento: el tacto recio de su chaqueta, el calor de su cuerpo, el olor de su sudor.

—Le acompañaremos —dije con firmeza.

El joven respondió apoyándose ligeramente en mí y haciendo un gesto que interpreté como un mudo agradecimiento. Debía de encontrarse realmente mal para aceptar la ayuda de una extranjera desconocida. Akiko suspiró ostentosamente, pero después caminó hacia nosotros y se colocó al otro lado del *ronin*.

Los tres enfilamos una calle ascendente llena de comercios cerrados. El joven cojeaba, pero me dio la impresión de que trataba de no echarme todo su peso encima. El calor de su aliento me acariciaba la nuca cada vez que me giraba para comprobar los alrededores y una vocecilla dentro de mi cabeza se preguntaba qué dirían mis padres si se enteraban de que no solo me había escapado sin permiso, sino que también había decidido ser cómplice de un doble asesinato. Traté de acallarla concentrándome en la calle que se extendía frente a nosotros y en las huellas rojas que iba dejando mi pie descalzo conforme avanzábamos.

—¿Qué casa es? —murmuró Akiko.

—La de las tejas azules y blancas. —El *ronin* hizo un gesto lánguido hacia la puerta. Habíamos dejado atrás el barrio comercial y nos hallábamos en una callejuela abarrotada de casas pequeñas y coloridas. Observé que estaban numeradas, pero el número cinco seguía al tres: los japoneses creían que el cuatro traía mala suerte.

Nos detuvimos frente a la puerta, que estaba decorada con carpas pintadas. Una sola lámpara de papel iluminaba la entrada.

—Señorita. —Dejé de contemplar las carpas cuando Akiko me tiró de la manga—. Su pie.

—Aquí no podemos curarlo.

Esperé que mi amiga dejara correr el asunto: yo era bastante cobarde para las heridas y no quería montar una escena delante de nuestro salvador. En ese instante, afortunadamente, el dueño de la casa salió a recibirlo.

Primero distinguí una mata de pelo rubio; después un rostro redondeado y de aspecto saludable. Tenía los ojos claros y los labios coronados por grandes bigotones. El kimono azul marino que llevaba puesto no disimulaba su barriga prominente ni sus enormes pies.

Aquel hombre no era japonés: era europeo. Abrió la boca nada más ver al *ronin*, pero él se le adelantó:

—No quiero molestarle, señor Bonnaire, pero necesito su ayuda. —Se apartó de nosotras y el señor Bonnaire nos miró perplejo—. No he podido disuadir a las señoritas de que me acompañaran. —Creí percibir una nota de diversión en su voz, pero su rostro permanecía impasible.

—Buenas noches. —El señor Bonnaire pareció recuperarse de la impresión y parpadeó tras sus gafitas de montura redonda. Su japonés era correcto, pero lo hablaba con un ligero acento francés—. Adelante.

Se apartó de la puerta para dejar pasar al joven. Era obvio que se conocían de antes. A nosotras nos miró como si no tuviese muy claro si era más grosero invitarnos a entrar o no hacerlo.

Akiko decidió por él:

—La señorita también necesita ayuda, se ha hecho una herida en el pie.

—Cielos, Akiko, solo es un rasguño... —empecé a decir, pero una mano firme se posó en mi espalda y, aunque no llegó a empujarme, me guio hacia el interior de la casa sin vacilar.

El *ronin* me miraba con los ojos entornados. Quizá tendría que haberme resistido, pero estaba nerviosa, me dolía el pie y Akiko ya no parecía deseosa de salir huyendo, por lo que me dejé llevar.

La casa del señor Bonnaire era pequeña y, en cierto modo, se parecía a la que mis padres y yo teníamos en Edo: la estructura era de madera, el suelo estaba cubierto de tatamis y las habitaciones se hallaban separadas por paneles de madera colocados sobre guías para poder deslizarlos, pero el mobiliario consistía en una mezcla de mesas bajas de madera lacada, sillones tapizados de importación europea, biombos decorados y hasta camas con dosel. La influencia extranjera era evidente.

En una de las camas con dosel me senté yo siguiendo las instrucciones del señor Bonnaire. Nos había conducido hasta lo que parecía la habitación de invitados, había colocado un futón en el suelo y se había retirado. Después de que yo me sentara, Akiko se instaló a mi lado y empezó a mirarlo todo con una mezcla de recelo y fascinación; el misterioso guerrero, por su parte, se derrumbó en el futón y permaneció inmóvil sobre él. Sus párpados cerrados temblaban ligeramente a la luz de la única vela encendida.

—¿No le parece increíble, señorita? —susurró Akiko señalando un diminuto cuadro que había colgado de la pared. Era una reproducción en miniatura de la Juana de Arco de Rossetti; mi madre había estado a punto de comprarle una réplica similar a un comerciante de arte que también tenía su residencia en Edo, lo cual me hizo pensar que tal vez Bonnaire tuviese conocidos en común con mis padres. No sabía si esa idea me tranquilizaba o me inquietaba.

—Lo que me parece increíble es que estemos metidas en este lío —murmuré.

—Usted se ha empeñado en volver a por él. —Akiko miró al *ronin* y bajó la voz—. Si quiere mi opinión, cosa que dudo a estas alturas, sabe cuidarse solo.

—No podíamos abandonarlo a su suerte —protesté susurrando—. De todos modos, yo lo hubiese dejado en la puerta.

—¿Para volver a casa dejando un reguero de sangre a su paso? —Ella me cogió de la mano—. Es mejor que la atiendan como es debido. Además, nuestro anfitrión no parece peligroso.

Quise creer que tenía razón. Ni Akiko ni yo conocíamos al señor Bonnaire, pero debía de ser francés o belga, lo cual mejoraba un poco la situación. Me pregunté si sería un investigador como papá o estaría metido en el negocio de la seda. También podía ser un sacerdote, pero lo cierto es que no se parecía mucho al padre Seamus, el cura irlandés que cenaba con mi familia todos los jueves cuando estábamos en Edo.

Mis dudas se disiparon cuando regresó con una arqueta de madera lacada. La depositó a los pies de la cama, la abrió con parsimonia y extrajo de ella una docena de útiles de cirugía, una bobina de hilo, varios rollos de vendas, algodón en rama en abundancia y unos cuantos frascos de cristal. Parecía saber muy bien qué hacer con todo aquello.

—El agua aún se está calentando —le dijo al hombre de negro. Las gafitas resbalaron hasta la punta redonda de su nariz y volvió a subírselas con impaciencia—. Vaya quitándose la ropa, tengo que ver bien sus heridas.

El joven abrió los ojos con desgana.

—Atienda primero a la señorita.

—De ningún modo —dije yo al punto.

Traté de que no me temblara la voz. La presencia de ese hombre conquistaba la habitación entera; cuando se volvió hacia mí, sentí un ligero estremecimiento, como si una ráfaga de viento hubiese sacudido todo mi cuerpo. Me recordé que ese hombre era capaz de matar a sangre fría, pero no sirvió de gran cosa: me provocaba más fascinación que temor. En cuanto a él, su expresión era adusta, pero cortés.

—A riesgo de parecer poco galante, diré que la señorita hace bien en negarse: usted necesita ser atendido en primer lugar —intervino Bonnaire—. Desnúdese de cintura para arriba, amigo, si es que puede; si no, tendré que cortarle la ropa. —Terminó de extender sus instrumentos quirúrgicos y suspiró—. Voy a por el agua...

—Yo lo haré. —Akiko se puso en pie de un salto—. Yo no estoy herida, puedo ayudar.

El señor Bonnaire señaló una puerta corredera y mi amiga se escabulló por ella. No preguntó lo que debía hacer: se las arreglaría para encontrarlo todo.

—Yo también puedo ayudar —dije con cautela.

—Me maravilla la buena disposición de sus acompañantes. —Bonnaire miró al hombre de negro con aire jovial, pero él tan solo parpadeó—. Me temo que mi querido invitado no es muy hablador, señorita...

—Caldwell —me presenté con toda la elegancia que pude—. Siento que nos hayamos conocido en estas circunstancias.

Me puse en pie con dificultad y le tendí la mano. Me pareció ver cierto sobresalto en la expresión de su rostro, pero estrechó mis dedos suavemente y me habló con amabilidad:

—Incluso en estas circunstancias, es un placer conocerla. —Un gruñido del hombre de negro le hizo volverse hacia él—. Ya suponía que tendría la ropa pegada a las heridas, ha perdido mucha sangre. —Se dirigió a mí nuevamente—. Lo que voy a pedirle es poco decoroso, pero me vendría bien algo de ayuda. ¿Podría usted...? Pero espere a que su doncella vuelva con el agua, debe lavarse las manos antes de tocarlo.

Akiko reapareció en ese instante con una jofaina de porcelana decorada con grullas doradas. Depósito la jofaina frente al futón con sumo cuidado y luego volvió a sentarse en la cama, tal vez a la espera de indicaciones.

Yo cojeé hacia el futón, me arrodillé junto al *ronin* y me lavé las manos con esmero. Luego me atreví a mirar directamente al joven herido.

De nuevo, su presencia me provocó una reacción intensa. Mis ojos recorrieron las cicatrices de su rostro y la curva de su cuello, se detuvieron en el pecho amplio y adivinaron la dureza de los hombros bajo la chaqueta. Por primera vez, me fijé en que la tela oscura estaba empapada de un líquido rojo y espeso.

—No es mía —dijo él entonces.

Al ver que yo lo miraba con desconcierto, aclaró:

—Me refiero a la sangre. No es mía. —Desvió la mirada—. No toda.

—Aun así, no me atrevo a quitarle la chaqueta sin cortarla primero. —El señor Bonnaire ya estaba arrodillándose a mi lado—. ¿Con quién se ha metido esta vez?

—Con nadie. —El guerrero hablaba con desgana—. Y las heridas ni siquiera son graves.

—Eso lo decidiré yo, si no le importa. Por algo soy el médico. —Bonnaire hablaba con tono ligero, pero había cierta reverencia en sus gestos, como si el hombre de negro fuese alguien a quien debiese respeto.

El joven se volvió hacia mí.

—Usted. —Contuve el aliento—. Si le asusta la sangre, será mejor que se aleje.

—Me asusta, pero prefiero quedarme —confesé. Como él me miraba con gesto interrogante, opté por decirle la verdad—: Le estoy muy agradecida por habernos salvado. Desconozco cuál era la intención de esos hombres, pero...

—Secuestrarla.

Solo fue una palabra, pero me encogí involuntariamente al escucharla.

—No —gimió Akiko a mis espaldas. Sonaba más apurada que sorprendida.

—¿Por qué iban a hacerlo? —pregunté con estupor.

El *ronin* me miró con paciencia.

—¿Vio los crisantemos que llevaban prendidos en la ropa? Eran imperialistas. Y usted es extranjera...

No entendí qué quería decir con eso, pero el señor Bonnaire nos interrumpió con firmeza:

—Necesito concentrarme para hacer mi trabajo, después hablarán todo lo que quieran.

—Disculpe. —Incliné la cabeza.

El joven guerrero se recostó en el futón y fijó la mirada en el techo. Bonnaire empezó a cortar la chaqueta mojada y fue dejando los jirones a un lado. La piel que había debajo era tan pálida que adquiría un brillo perlado a la débil luz de la vela. Un tajo feo y negruzco atravesaba el costado y tuve que dejar de mirarlo para no marearme. El joven no parecía impresionado.

—Tendré que coserle —suspiró el señor Bonnaire.

—Qué novedad.

El *ronin* hablaba con tanta gravedad que me costó entender que estaba siendo irónico. Entonces caí en la cuenta de algo: el médico y él se conocían lo suficiente como para bromear, pero Bonnaire no había dicho su nombre ni una sola vez. Y él mismo tampoco se había presentado. ¿Sería algo deliberado, querría mantener su identidad en secreto por algún motivo? No llevaba *haori* alguno sobre la ropa ni exhibía los colores de ningún clan samurái, pero yo dudaba que un *ronin* cualquiera hiciese gala de tan exquisitos modales. Me sentía verdaderamente intrigada.

¿Y si aquel joven era un samurái caído en desgracia o, peor aún, un criminal? Eso explicaría por qué no había querido avisar al Shinsengumi. Se suponía que el shogun debía proteger a los extranjeros que había en Japón y, si aquellos hombres habían intentado raptarme realmente, era preciso que la policía estuviese al tanto.

Pensé con desasosiego que tendría que contárselo todo a mis padres. Me llevaría una buena reprimenda por haber salido sin permiso, pero no me sentía capaz de ocultarles algo tan grave como un intento de secuestro. Además, ellos mismos podían estar en peligro por ser extranjeros.

Mientras yo cavilaba, el médico terminó de despejar la zona ensangrentada y retiró la mitad seca de la chaqueta. Cuando lo hizo, abrí los ojos de par en par.

El joven llevaba tatuados el hombro izquierdo, todo el brazo y una parte considerable del pecho. El tatuaje representaba un demonio de cuerpo sinuoso; poseía cuernos y escamas, y una cola serpenteante, pero su rostro no era grotesco, sino hermoso, aunque de un modo inquietante: tenía los ojos rasgados y vacíos y los labios delicados como los de una mujer. La tinta era de colores que iban del negro intenso al carmesí, pasando por el blanco impoluto de las escamas y el verde azulado de los cuernos y garras.

Debí de mirarlo fascinada, porque el señor Bonnaire carraspeó:

—¿Me ayudaría a coserle la herida, señorita Caldwell? No tiene que tocar la aguja siquiera, solo sujetarlo para que no se mueva.

—No pensaba moverme —intervino el paciente.

—Deje de hacerse el duro, c... —Una mirada afilada

del joven guerrero hizo enmudecer a Bonnaire, que bajó la vista al momento—. Si es tan amable, señorita...

Siempre siguiendo las indicaciones del médico, me coloqué detrás del *ronin* y le pasé los brazos por debajo de las axilas para que se apoyara en mí. No había estado tan cerca de un hombre desde que me despidiera del que había sido mi mejor amigo de la infancia en Madrid, y el bueno de Guillermo de Andújar no me provocaba aquella turbación con su mera presencia. El joven seguía oliendo a sangre y sudor, pero el tacto suave de su piel contra mis antebrazos bastó para ruborizarme. Apenas tenía algo de vello oscuro en el pecho y el vientre.

Capté una mirada inquisitiva de Akiko desde la cama. Me mordí el labio y me pregunté si estaría siendo demasiado evidente.

—¿Siempre es tan callada? —La voz del *ronin* acarició mis oídos. Sus ojos estaban fijos en la aguja que Bonnaire estaba preparando, pero sabía que se dirigía a mí.

—En absoluto, señor —contestó Akiko desde la cama—. Suele hablar por los codos de su herbario, de su hermana y de Madrid, siempre en este orden, pero creo que tantas emociones la han dejado exhausta.

—También suelo hablar de lo descarada que es mi doncella —dije con el tono más pomposo que fui capaz de impostar. Akiko soltó una risita y yo también sonreí con nerviosismo—. Siento no darle más conversación, señor, pero ni siquiera sé cómo dirigirme a usted.

Intuía que no iba a satisfacer mi curiosidad, pero no perdía nada por intentarlo. Tras un breve silencio, él murmuró:

—Si no se conforma con «señor», puede llamarme Shiro.

Shiro. Repetí ese nombre para mis adentros varias veces; significaba «blanco».

—Si lo desea, hábleme —murmuró entonces—. De su herbario o de lo que guste. Detesto el sonido que hace la aguja al atravesar la carne…

—Me parece que puede ahorrarle los detalles a la señorita Caldwell —se apresuró a decir el señor Bonnaire.

Como ya estaba inclinándose hacia el *ronin*, empecé a hablar:

—¿Ha visto alguna vez un herbario, Shiro? —No esperé respuesta—. Se trata de una colección botánica. La mía es pequeña, pero me gusta mucho; mi padre, que trabaja para el Real Jardín Botánico de Madrid, me ayudó a empezarla cuando tenía cinco años. Entonces solo coleccionaba flores, mis favoritas eran los lirios. —Bonnaire empezó a coser la herida y el joven se tensó contra mi cuerpo, pero yo continué como si nada—: Ahora me dedico a recolectar plantas japonesas y las prenso antes de colocarlas en mis cuadernos. Siempre pido cuadernos por mi cumpleaños, me encantan los que tienen las tapas de cuero. Martina me envió uno precioso este año. —El médico ya había dado tres puntadas. Cuando tiró del hilo, Shiro gruñó; yo no sabía si realmente me estaba escuchando—. Martina es mi hermana, tiene diez años más que yo y vive en Madrid. Teníamos otro hermano, pero falleció siendo un bebé, que Dios lo tenga en su gloria, cuando yo aún no había nacido siquiera. Oh, no se lo he dicho: Madrid es la capital de España. Quizá usted ya lo supiese, pero prefiero aclarárselo. Cuando yo vine a vivir a Japón, no entendía por qué su país tenía dos capitales hasta que me explicaron que una era la capital del shogunato y otra, la del imperio. Siempre había querido visitar la ciudad imperial, claro que no sabía que era tan peligrosa…

—Esto ya está —me interrumpió el señor Bonnaire con aire satisfecho—. Ya solo tengo que ponerle una venda. Señorita Caldwell, me ha sido de gran ayuda, pero ahora necesito que se aparte.

Obediente, volví a sentarme enfrente de Shiro. Se había puesto pálido y tenía sombras bajo los párpados, pero parecía calmado.

—Hay algo que me llama la atención —musitó.

—¿De qué se trata?

—Usted es española, pero se apellida Caldwell.

—Mi padre es de Manchester, pero sus estudios de botánica le hicieron mudarse a Madrid y allí conoció a mi madre. Mi hermana y yo solo hemos estado en Inglaterra una vez. —El señor Bonnaire terminó de colocarle la venda, pero el joven no dejó de observarme—. Cuando me tuvieron, quisieron ponerme un nombre que se pronunciara igual en inglés y en español.

—Quisiera saber cuál es ese nombre —dijo él con cautela.

Yo dudé, pero solo un instante. Si había sostenido a ese hombre contra mi pecho mientras un cirujano se ocupaba de sus heridas sin llegar a ruborizarme, no tenía ninguna razón para no revelarle algo tan inocente como mi nombre de pila.

—Amelia.

—Déjeme su pie, señorita Caldwell. —Bonnaire me devolvió a la realidad. Extendí la pierna hacia él y busqué a Akiko con la mirada; durante los últimos minutos, había olvidado su presencia allí, pero ella no parecía molesta: aún contemplaba el cuadro de Juana de Arco, que aparecía retratada besando su espada con devoción.

—Esto le escocerá —dijo el médico chasqueando la lengua.

Le quitó el tapón a uno de sus frascos. Mientras lo hacía, Shiro se puso en pie.

—Debería guardar reposo —le advirtió Bonnaire mientras vertía el líquido en la herida de mi pie. Al oírme jadear por culpa de la sensación ardiente, volvió a dirigirse a mí—. Anímese, señorita: a usted no voy a tener que coserle nada. —Me sonrió amablemente.

Akiko vino corriendo a mi lado y me cogió de la mano para reconfortarme. Shiro, por su parte, abandonó la estancia sin despedirse.

Por alguna razón, me sentí abatida cuando lo hizo. La gente no solía pedirme que hablara, lo que se esperaba de mí era que escuchara a los demás. Una jovencita debía «saber estar» en los sitios, y eso quería decir que tenía que asentir a lo que decían otros y responder cosas como: «Ya veo», «¡Increíble!» o «¿De verdad?». Que aquel hombre misterioso me hubiese preguntado por mi herbario me provocaba un calor desconocido en el pecho.

Qué ilusa era. Mi herbario no le interesaba lo más mínimo, solo quería distraerse. Por eso se había ido en cuanto había tenido la oportunidad de hacerlo.

—Señor Bonnaire —dijo Akiko interrumpiendo mis sombríos pensamientos—, ¿usted cree que el señor Shiro está en lo cierto con respecto a esos imperialistas?

—¿Se refiere a si creo que el *ishin shishi* querría raptar a la señorita Caldwell? —El médico resopló y sus bigotes se agitaron—. Espero que no, pero, en los tiempos que corren, uno ya no puede estar seguro de nada...

—¿El *ishin shishi*? —intervine yo. En efecto, el líquido había dejado de escocer y Bonnaire ya me estaba vendando el pie—. ¿Dónde he oído ese nombre?

—Son un grupo de radicales, señorita —dijo el señor Bonnaire con aire contrariado—. Me temo que no nos tienen demasiado aprecio a los extranjeros.

—Pero ¿por qué iban a querer raptarme? —Ni Akiko ni el médico dijeron nada—. Hablaré con mis padres, en cualquier caso, ellos sabrán cómo actuar.

—Si le interesa mi opinión, señorita, será lo más sensato. —Bonnaire volvió a guardar sus útiles de medicina en la arqueta—. Pero no vuelva con ellos ahora: es tarde y las calles estarán llenas de peligros. Acepte mi hospitalidad hasta mañana.

Miré a mi amiga y ella me hizo un gesto de aprobación. La señorita Fenton hubiese considerado poco decoroso que pasáramos la noche en casa de un hombre al que acabábamos de conocer, pero la alternativa era recorrer la ciudad de madrugada después de haber sufrido un intento de secuestro. Definitivamente, lo mejor sería esperar al día siguiente para volver a la posada; con un poco de suerte, llegaríamos antes de que mis padres se levantaran. Además, así podría dejar reposar mi pie magullado.

El señor Bonnaire nos dijo que podíamos ocupar el propio cuarto de invitados. Abrió la ventana para ventilarlo y Akiko se apresuró a colocar la mosquitera; mientras tanto, nuestro anfitrión fue a tirar el agua sanguinolenta.

—Tiene mala cara, señorita —dijo mi amiga mientras me ayudaba a llegar hasta la cama—. ¿Le duele el pie o echa de menos a su galán?

—¿Qué clase de tontería es esa?

—He visto cómo se miraban, parecía que estuviesen solos en la habitación.

—No es verdad. —Me senté en la cama y tiré de las sábanas. Olían a humedad, lo que me hizo pensar que el señor Bonnaire no recibía demasiadas visitas—. Él se ha largado en cuanto ha podido. Creo que ha sido muy grosero por su parte, pero no sé por qué esperaba más de un…

Un codazo de Akiko me hizo enmudecer, pero ya era tarde.

Shiro se había detenido en el umbral de la puerta y me observaba con las cejas ligeramente arqueadas. Estaba segura de que me había oído.

Me quedé mirándolo con el corazón acelerado y las mejillas ardiendo. Él se acercó a la cama y me ofreció algo que llevaba en la mano. Era un lirio recién cortado.

—Su flor favorita, señorita Caldwell —dijo secamente—, o eso ha dicho antes.

Mis dedos temblaban cuando acepté aquel regalo. Shiro hizo una breve inclinación de cabeza y se dirigió hacia la puerta; yo me quedé sentada en la cama, muerta de vergüenza, deseando pedirle disculpas y sin atreverme a abrir la boca.

Cuando se marchó, deposité el lirio en la mesilla de noche con toda la delicadeza que no le había mostrado al joven. Me sentía fatal.

El colchón se hundió ligeramente cuando Akiko se sentó al borde de la cama. Mi amiga me miraba con pesar.

—Lo he ofendido, ¿verdad? —murmuré abatida.

—Me temo que sí, pero no es el fin del mundo. —Ella me retiró el pelo de la cara y se acostó a mi lado—. Intente descansar, hoy ha sido un día muy largo.

—Y mañana lo será todavía más —suspiré pensando en mis padres.

—Anímese, todo esto podría haber acabado mucho peor.

Sí, podría haber acabado mucho peor. Sin embargo, yo tenía un nudo en el estómago.

Akiko se acurrucó a mi lado y se quedó quieta. En cuestión de minutos, su respiración se hizo más lenta y pesada; yo cerré los ojos y traté de no pensar en el *ronin*, pero no lo logré.

Me rendí cuando aún era de noche. Incapaz de conciliar el sueño, me deslicé entre las sábanas, apoyé los pies en el suelo y, tras comprobar que el vendaje me permitía caminar, salí del cuarto de invitados.

Al otro lado de la puerta había una pequeña sala cubierta de esterillas y cojines. Habíamos pasado por allí para dirigirnos hacia el dormitorio de invitados y recordé que tenía una puerta redonda que daba a un diminuto jardín interior. Pensé que sería un buen sitio para intentar calmarme.

La casa de Bonnaire estaba oscura y no se oían ruidos de actividad, por lo que supuse que tanto su dueño como su misterioso invitado estarían durmiendo ya.

Me equivoqué: cuando salí al jardín, vi que estaba alumbrado por la débil luz de un farolillo de papel blanco. Un farolillo que descansaba en el regazo de alguien.

Shiro estaba recostado en una hamaca. Se había soltado el pelo y le caía por los hombros, largo y fino; su cabeza estaba ligeramente inclinada hacia atrás y tenía los ojos cerrados, pero no parecía dormir. Uno de sus pies descalzos rozaba la hierba del jardín.

Me quedé mirándolo en silencio durante unos segundos y, sobrecogida, me dije que las cicatrices de su rostro no le impedían ser el hombre más apuesto que había visto en mi vida.

—Señorita Caldwell.

Abrió los ojos. Yo me armé de valor y me senté en la hamaca de al lado.

—¿Cómo ha sabido que era yo?

—Por el sonido de sus pasos. Son más ligeros que los del señor Bonnaire, pero más firmes que los de su amiga.

Me gustó que se refiriese a mi amiga en vez de a mi doncella. Apoyé la espalda en la hamaca y decidí no andarme con rodeos:

—Espero no importunarlo, Shiro, pero le debo una disculpa.

Él ladeó el rostro, pero no dijo nada. Respiré hondo y continué:

—Me ha escuchado hablar de usted a sus espaldas. Sé que no debo buscar excusas, pero estaba alterada por lo ocurrido esta noche. Aun así, usted me ha salvado de esos hombres y ha sido gentil conmigo, y yo no he sabido corresponderle debidamente. —Volví a sentir calor en las mejillas y agradecí que la luz del farolillo fuese tan débil—. Lo lamento.

Durante unos segundos, solo pude oír el canto de los grillos y mi propio corazón latiendo desbocado.

—«Asesino».

El joven solo pronunció esa palabra. Yo me volví hacia él sorprendida.

—Eso era lo que iba a decir antes, en el cuarto de invitados —dijo sin dejar de observarme—. Que no sabía por qué esperaba nada de un asesino.

—Ya le he dicho que lo siento...

—No lo sienta. —Shiro sacudió la cabeza lentamente—. Es lo que le he demostrado esta noche, señorita Caldwell.

—También me ha demostrado otras cosas. —Me incliné hacia él—. Que es valiente, por ejemplo.

—Si lo dice por esos imperialistas, proteger a dos criaturas no es una cuestión de valentía, sino de decencia.

—La decencia está muy bien, pero intuyo que usted también es un guerrero extraordinario.

—Un guerrero a secas. Las palabras hermosas son para los samuráis, no para los hombres como yo. Mi abuela siempre dice que los *ronin* acaban todos borrachos y apuñalados en algún callejón. —Sacudió la cabeza—. Yo me mantengo sobrio, al menos.

No pude reprimir una sonrisa. Shiro me miró con algo que interpreté como simpatía.

—¿Está asustada por lo que ha vivido esta noche, señorita Caldwell?

—Menos de lo que debería, me parece —admití—. Tal vez sean los nervios. Es posible que mañana, cuando esté con mis padres, empiece a sentirme atemorizada.

—No creo que deba tener miedo, pero le aconsejo que sea precavida.

—Puede que haya sido un castigo por escaparme sin permiso.

—Un castigo o un aviso. —El joven desvió la mirada—. No se atormente, todo ha acabado bien.

—Antes me ha dicho que esos hombres eran imperialistas.

—Así es.

—Y que yo era extranjera. —Como no dijo nada, insistí—: ¿Quería llegar a alguna conclusión?

—No considero prudente sacar conclusiones. Estaba herido y un poco confundido. —Seguía evitando mis ojos.

—¿Sabe una cosa, Shiro? No pienso que usted sea alguien que se confunde fácilmente.

—¿Por qué no?

—Habla tan poco que le da tiempo a escoger concienzudamente cada palabra que pronuncia.

Entonces él rio abiertamente. Lo hizo en silencio, pero sus ojos se convirtieron en dos rendijas y toda su cara se iluminó. Mi corazón aleteó como un pájaro en su jaula.

—Si pretendía insultarme, señorita Caldwell, debo decirle que es el insulto más original que he escuchado nunca. Me ha llamado aburrido sin sonar grosera.

—Por el amor de Dios, no era mi intención —dije llevándome las manos al rostro—. Precisamente, había venido a disculparme por mis malos modales...

—Creo que sobreviviré a sus numerosas afrentas.

Se volvió hacia mí nuevamente. Por algún motivo, su forma de mirarme me hizo sentir turbada.

—Ha sido muy generosa viniendo a disculparse con un asesino —admitió—. Y también ha sido valiente. Ha vuelto a buscarme a ese callejón y me ha ayudado a llegar hasta aquí, y me ha hablado mientras me cosían.

—Eso último no requiere valor alguno.

—A veces hay que ser muy valiente para hablar de uno mismo.

—¿Por eso usted prefiere usar un nombre falso? —pregunté con cautela.

Estiró la comisura del labio hasta formar algo parecido a una sonrisa.

—No le conviene saber nada más de mí, no esta noche. —Parpadeó—. De momento, señorita, solo soy un asesino que tiene los mismos enemigos que usted.

—Cielos, no quisiera tener enemigos.

—El mundo está lleno de gente perversa y brutal que no dudaría en dañar a una muchacha inocente.

Hablaba con una fría calma que me hizo encogerme en la hamaca.

—¿Y qué me aconseja? —pregunté en voz baja.

—¿Con sinceridad? Que coja una *naginata* y aprenda a defenderse. Existen *dojo* de mujeres en Edo; el de la gran Nakano Takeko, por ejemplo, es famoso en todo Japón. Pero sé que es poco probable que le permitan hacer eso —añadió con un suspiro—, así que solo puede confiar en seguir cruzándose conmigo.

Se recostó en la hamaca y cerró los ojos con un gruñido. Supuse que aún le dolerían los puntos.

Yo miré alrededor. La noche estaba cargada de brisa y grillos, y me costaba creer que hacía tan solo unas horas se había derramado la sangre de cuatro hombres en un callejón oscuro.

Alcé la barbilla y vi un reguero de estrellas contemplándonos desde lo alto del cielo; faltaba poco para que quedaran ocultas tras las nubes grises que traía consigo la estación lluviosa. Saber que pronto dejaría de verlas me hizo encontrarlas todavía más hermosas.

—Precisamente, confío en no volver a verlo nunca —dije en voz baja—. Porque, si lo hago, me enamoraré de usted.

Aún no sé de dónde saqué la audacia para hacerlo. Creo que él supo lo que me proponía incluso con los ojos cerrados, pero se quedó quieto, con los labios entreabiertos, como si estuviese a punto de exhalar un suspiro. Si lo hizo finalmente, murió en mis labios cuando lo besé.

El tacto de su boca era áspero y ardiente. No pude resistirme a humedecer sus labios con los míos durante unos instantes; la sensación fue tan deliciosa que me puse a temblar de inmediato.

Entonces noté el roce caliente de su lengua buscando la mía y las sensaciones que me provocó me hicieron gemir involuntariamente.

Me aparté como si hubiese cometido un pecado. Los labios de Shiro buscaron los míos a ciegas y, al no encontrarlos, el *ronin* abrió los ojos, pero yo ya estaba dándole la espalda.

Mientras me escabullía hacia el dormitorio, una parte de mí esperaba que el joven me detuviese, pero aquello no sucedió. Entré en el cuarto de invitados, me metí entre las sábanas y, finalmente, me atreví a respirar.

Mi cuerpo había despertado de golpe y no sabía cómo calmarlo. Aunque la noche era fresca, tenía la piel erizada y caliente bajo el kimono y notaba una incómoda humedad entre los muslos. ¿Y todo por un beso furtivo en el jardín de un extraño?

Aparté la única manta de un puntapié y Akiko se removió en sueños. Busqué el lado más fresco de la almohada y me obligué a cerrar los ojos.

Había sido la noche más emocionante de mi vida y, aunque sabía que al día siguiente tendría que enfrentarme a mis padres y a la incertidumbre de saber que uno de mis atacantes aún merodeaba por las calles de Kioto, lo único que vi al cerrar los párpados fue el rostro de Shiro. Bello y temible como el demonio que llevaba tatuado en su cuerpo.

Apenas clareaba cuando el señor Bonnaire nos despertó dando unos golpecitos en la puerta. Como siempre, Akiko se levantó de un salto; como siempre, yo lo hice rezongando.

—He preparado té —dijo el médico desde el otro lado de la puerta—. Anoche les dejé agua limpia en la jarra, pueden lavarse y venir a desayunar.

Mi amiga y yo nos mojamos la cara y las manos antes de salir. Habíamos dormido vestidas, por lo que Akiko solo tuvo que calzarse para estar lista. Me dijo que le pediría a Bonnaire un par de sandalias para mí; también me dijo que tenía hambre y que había soñado con Juana de Arco. Yo asentí sin decir nada y poco después me encontré sentada frente a una mesita baja con una taza de té humeante entre las manos.

—He preparado huevos cocidos y *sashimi* de salmón —dijo Bonnaire, que estaba arrodillado frente a nosotras—. Siento no tener nada mejor que ofrecerles, pero no esperaba tener invitadas.

—Es usted muy amable —murmuré. Akiko asintió con la boca llena de pescado crudo y se sirvió más salsa de soja—. ¿Shiro está durmiendo aún?

—Shiro se marchó anoche. —El médico me miró por encima de sus gafitas—. Me pidió que lo excusara ante ustedes.

Yo estaba segura de que el *ronin* no le había pedido nada parecido, pero no me importaba: yo ya me había despedido de él.

Cada vez que recordaba aquel beso, sentía una emoción indescriptible. Akiko me miraba de reojo con insistencia y supe que, tan pronto como nos quedáramos solas, me preguntaría por qué estaba tan animada.

No me importaba. En el fondo de mi corazón, estaba deseando hablar de Shiro con ella.

El señor Bonnaire se despidió de nosotras en la puerta. Yo me llevé sus sandalias de repuesto y el lirio que me había regalado el misterioso *ronin* escondido entre los pliegues de seda del kimono. Sospeché que lo había robado del jardín de Bonnaire, pero decidí que me traía sin cuidado su procedencia: el joven había ido a buscarlo porque yo le había dicho que era mi flor favorita.

Akiko y yo echamos a andar cogidas del brazo. La brisa fresca de la mañana me despejó un poco y empecé a fijarme en lo que había alrededor: los comerciantes más madrugadores ya estaban instalando sus tiendas y se respiraba una agradable calma. Tomamos una calle que zigzagueaba entre templos señalados con *torii* rojos, algunos de los cuales tenían tablillas con oraciones colgadas de ellos, y el repiqueteo de la madera mecida por el viento me sosegó un poco. La casa de tejas azules y blancas y su puerta decorada con carpas pintadas pronto quedaron atrás.

—¿Quiere contarme dónde estuvo anoche, señorita? —dijo Akiko entonces—. Abrí los ojos y no la encontré en la cama.

No era una acusación, sino todo lo contrario. Mi amiga parecía complacida y yo descubrí que también lo estaba.

—Júrame que me guardarás el secreto —respondí a pesar de todo.

—Se lo juro. —Akiko se santiguó. Se había convertido al cristianismo hacía un par de años, a instancias de mis padres, aunque yo sospechaba que lo había hecho solo por agradarnos. Dado que nuestra religión no estaba muy bien considerada entre sus compatriotas, aprecié especialmente ese gesto.

—Gracias, querida.

Mientras le relataba mi encuentro nocturno con Shiro, la ciudad imperial nos atrapó con su bullicio. Yo sabía que me aguardaba un sermón al llegar a la posada y que tendría que tomar precauciones a partir de ese momento; pero durante aquel paseo por los templos sintoístas, con Akiko celebrando entusiasmada mi fugaz idilio amoroso, los temibles *ronin* de Kioto y las conspiraciones imperialistas me parecían tan lejanas como un mal sueño.

Capítulo 3

Kioto, Universidad de Estudios Extranjeros
Febrero de 2018

—Así es como termina la primera parte de *Después del monzón*. —El profesor Ikeda levanta la mirada y me observa a través de sus gafas—. Hay un total de tres, cada una de las cuales se corresponde con un episodio de la vida de Amelia Caldwell en Japón. La que acabo de leerle se titula: «Florecimiento».

—Ya veo —murmuro impresionada.

Lentamente, suelto el aire que he estado reteniendo en los pulmones durante los últimos segundos. No sé si ha sido la pluma de Amelia o la voz del profesor Ikeda, o una mezcla de ambas cosas, pero la cuestión es que mi cabeza se ha llenado de imágenes sobrecogedoras: las lámparas iluminando la ciudad imperial durante la celebración del Año Nuevo, con los volantes surcando el cielo y un sinfín de peligros acechando entre las sombras; el siniestro callejón que se describe en el diario, salpicado de sangre y malos augurios; el jardín de la casa del señor Bonnaire, con el olor de los lirios y el murmullo de los besos como telón de fondo. Esos escenarios de la vida de Amelia han aparecido claramente ante mis ojos, y una parte de mí aún está esforzándose por regresar al siglo XXI.

—¿Está bien, profesora Zárate? —La voz del profesor consigue devolverme a la realidad.

Me doy cuenta de que me observa con cierta expectación y trato de parecer relajada. Aunque no lo estoy.

—Sí, claro. —Parpadeo—. Es solo que... no me esperaba esto.

—¿A qué se refiere?

—Me esperaba que todo fuese menos...

—¿Emotivo? —sugiere él—. Ya le he recordado que *Después del monzón* era una especie de diario.

Un diario en el que Amelia Caldwell describió con todo lujo de detalles lo que sintió al besar al misterioso joven que le había salvado la vida aquella noche. Escucharlo de los labios del profesor Ikeda no ha llegado a ser incómodo, pero sí ligeramente turbador.

Por otro lado, Amelia también ha plasmado en su libro escenas que me han resultado extrañamente familiares. Como, por ejemplo, las risas y confidencias que compartía con Akiko. Ellas dos fueron amigas hace más de un siglo y, sin embargo, me han recordado mucho a Marta y a mí.

Más que emotivo, diría que *Después del monzón* es tremendamente humano. Mucho más de lo que pensé que sería.

Aun así, estoy preparada para sumergirme en sus páginas. Es algo que llevo esperando demasiado tiempo como para cambiar de idea ahora.

—Se ha quedado usted sin habla —dice el profesor entonces—. No lo creía posible.

Ese comentario interrumpe bruscamente mis pensamientos. ¿Está insinuando lo que creo que está insinuando?

—Yo tampoco creía posible que usted fuese capaz de pronunciar dos frases seguidas —replico molesta.

—Resulta que los dos somos una caja de sorpresas. —Él se gira para mirar por la ventana. Fuera está tan oscuro que ya no puedo ver el ciruelo—. Me temo que la universidad cerrará pronto.

Se pone en pie y yo le dirijo una mirada inquieta. Aún no hemos leído ni un tercio del libro, pero es obvio que él me está invitando a marcharme.

—Mañana no trabajo —anuncia—. Tengo unos días libres.

Debo de poner cara de angustia, porque él arquea las cejas.

—¿Cuándo vuelve usted a España?

—El jueves. —Me doy cuenta de que he empezado a morderme las uñas y dejo de hacerlo inmediatamente—. ¿Habrá vuelto usted a la universidad para entonces?

—No lo creo.

—¿Y no habría ninguna posibilidad de que...? —Me va a mandar a la mierda, lo presiento, pero no pierdo nada proponiéndoselo, así que me armo de valor—: ¿Podríamos quedar algún día? No pretendo estropearle las vacaciones, pero no querría volver a mi país sin saber cómo termina la historia de Amelia.

—No son vacaciones. —Él arruga el entrecejo—. ¿Tiene algo que hacer esta noche?

No puedo creer que haya colado. Tengo ganas de ponerme a saltar, pero intento parecer una persona normal mientras me levanto yo también.

—Tenía una cita con el *onsen* y la cama del hotel, pero puedo decirles que me esperen hasta más tarde. — Lo de probar los baños japoneses me hacía ilusión, la verdad, pero soy capaz de sacrificarlos a cambio de saber más acerca de Amelia—. O hasta mañana.

—¿Hasta mañana? No lo creo.

Su tono es tan cortante que una oleada de calor inunda mis mejillas. No me he dado cuenta de que esa frase podía dar lugar a equívocos; lo más sensato sería dejar correr el asunto, pero yo no me caracterizo por tomar decisiones sensatas, por lo que aclaro:

—No me refería a lo que usted está pensando. Si es que está pensando lo que yo creo que está pensando, que supongo que sí. En fin, que no me refería a que pasáramos la noche juntos ni nada de eso. Es decir, podemos pasar la noche juntos, pero no de esa manera...

—Por supuesto que no. —Su tono cada vez es más frío. Ahora, además de avergonzada, empiezo a sentirme vagamente ofendida.

—Ya me ha quedado claro que la idea le parece terrible —suspiro—. Bueno, ¿qué propone usted?

El profesor Ikeda me da la espalda para descolgar un abrigo largo y oscuro que hay en el perchero de su despacho y del que también cuelga un paraguas transparente. Menos mal que no es del mismo azul marino que todo lo que lleva puesto. «Tan aburrido como él», pienso con resquemor, aunque después me siento culpable: el hombre no será muy dicharachero, pero está dedicándome su tiempo.

—Hay un restaurante bastante tranquilo cerca de aquí —dice el profesor sin mirarme—. Podríamos cenar algo y después retomar la lectura. —Entonces sí que se vuelve hacia mí, y hay una expresión de lo más extraña en sus ojos—. Ya ha descubierto que no soy la compañía más agradable, pero tendrá que soportarme hasta que terminemos el libro.

No sé qué me deja más sorprendida: que se considere a sí mismo desagradable o que dé por sentado que vamos a terminar el libro. En cualquier caso, las dos cosas hacen que sienta todavía más remordimientos de conciencia.

—No es desagradable, solo un poco serio —digo encogiéndome de hombros—. Supongo que yo le parezco demasiado informal. ¿Cree que se trata de un contraste cultural o algo así? A veces pasa.

—No, creo que simplemente somos distintos.

—Pues vale.

—¿Todo lo que digo le molesta realmente?

El profesor abre la puerta del despacho y me cede el paso. Después apaga la luz y cierra sin hacer ruido.

—No —murmuro. Sin mentir—. De hecho, le estoy muy agradecida.

Por primera vez, él sonríe. Más o menos. En realidad, solo tensa ligeramente los labios, pero lo interpreto como un intento de sonrisa. Algo es algo.

Recorremos juntos el pasillo desierto. ¿Es que somos los últimos que quedan en la universidad? No lo creo, aunque lo parece. Al llegar a la puerta principal, me adelanto para ser yo la que le ceda el paso a él.

Fuera hace frío, pero la calle está bastante iluminada. No llueve, por lo que el profesor no despliega el paraguas. Los dos bajamos la escalinata en silencio.

—El restaurante está por allí —me indica él.

Mientras caminamos, yo no puedo resistir la tentación de mirarlo todo. Siempre que buscaba fotos de Japón en Internet, lo primero que veía eran avenidas abarrotadas de gente o rascacielos iluminados con todos los colores del arcoíris. Imágenes de Tokio, en su mayoría. Kioto es diferente, al menos en esa zona de la ciudad: los edificios son bajos, de una o dos plantas, y muchos están construidos con paneles de madera y tejas de cerámica, como las casas tradicionales japonesas. También están iluminados, pero con suaves luces doradas que ahora mismo se reflejan en el suelo mojado. Y puedo reconocer las entradas de los antiguos templos sintoístas, señaladas con esos arcos rojos llamados *torii* que menciona Amelia en su diario.

—¿Le gusta lo que ve? —me pregunta el profesor Ikeda al cabo de un rato de silencio.

—Sí. Me preguntaba si se parecerá a como era hace ciento cincuenta años. —Hablo impulsivamente, pero él no se ríe de mí, por lo que continúo—: Una cosa que siempre me ha llamado la atención de su país es cómo conviven en él lo antiguo y lo moderno.

—Dicen que los japoneses nos adaptamos fácilmente a los cambios. —El profesor mira hacia delante con aire pensativo—. Cuando el emperador Meiji llegó al poder en 1868 y decidió modernizar el país, el mundo entero admiró la capacidad de Japón para abrirse a Occidente y, al mismo tiempo, conservar la mayor parte de sus tradiciones. Sin embargo —añade en voz baja—, eso también tuvo consecuencias. La Segunda Guerra Mundial, por ejemplo.

—¿Qué relación hay entre ambas cosas? —le pregunto con cautela—. Espero que mi pregunta no le parezca grosera.

—No me lo parece porque no lo es. —Él me mira fugazmente—. La restauración Meiji puso fin al Japón de los samuráis, pero esos hombres y mujeres continuaron existiendo. Los que no se rebelaron y murieron, claro está. —Tuerce ligeramente el gesto, pero prosigue—: Hay historiadores que consideran que la Segunda Guerra Mundial sirvió para volver a movilizar a todos esos exsamuráis que no aceptaban que el mundo había cambiado.

—Pero pasaron muchos años entre la caída de los samuráis y el estallido de la Segunda Guerra Mundial —digo sorprendida.

—La memoria de la gente sobrevive varias generaciones, ¿no le parece?

—Bien pensado, tiene razón.

—El restaurante está aquí mismo. —El profesor Ikeda señala un edificio iluminado con farolillos de papel. Aunque la conversación estaba siendo interesante, casi agradezco que nuestra atención se centre en algo menos profundo—. ¿Le gusta la comida japonesa?

—Sí y no. —Él me mira con una ceja enarcada—. Me gusta la comida japonesa... española. No sé si es la misma que comen aquí. En todo caso —añado con una sonrisilla—, estoy dispuesta a probarla. Mientras no tenga que comer insectos o algo por el estilo...

—Precisamente —contesta él frunciendo el ceño—, este restaurante está especializado en las cucarachas fritas.

Se me revuelve el estómago de inmediato. Momentos después, el profesor vuelve a tensar los labios.

—Era broma —dice tranquilamente—. No he probado una cucaracha en mi vida ni pienso hacerlo, pero los fideos son excelentes. —Extiende el brazo hacia la puerta del restaurante—. Usted primero.

—Profesor Ikeda.

—¿Sí?

—No vuelva a bromear con eso jamás.

Él se echa a reír, esta vez de verdad. No puedo creer que el tío con cara de esfinge haya soltado su primera carcajada en todo el día y haya sido a mi costa, pero decido que es mejor eso que nada. Sacudo la cabeza y entro en el local para que no vea que, a mi pesar, yo también me estoy riendo entre dientes.

La dueña del restaurante nos recibe muy amablemente y nos acompaña hasta una mesa que hay al fondo del todo.

—Me sorprende que no comamos arrodillados —digo sin pensar. El profesor pestañea y me siento tonta de repente—. Es lo que se hace en el restaurante japonés que hay en mi barrio. También nos ponen una especie de... ¿kimonos? La verdad es que parecen batas de señora mayor. —Sacudo la cabeza—. Va a pensar que los españoles somos idiotas.

—Bueno, aquí mucha gente piensa que todos en España bailan flamenco y torean en sus ratos libres. —Se encoge de hombros—. Los tópicos existen, lo importante es saber que un país es más que eso. Es lo primero que les digo a mis alumnos de la universidad al empezar el curso.

—Sabias palabras.

—¿Qué les dice usted?

—¿Yo?

—Si es investigadora, supongo que también impartirá ciertas asignaturas...

Ups, casi meto la pata. Antes de que pueda inventarme algo original, la dueña del restaurante nos trae las cartas. Por supuesto, yo no entiendo nada de lo que pone en la mía y, como no me atrevo a escoger un plato al azar (no quiero acabar comiendo cucarachas fritas por error), la cierro diplomáticamente y miro al profesor con una sonrisa beatífica.

—Elija usted.

Él pide comida para los dos y luego saca *Después del monzón* del interior de su abrigo y lo deja en la mesa.

—¿Quiere que siga leyendo un poco mientras esperamos la comida?

Me siento absurdamente decepcionada: me estaba gustando charlar con él. Es el único japonés que conozco y siempre es interesante hablar con gente de otros países. Pero no se me ocurre ningún motivo por el que decirle que no, por lo que me quedo mirándolo mientras se aclara la garganta.

—«Segunda parte: monzón»... —comienza.

Segunda Parte

MONZÓN

III

Edo, capital del shogunato
Mayo de 1865

Mi corazón latía con fuerza cuando salimos al jardín interior de la casa de té. Akiko me miraba con pesar; yo me aferraba a su brazo como si fuese una balsa manteniéndome a flote en mitad de una tormenta.

Afortunadamente, no había nadie fuera: los demás invitados seguían en el salón, debatiendo acaloradamente sobre el futuro incierto del shogunato y de sus respectivos negocios. Las relaciones entre Japón y las potencias extranjeras se habían complicado desde el pasado septiembre, cuando las fuerzas navales británicas, francesas y estadounidenses habían bombardeado uno de los dominios del sur como respuesta a los ataques a sus barcos por parte del clan Choshu, aliado del emperador Komei. Dos años atrás, el emperador ya había promulgado la *Orden de expulsión de los bárbaros* en contra de la voluntad del shogun Tokugawa; según se decía, era cuestión de tiempo que estallara una guerra abierta entre los partidarios del shogun y el emperador, es decir, entre los partidarios de la apertura de Japón a

Occidente y los que querían que los extranjeros volviésemos a nuestros respectivos países.

El asunto era preocupante, sin duda; pero yo no hubiese podido sentirme más ajena a él en ese momento. No después de lo que acababa de descubrir.

La paz que reinaba en el jardín apenas me consoló. No era la primera vez que visitaba la casa de té Nikenjaya: era una de las más famosas de Edo, con sus dos edificios blancos de estilo tradicional, su patio interior sembrado de palmeras y la entrada del templo más próximo señalada con un *torii* flanqueado por linternas de piedra. Mis padres solían llevarnos allí a menudo, y aquella noche se habían reunido con una veintena de europeos distinguidos y otros tantos funcionarios japoneses que conocían hasta cierto punto nuestra lengua y nuestras costumbres. Los cónsules británico y americano presidían la reunión, a la que también estaban invitados algunos comerciantes de sus respectivos países.

Uno de ellos era mi prometido.

—Ya sabe que los mercaderes no están bien vistos en Japón, señorita —me había advertido Akiko poco después de que anunciáramos nuestro compromiso—. Se los considera usureros, por lo que no tratarán a su esposo con la misma deferencia que a su padre. Ni tampoco a usted.

—No necesito que nadie me trate con deferencia —le dije yo—, me conformo con cierto respeto.

—Se conforma con poco, en ese caso.

En ese momento, fingí no captar el doble sentido de sus palabras. Pero aquella tarde, mientras mi amiga me sacaba del asfixiante salón y me guiaba entre las palmeras del jardín, volví a escucharlas nítidamente dentro de mi cabeza.

—Siéntese —dijo mi amiga deteniéndose junto a un banco de piedra—. Respire hondo y se sentirá mejor.

Sabía que se estaba reprimiendo para no decirme lo que pensaba de todo aquello. Probablemente Akiko era la única persona que consideraba que un matrimonio con Guillermo de Andújar era poco para mí, mi amigo de la infancia se había convertido en un joven muy apuesto: su rostro redondeado se había afilado, el azul de sus ojos se había oscurecido un par de tonos y tenía la piel bronceada después de haber pasado seis meses en Ceilán, vigilando la plantación de té de su padre. Los de Andújar habían prosperado en la India y habían viajado a Japón con el pretexto de buscar nuevos mercados y reencontrarse con viejos amigos, pero pronto descubrí que yo también formaba parte de sus planes. Puesto que el señor de Andújar y mi padre eran buenos amigos desde hacía décadas, no era de extrañar que me hubiesen elegido para ser la esposa de Guillermo, hijo único y heredero de la plantación de Ceilán; sin embargo, yo me sentía halagada de todas maneras. Y es que mi futuro marido atraía todas las miradas a su paso.

No estaba enamorada de él, o no exactamente, pero me agradaba y confiaba en que, con el tiempo, nuestro afecto se convertiría en pasión. Por el momento, nos habíamos besado varias veces a escondidas y Guillermo había llegado a meter las manos bajo mis faldas. No lo consideraba un mal comienzo.

Por eso estaba tan afectada por lo que había averiguado aquella tarde. Tanto que, cuando obedecí a Akiko y me senté en el banco de piedra, apenas me preocupé por alisar la falda de mi vestido recién estrenado. Era de seda verde y encaje blanco, con las mangas cortas y el talle ceñido, y lo había adornado con la rosa que Guillermo me había regalado antes de entrar en la casa de té.

Oh, Guillermo. ¿Cómo había podido hacerme algo así? ¡Y un mes antes de nuestra boda!

—¿Estás segura de que era él? —dije con un hilo de voz.

—Completamente. Y no sabe cuánto lo siento. —Akiko me retiró un mechón de pelo de la cara y aquel gesto cariñoso, tan habitual en ella, hizo que se me empañaran los ojos—. No llore, señorita, que no se acaba el mundo. De haber sabido que le afectaría tanto, no le hubiese contado nada...

—Has hecho bien. —Parpadeé para contener las lágrimas—. ¿Quién iba a pensar que mi prometido sería un... rufián?

—No diga eso, querida señorita...

—Si ha visitado el barrio de Yoshiwara, Akiko, no puedo decir otra cosa. —Apreté los puños—. No pienso casarme con él.

—¿Va a romper su compromiso? —Mi doncella me miraba con estupor—. Creo que debería calmarse antes de tomar decisiones precipitadas...

Me llevé las manos al rostro, pero no sabía dónde ocultar mi vergüenza. Mi prometido había decidido recurrir a los encantos de alguna geisha mientras estaba en Edo; no le bastaba conmigo, no podía esperar un mes a que estuviésemos casados para ir más allá de los besos y caricias que nos dábamos a escondidas tras las columnas de los salones o en los jardines de las casas de té. Prefería pagar para que alguna mujer satisficiera sus deseos más inmediatos.

Una amante me hubiese dolido menos o, como mínimo, no me hubiese hecho perderle todo el respeto a Guillermo. Podría haberle perdonado que se fijara en otra, pero no que obligara a una muchacha vulnerable a yacer con él por dinero. Eso era lo que hacían los hombres que visitaban los burdeles: aprovecharse de la pobreza de esas jóvenes para saciar su apetito. No podía creer que Guillermo, que era capaz de seducir a cualquier joven solo con su sonrisa y sus comentarios jocosos, hubiese caído tan bajo. ¿Qué podía encontrar en Yoshiwara que no fuese un poder absoluto sobre el cuerpo de alguna de esas mujeres?

Entonces oí su voz:

—¿Amelia?

Me hubiese gustado esconderme, pero apareció entre dos palmeras y me sonrió. Estaba radiante con su traje italiano y su perenne sonrisa; incluso los mechones de pelo dorado que le caían sobre la frente resultaban encantadores.

—¡Ah, aquí está mi hermosa prometida! —Sin percatarse de mis ojos enrojecidos, me rodeó los hombros con su brazo y me estrechó fuertemente—. Ven conmigo, quiero presentarte a alguien. Tu sombra puede venir con nosotros —dijo mirando a Akiko con una sonrisa divertida.

Yo no sabía dónde meterme. No quería acompañarlo a conocer a nadie, necesitaba estar sola, pero Guillermo no era alguien que aceptara una negativa fácilmente: insistiría, me preguntaría si me ocurría algo y tal vez lograra sonsacarme la verdad. Y prefería no hablar con él ahora, no mientras estuviese tan afectada.

De modo que me resigné.

—¿Quién es? —pregunté con un tono que pretendía ser animado—. ¿Es inglés o español?

—Ninguna de las dos cosas. —Él hizo uno de sus mohines de niño travieso—. Es un capitán del Shinsengumi, pero no uno cualquiera: se trata de los hombres de confianza del shogun Tokugawa. Lo llaman Demonio Blanco y dicen que es un guerrero sanguinario.

Me las arreglé para parecer mínimamente interesada.

—¿Y debo conocer a un guerrero sanguinario por alguna razón en particular?

Guillermo rio abiertamente. Yo lo hubiese golpeado con gusto, pero el último año me había servido para aprender a comportarme como la señorita que nunca había querido ser. Mis padres me habían aleccionado como correspondía y Martina me había escrito extensas cartas hablándome del matrimonio, la vida de casada y el cuidado de los niños; todos habían accedido a perdonar y olvidar mi pequeña travesura del año anterior, cuando me había escabullido con Akiko para disfrutar del Año Nuevo en Kioto, y yo había intentado estar a la altura de lo que se esperaba de mí. Consideraba que mi «saber estar» ya era envidiable e hice gala de él forzando una sonrisa.

—Es un personaje de lo más pintoresco. Viste como nosotros, pero lleva el pelo largo y dos espadas en el cinto —me explicó Guillermo—. Tengo ganas de preguntarle si quiere usarlas para cortar los dulces, pero algo me dice que no es una buena idea. Estos bárbaros se toman las cosas muy a pecho...

—Ya sabes que no me gusta que digas que los japoneses son unos bárbaros.

—Ellos dicen eso de nosotros. ¿Es que no tengo derecho a vengarme? —Mi prometido sonrió.

—Ellos quizá tengan razón.

—Los tienes en demasiada estima. Espero que no te suceda lo mismo con los hombres de mi plantación.

—Te he dicho cien veces que no pienso mudarme a Ceilán.

—Y yo te he dicho otras cien que te haré cambiar de opinión.

Quise protestar, pero él se limitó a estampar sus labios contra mi mejilla. El escalofrío que me provocó fue desagradable; ahora ya no podía dejar de imaginármelo en los brazos de alguna mujer con el rostro pintado de blanco y el pelo cargado de abalorios.

Hacía un calor asfixiante cuando regresamos al abarrotado interior de la casa de té. Las casas de té japonesas tradicionales solían ser simples cabañas construidas en los jardines de los samuráis, de techo bajo, que obligaban a los asistentes a la ceremonia del té a agacharse para entrar en señal de humildad. Yo solo había presenciado la ceremonia del té en un par de ocasiones y me parecía mortalmente aburrida cuando se realizaba en ambientes privados, pero Nikenjaya, situada en pleno corazón de Edo, se había convertido en un foco de atracción de la burguesía urbana. Sus dos edificios, de aspecto noble y discreto en el exterior, albergaban ahora a un buen número de extranjeros que conversaban en voz escandalosamente alta, entre los que se encontraba mi propia familia.

Mi padre me sonrió al verme llegar. El traje nuevo le sentaba de maravilla; junto a él, mamá estaba radiante con su vestido de color aguamarina, que contrastaba con el tono dorado de su piel. Guillermo también le había regalado una rosa a ella, pero la suya era blanca en vez de roja. Akiko era la única que no había recibido flores frescas, por lo que se había prendido el broche con forma de flor de cerezo en la *yukata*.

Saludé a mis padres y me fijé en los hombres que los acompañaban. Uno de ellos era el bueno del padre Seamus, que me saludó con la mano al verme; el otro me miró distraídamente y, cuando pareció reconocerme, parpadeó tras sus gafitas redondas. Solté el brazo de Guillermo sin pretenderlo.

—¡Señor Bonnaire!

Todos se volvieron hacia mí, incluido él. Esperaba que me sonriera, pero tan solo me dirigió una mirada de cortés desconcierto.

—¿Conoce al señor Bonnaire? —me preguntó Guillermo deteniéndose junto a la mesa en la que se encontraban los cuatro.

Mis padres intercambiaron una mirada fugaz y me di cuenta del error que había cometido: se suponía que todo lo ocurrido en la celebración de Año Nuevo debía quedar entre nosotros. Guillermo y el padre Seamus aguardaban expectantes.

Por suerte para mí, el señor Bonnaire me sacó del aprieto:

—Coincidimos en una ocasión —dijo tomando mi mano con gentileza para besarla—. Me alegra volver a verla.

—¿En qué ocasión? —Guillermo alzó sus cejas doradas—. Ardo en deseos de saber cómo fue eso.

—Fue cuando visitamos Kioto —intervino mi padre—. Tuvimos el placer de conocernos entonces.

No era verdad: mis padres y el señor Bonnaire no habían llegado a encontrarse en ningún momento. Pero me aferré a aquella explicación porque era la única forma de salir airosa de mi propio desliz.

—Kioto parece una ciudad interesante para vivir. —Mi prometido se mordió el labio con aire pensativo—. Tiene que ser emocionante no saber cuándo serás decapitado por un bárbaro por haber rozado su espada sin querer...

—¡Querido! —dijo mi madre con suave reproche.

—La muerte de Richardson aún está muy reciente. —Mi padre frunció el ceño—. Es mejor que no bromeemos al respecto.

Richardson era un comerciante inglés que había sido asesinado por samuráis por no mostrarles el debido respeto al cruzarse con ellos en un camino. El asunto aún estaba en boca de todos, pero Guillermo se limitó a sonreír.

—Cómo se nota que mi suegro es inglés...

—Tu futuro suegro. —Pese a todo, los ojos de mi padre brillaban con simpatía—. Solo quiero que seas prudente, muchacho: han asesinado a varios de los nuestros por cuestiones de honor que no llegamos a comprender.

—La prudencia y yo nunca nos hemos llevado muy bien.

Por supuesto que Guillermo de Andújar no era un hombre prudente, por eso se había dejado ver saliendo de Yoshiwara. Un barrio iluminado por linternas rojas en el que las geishas, damas de compañía, las *maiko*, sus aprendices, y las *oiran*, prostitutas en toda regla, se exhibían como mercancía en las entradas de las casas de placer; un lugar que les estaba vedado incluso a los *ronin* y solo podían visitar los samuráis más ricos e influyentes... y los extranjeros de renombre, al parecer. Sentí un ligero mareo al imaginar a mi prometido allí.

—Necesito salir —murmuré, pero todos estaban conversando y solo Akiko pareció escucharme.

Traté de abrirme camino entre la gente, pero, cuando apenas había avanzado unos pasos hacia la puerta, choqué con un hombre alto que estaba de espaldas a mí.

—Lo lamento... —empecé a decir, pero él se dio la vuelta y habló al mismo tiempo que yo:

—¿Se encuentra bien?

Nos miramos. Y fue como si el tiempo se detuviese de golpe.

Volví a encontrarme en aquel jardín, de noche, con las estrellas brillando sobre mi cabeza y el calor seco de Kioto haciéndome sudar bajo un kimono estampado con grullas. Volví a oír los grillos y mi respiración acelerada, y volví a oler la sangre y a sentir aquellos labios calientes sobre los míos.

—Señorita Caldwell.

Shiro apenas levantó la voz, pero pude escucharlo perfectamente por encima del bullicio del salón. Porque todo lo demás había desaparecido. Solo podía mirarlo a él: su rostro anguloso, sus ojos rasgados, la elegancia con la que vestía aquel traje de corte europeo, con chaqueta, chaleco y corbata. Llevaba el pelo recogido en una cola de caballo interminable y las espadas en el cinto, enfundadas en sus relucientes vainas rojas. No esperaba volver a verlo en mi vida y, definitivamente, lo último que imaginaba era que me reencontraría con él estando rodeada de europeos.

Me hizo una reverencia marcial sin dejar de observarme. Olía a limpio y agua de colonia, pero aún pude reconocer aquel otro olor, metálico y penetrante, que seguía prendido en mi memoria.

—¡Aquí está nuestro invitado de honor! —la voz de Guillermo rompió el hechizo. Noté la presión de su mano en la parte baja de mi espalda cuando nos alcanzó—. Querida, te presento a Ikeda Hiroshi, capitán del Shinsengumi de Kioto. —Estoy segura de que mi prometido no supo interpretar correctamente el escalofrío que recorrió mi espalda en ese momento—. Pensé que te gustaría conocerlo.

Capítulo 4

Kioto, restaurante Tabetai
Febrero de 2018

—¿Ikeda?
Interrumpo al profesor, pero él tarda un instante en levantar la vista del libro.
Me dirige una mirada interrogante. Yo cruzo los brazos sobre el pecho.
—Ese hombre se apellida igual que usted.
—Ikeda es un apellido relativamente común en Japón.
—¿Y no le parece que es mucha casualidad?
—¿Tiene algún problema con mi apellido? —Otra vez tengo la incómoda sensación de que se lo está pasando bien a mi costa.
—Ninguno, pero...
La comida llega en ese momento. Dejo de hablar mientras la dueña del restaurante coloca los platos frente a nosotros; no era consciente del hambre que tenía hasta ese momento, cuando los olores dulzones y picantes se mezclan justo debajo de mi nariz. El profesor Ikeda ha pedido un cuenco de judías, un plato de empanadillas y

un enorme bol de fideos con caldo. Los fideos aún humean y huelen tremendamente bien.

—*Edamame* —dice él señalando las judías—. *Gyoza*. —Ahora señala el plato de empanadillas—. Y esto es *ramen*. —Empuja el bol hacia mí para que pueda ver su contenido: además de los fideos, hay rodajas de carne de cerdo, verduras troceadas, algo que parece tofu y medio huevo duro flotando. Se me hace la boca agua nada más verlo—. Este *ramen* es bastante típico de Kioto, he pensado que le gustaría probarlo.

—¿Seguro que no lleva cucarachas?

—Excepto que el cocinero haya decidido ponerse creativo, no.

El profesor Ikeda empieza a comer mientras yo me dedico a observarlo, pero se detiene cuando apenas ha probado un par de cucharadas de *ramen*.

—Pensaba que los japoneses sorbían los fideos haciendo ruido.

—Y lo hacemos, pero usted es española y yo no quiero repugnarla.

—Ah. —Me siento un poco tonta de repente.

—Ahora que he satisfecho su curiosidad, ¿va a probar la comida?

Le tomo la palabra. Las judías me parecen un poco sosas y las empanadillas demasiado fuertes, pero el *ramen* no tiene nada que ver con los fideos instantáneos que hacen pasar por japoneses en España.

—¿No va a decirme la verdad? —vuelvo a la carga al cabo de unos minutos en los que solo hemos hablado de la comida.

El profesor me mira fijamente.

—¿La verdad?

—Creo que el hecho de que usted también se apellide Ikeda no es una simple coincidencia. —Jugueteo con los dos fideos solitarios que quedan en mi plato—. Sospecho que hay algo que no me ha contado.

—¿Y usted? ¿Hay algo que no me haya contado?

No soy capaz de sostenerle la mirada, nunca se me ha dado bien ocultar la verdad.

—Sé que no es investigadora.

Sus palabras me dejan paralizada. Durante unos segundos, me quedo mirando el fondo de mi plato sin verlo realmente; después levanto la cabeza muy despacio.

—¿Lo sabe? —repito en voz baja.

—Mi universidad ha contactado con Natalia Pequerul. —Él habla sin perder la calma—. Tuvo el detalle de buscar su nombre en Internet antes de inventarse su historia, pero debió de pensar que no nos tomaríamos la molestia de comprobar si era cierta o no.

Menos mal que ya he cenado, porque esto me hubiese quitado el apetito. Ahora mismo no sé qué decir.

El profesor continúa:

—El carné falsificado era bueno, eso debo admitirlo. Pero no tanto como para burlar nuestro sistema informático. Por lo demás... —Suspira limpiándose los labios con la servilleta—. Ha cometido muchos errores, empezando por fingir que no conocía el reportaje de *The Guardian*: nadie que estuviese siguiendo la pista de la familia Caldwell lo hubiese pasado por alto. De hecho —añade dirigiéndome una mirada penetrante—, apuesto a que descubrió la existencia de *Después del monzón* a través de él.

—Sí y no —murmuro por fin—. Sabía que Amelia Caldwell había dejado algo escrito, pero eso sí que no había conseguido encontrarlo buscando en Google. —Resoplo y después miro al profesor—. Si ya sabía la verdad, ¿por qué me ha seguido la corriente? ¿Por qué no me ha echado de su despacho?

—Porque sospechaba que usted tenía un motivo de peso para querer conocer la historia de Amelia y el capitán. —Él ladea el rostro—. Ni siquiera una lunática cruzaría el mundo entero porque sí.

Me llevo las manos a la cara, en parte para despejarme y en parte para esconderme. Si no le hubiese preguntado nada, el profesor Ikeda me hubiese traducido todo el libro sin protestar. Pero ¿por qué? Si siempre ha sabido que era una impostora y una mentirosa, ¿por qué ha decidido ayudarme?

—Ha sido muy generoso conmigo —añado momentos después—, y yo he pagado su amabilidad siendo una embustera. Lo siento mucho.

Me siento fatal ahora mismo. Todo era muy gracioso cuando lo planeaba en España, pero no caí en la cuenta de algo sumamente importante: iba a involucrar a otras personas en mi engaño. Personas que podrían sentirse molestas o incluso dolidas.

—Disculpas aceptadas. —El profesor Ikeda habla con suavidad—. Ahora, si es tan amable, quítese las manos de la cara, míreme a los ojos y dígame por qué ha venido a Japón en busca del libro que tengo en mis manos.

Obedezco. Todavía me tiemblan los dedos, pero intento sobreponerme.

El profesor ya no me mira con indiferencia, sino con algo parecido a calidez. Tal y como sospechaba, su rostro cambia cuando se permite comportarse como un ser humano que siente y padece.

—Amelia Caldwell es mi antepasada. Mi tatarabuela. —Me cuesta pronunciar esas palabras—. Mi familia conoce su historia, o una parte de ella, pero nadie sabe cómo termina. —Agacho la cabeza—. Era la abuela de mi abuela y ella llegó a conocerla, vivían en la misma casa. Pero Amelia no solía hablar de Japón, decía que le traía demasiados recuerdos. Solo empezó a hacerlo cuando ya era muy mayor, y mi abuela nunca supo si lo que contaba era cierto o fruto de sus fantasías. —Vuelvo a mirar al profesor, que me observa en silencio—. Durante años, mi madre y yo buscamos a Amelia en las bibliotecas, en Internet y en todas partes para que mi abuela pudiese averiguar la verdad sobre ella. Pero nunca encontramos nada. —Extiendo las manos—. Hace meses, mi abuela murió y mi madre heredó sus cosas, también aquellas que habían pertenecido a Amelia. Entonces encontré ese artículo de *The Guardian* y... pensé que se lo debía a las tres. —Me siento un poco infantil diciendo esto, pero es lo que siento—. A mi madre, a la memoria de mi abuela y a la propia Amelia, en cierto modo.

El profesor Ikeda sigue sin decir nada. El restaurante ya se ha vaciado y la dueña está recogiendo las mesas que tenemos alrededor, pero nosotros dos seguimos ahí.

—¿Piensa que estoy loca, profesor? —murmuro finalmente.

—No. —Él es rotundo—. Pienso que es generosa y tiene buenos sentimientos, aunque a veces se deje llevar por ellos y sus métodos no sean los más... ortodoxos. —Junta las manos sobre la mesa—. Comprendo su interés por el libro y, en lo que a mí respecta, no tengo inconveniente en traducírselo hasta el final. Creo que merece conocer la historia de su tatarabuela.

Siento tanta gratitud que no sé qué decirle; lo único que hago es sonreír como una adolescente. El profesor estira un poco los labios, pero luego aparta la vista como si estuviese azorado.

—Entonces, ¿no sabe quién es el capitán Ikeda?

—¿Se refiere al del libro o a usted?

—¿Ha oído que alguien me llamara capitán?

—Puede que también me esté ocultando algún emocionante secreto —intento bromear, pero el profesor no me sigue la corriente.

—¿Seguimos? —pregunta en voz baja.

Yo miro a la dueña del restaurante por si tenemos que marcharnos ya, pero ella sigue con lo que está haciendo y el profesor Ikeda retoma la lectura.

IV

Edo, capital del shogunato
Mayo de 1865

¿Capitán?

Apenas podía creerlo. ¿Shiro era un capitán de la policía de Kioto, miembro del Shinsengumi y hombre de confianza del shogun de Japón? ¿El mismo Shiro al que había conocido por un capricho del destino en la ciudad imperial, que me había salvado y me había regalado la flor que yo aún atesoraba en el interior de mi cuaderno favorito?

No era un proscrito, como yo había creído al principio, sino un famoso guerrero al que llamaban Demonio Blanco. Uno que había sido invitado a esa reunión por nada más y nada menos que dos cónsules.

Las imágenes de la noche que nos habíamos conocido regresaron a mi memoria vívidamente. Recordé cómo Shiro había saltado sobre aquellos imperialistas sin dudarlo, cómo se había negado a avisar al Shinsengumi, incluso después de haber sido herido, y el inquietante tatuaje que recorría su pálida espalda. Poco a poco, todas las piezas fueron encajando y me hicieron convencerme de que era cierto: aquel joven, Dios sabría por qué razón, había recibido la orden de patrullar de incógnito las calles de Kioto y se había convertido en nuestro héroe.

Y ahora me contemplaba en silencio, vestido con un impoluto traje de corte occidental, pero sin renunciar a la presencia de sus dos espadas, las que lo señalaban como guerrero. Yo sentía un calor tan intenso en las mejillas que temí que Guillermo me hiciese alguna pregunta incómoda.

—¿Te has quedado muda, querida? —En efecto, la hizo, aunque parecía más divertido que suspicaz. Como yo no contesté, se volvió hacia el capitán y le habló con tono afable—: Siento decirle que mi prometida no es muy elocuente. —El joven enarcó ligeramente las cejas, pero Guillermo ya no le estaba prestando atención, se había girado hacia mí nuevamente—. ¡Pero pregúntale algo, mujer, seguro que tiene muchas cosas que contarte...!

No estaba segura de si mi prometido pretendía burlarse de mí, del capitán o de los dos al mismo tiempo, pero yo tenía ganas de salir corriendo con cualquier excusa. Mi padre acababa de recordarnos lo peligroso que era ofender a un guerrero japonés, pero Guillermo parecía empeñado en demostrarnos a todos que estaba por encima de cualquier norma de cortesía o de mera supervivencia. En cuanto al propio capitán Ikeda, yo misma había presenciado cómo se enfrentaba a tres hombres y lograba deshacerse de dos de ellos y poner en fuga al tercero; sospechaba que la única razón por la que no ponía en su lugar a mi prometido era que estaba muy por encima de esas vulgares provocaciones.

—Capitán —logré articular finalmente.

Él bajó la vista en señal de respeto y me obsequió con una cortés reverencia. No había cambiado mucho desde el año anterior. Tomando como referencia los cánones occidentales, nadie lo hubiese descrito como un joven hermoso, pero eso no impedía que fuese el hombre más imponente que yo había conocido nunca.

—Señorita Caldwell —habló con voz grave y tono amable.

Yo quería decirle algo, cualquier cosa, pero no me sentía capaz. Guillermo, por su parte, parecía a punto de abrir la boca, y lo hubiese hecho de no haber sido porque alguien lo interrumpió:

—¡Cielos, señor de Andújar, ha sido un accidente! Lo lamento muchísimo...

Me giré y descubrí que Akiko estaba justo detrás de Guillermo, con la cabeza gacha y deshaciéndose en excusas. La chaqueta de mi prometido estaba empapada de un líquido anaranjado que identifiqué como *brandy* por el olor; la gente que había alrededor nos miraba cuchicheando mientras mi doncella trataba de limpiar el desastre con su pañuelo y se las arreglaba para empeorarlo todavía más.

—Deja eso, niña, o terminarás de echarlo a perder —dijo Guillermo entre dientes y se volvió hacia mí—. Iré a ver si me prestan una chaqueta de repuesto, volveré lo antes posible para no perderme tan encantadora reunión.

Se alejó de nosotros con aire contrariado y se perdió entre la gente. Yo miré fijamente a Akiko, que permanecía cabizbaja y parecía la viva imagen de la inocencia; hubiese apostado mi vestido nuevo a que aquello había sido completamente deliberado por su parte. No sabía si reprochárselo o echarme a reír, pero no pude hacer ninguna de las dos cosas porque el capitán Ikeda continuaba observándome.

No hizo ningún comentario sobre Guillermo, ni yo tampoco. Simplemente nos miramos, como queriendo asegurarnos de que el otro era real. Yo no quería despedirme de él y, al mismo tiempo, me aterraba que nos viesen juntos; mis padres no conocían la identidad del misterioso guerrero que me había ayudado en Kioto, pero verlo ahí, como algo más que un dulce recuerdo que iba desvaneciéndose con el paso de las estaciones, me resultaba turbador en extremo.

Para mí, hacía tiempo que aquel joven no era más que un sueño. Pensaba en él a menudo e imaginaba que compartíamos más besos en jardines secretos, pero me lo permitía únicamente porque sabía que aquellas fantasías jamás se volverían reales. Por eso no me sentía preparada para enfrentarme al hombre de carne y hueso que me contemplaba con aquel aire severo y gentil al mismo tiempo.

—Creo que usted se proponía salir al jardín cuando nos hemos encontrado —dijo él finalmente.

—Hace mucho calor aquí dentro —respondí abanicándome con la mano.

—Si lo desea, puedo acompañarla.

Fui a mirar a Akiko en busca de ayuda, pero había desaparecido como por arte de magia. No supe si maldecirla o agradecérselo, pero ya no tenía ninguna razón para rehusar la oferta del capitán, por lo que acepté el brazo que me ofrecía galantemente.

Sabía que era una mala idea quedarme a solas con él, pero ignoré toda prudencia y decidí hacerlo de todos modos. Y, mientras abandonábamos juntos el sofocante salón, mi corazón latía tan deprisa que ni siquiera era consciente de las miradas que parecían atravesarnos.

El jardín interior de Nikenjaya era austero en comparación con otros jardines japoneses. No tenía cerezos de ramas retorcidas ni estanques con peces de colores, solo tierra lisa y un puñado de palmeras que ofrecían una sombra muy agradable cuando el sol estaba en su cénit. A esa hora ya se estaba poniendo y arrojaba sus últimos rayos cárdenos sobre los tejados de Edo.

También bañaba de luz rojiza el rostro sereno del capitán, que me condujo hasta un banco de piedra desde el que se podía contemplar el *torii* del templo. Del arco rojo colgaban oraciones que oscilaban al compás del viento salino; el olor del mar parecía conquistar todos los rincones de la capital del shogunato. Aspiré una bocanada mientras me acomodaba en el banco; las palmeras que lo rodeaban nos concedían cierta intimidad, algo que agradecí.

El capitán y yo nos sentamos el uno junto al otro, como si fuésemos dos meros conocidos dispuestos a conversar bajo las últimas luces del día.

—No esperaba verme aquí —fue lo primero que dijo el joven.

—No. —Poco a poco, la presión que sentía en el estómago iba disminuyendo, tal vez gracias a la brisa vespertina o al hecho de que nos encontráramos lejos de mi prometido—. Lo cierto es que no esperaba verlo nunca más.

Y tampoco quería verlo nunca más. Eso le había dicho aquella noche, en el jardín del señor Bonnaire, después de cometer el mayor atrevimiento de mi vida.

El joven se apoyó en el respaldo del banco. Sus manos, cerradas en puños, reposaban firmemente sobre sus pantalones. Me fijé en los callos de sus dedos y supuse que serían el fruto de su entrenamiento con las espadas.

Él siguió el recorrido de mi mirada y murmuró:

—Espero no haberla molestado con mi presencia.

—En absoluto —dije con sinceridad—. Al contrario, yo... Me alegro de que nos hayamos reencontrado.

Una grulla pasó sobrevolando el templo. Me concentré en su elegante vuelo en un intento de calmar mi nerviosismo, pero no me sirvió de mucho.

—No sé si puedo decir lo mismo, señorita Caldwell.

Sus palabras fueron como un jarro de agua fría para mí. Volví a contemplar al capitán, pero él tenía los ojos fijos en la puesta de sol.

—Apenas la reconozco —dijo al cabo de un momento—. No parece la misma muchacha que conocí en Kioto.

—¿A qué se refiere? —pregunté con nerviosismo.

—Tengo entendido que se ha vuelto taciturna.

—¿Taciturna?

—Eso me han dado a entender. —Por fin, volvió a mirarme. Hablaba con perfecta cortesía y, sin embargo, algo en su tono me provocó un ligero estremecimiento—. Me asombra que alguien la considere callada: yo recuerdo todo lo que me dijo aquella noche, y no fue poco.

—Me temo que aquella noche fui imprudente en muchos sentidos, capitán.

Me estaba refiriendo al beso, naturalmente, y también al osado comentario que le había hecho poco antes de robárselo de los labios. En aquel momento, amparada por la noche y la sensación de irrealidad, pensé que jamás tendría que responder de mis actos; pero el azar había querido que ese joven y yo nos reencontráramos, y no podía limitarme a fingir que nada había sucedido.

Sin embargo, él no hizo ninguna alusión a ese momento. Tan solo se inclinó ligeramente y extendió los dedos para rozar la rosa roja que llevaba prendida en el vestido.

—Una rosa —dijo lentamente.

—Me la ha regalado el señor de Andújar —expliqué.

—¿Debo entender que el lirio ya no es su flor predilecta?

Contuve el aliento mientras me obligaba a sostener su mirada. ¿Cómo podía recordar ese detalle?

—Todavía lo es —admití—. Pero los caballeros suelen regalar rosas a las damas que les agradan.

—Incluso si esas damas prefieren los lirios. —El capitán tensó la comisura del labio.

—¿Qué está insinuando? —le pregunté impulsivamente.

Él dejó caer la mano y me dirigió una mirada penetrante. Aunque la cicatriz de su rostro parecía más profunda a la luz del ocaso, yo no podía contemplar nada que no fuesen esos ojos oscuros que parecían conocer todos mis secretos.

—Cuando la conocí, no creí que fuese la clase de mujer que se conformaba tan fácilmente.

Encajé el golpe con toda la elegancia que fui capaz.

—Tal vez no me conozca en absoluto, capitán.

—Tal vez —concedió él sin perder aquel amago de sonrisa—, pero la escucho cuando habla, señorita Caldwell. Ya es más de lo que otros pueden decir.

Una parte de mí sabía que eso era cierto, pero la esmerada educación que había recibido a lo largo del último año me obligaba a responder debidamente a esa provocación:

—Si con «otros» se refiere al señor de Andújar, debo recordarle que se trata de mi prometido.

—Ya conocía ese dato, en parte porque él mismo se ha encargado de hacérmelo notar insistentemente. —El capitán ni se inmutó—. Debo suponer que usted no le ha hablado de mí.

—¿Por qué iba a hacerlo? —pregunté con cierta aspereza. Sentía vértigo en el estómago.

—Por ninguna razón. —El joven volvió a contemplarme y su sonrisa se volvió ligeramente amarga—. Un fugaz encuentro con un bárbaro ensangrentado no es algo digno de ser mencionado en presencia de caballeros, ¿no le parece?

—Capitán... —empecé a decir, pero él ya se estaba poniendo en pie.

—En lo que a mí respecta, señorita Caldwell, no hay nada que temer: su reputación está a salvo.

Aquellas palabras encendieron mi rostro de pudor. No sabía qué responder y lo peor de todo era que el capitán parecía dispuesto a marcharse de inmediato.

Las palabras brotaron de mis labios sin que yo se lo ordenara:

—¿Quiere una disculpa, capitán? ¿Quiere que le diga que me siento avergonzada de mí misma por lo que hice aquella noche?

El joven no llegó a hacerme una reverencia: se quedó a medio camino, levemente inclinado y con los ojos entornados.

Después se irguió de nuevo para contemplarme.

—Descuide, señorita Caldwell: yo no concedo la misma importancia que usted a algo tan simple como un beso.

Sus palabras me provocaron una punzada de dolor en el pecho. Comprendí que el capitán Ikeda trataba de darme a entender que el beso con el que yo no había dejado de soñar desde aquel encuentro furtivo no había significado nada para él, quizá porque era un hombre, porque era extranjero o por una combinación de ambas cosas. En cualquier caso, había sido una ilusa recordándolo con tanta emoción.

—Celebro que no lo haga —dije con frialdad—, porque, si pudiera, le arrancaría de los labios el que le di en la ciudad imperial.

—¿He hecho algo para ganarme su antipatía? —Él me contempló sin dar muestras de inquietud—. Si es así, quisiera saberlo. Tengo la sensación de que aún no me desenvuelvo bien entre extranjeros.

—Sabe perfectamente lo que ha hecho —dije poniéndome en pie—. Buenas tardes, capitán.

Me temblaba todo el cuerpo a pesar del calor. Sabía que estaba siendo injusta con él, pero no podía evitarlo: me sentía amargamente decepcionada. Volver a ver a ese joven no solo había despertado en mí las mismas sensaciones que ya había experimentado en Kioto, sino que me había hecho comprender lo mucho que lo deseaba desde que nuestros caminos se habían cruzado por primera vez. Y no solo había tenido la desvergüenza de dejar entrever ese deseo, sino que él se había permitido rechazarme, ponerme en mi lugar.

Tampoco merecía otra cosa: por mucho que me sintiese traicionada por mi prometido, el compromiso aún seguía en pie. Mi comportamiento empezaba a resultar escandaloso.

Sin embargo, el capitán Ikeda no merecía un desplante. Por eso me obligué a mí misma a detener mis pasos y, haciendo un esfuerzo, volví a enfrentarme a su mirada.

Él seguía contemplándome en silencio. El sol se había puesto y las sombras habían conquistado el jardín, pero aún lograba distinguir la expresión serena de su rostro.

—Lo lamento —dije con un hilo de voz—. Me estoy comportando como una niña, usted ha sido un caballero conmigo y no he sabido corresponder su amabilidad. Me temo que está en lo cierto cuando dice que concedemos distinta importancia a determinados asuntos y ojalá pudiese controlar mejor mis sentimientos.

Para mi asombro, el joven parpadeó con aire confundido.

—¿Sentimientos? —repitió en voz baja.

—Mi conciencia me recuerda constantemente que los besos no se roban, sino que se regalan —murmuré azorada—, pero, ¡pobre de mí!, yo le robaría cien ahora mismo. Le ruego que me excuse, capitán, pero mi compañía no le será grata a partir de este momento...

Hice ademán de alejarme, pero él extendió el brazo y me retuvo con una firmeza no exenta de suavidad. Cuando sus dedos se cerraron en torno a mi muñeca, pude sentir claramente mi propio pulso contra su piel caliente; me humedecí los labios con nerviosismo y el joven hizo lo mismo, quizá sin pretenderlo. Luego me levantó la barbilla con la mano que tenía libre aún.

Durante unos segundos, me quedé inmóvil, casi sin atreverme a respirar.

—De haber sabido que lo que estaba en juego no era su honra, sino su corazón, la hubiese tratado con más delicadeza —dijo el capitán finalmente—. Me dejaría robar esos besos, señorita Caldwell, si mi debilidad no fuese a perjudicarla. Pero me temo que eso solo complicaría las cosas.

No apartó los dedos de mi barbilla. Yo tampoco quise alejarme de él.

—¿Por qué estaba allí esa noche? —susurré enfrentándome a sus ojos—. ¿Por qué me salvó?

—No le conviene saberlo.

—Ni a usted le conviene decidir por mí.

El capitán entrecerró los párpados, como si estuviera evaluándome; luego exhaló un suspiro y se rindió:

—La estaban vigilando de cerca y sospechábamos que trataban de utilizarla contra el shogunato. Yo debía velar por su seguridad.

—¿Fue una orden directa del shogun? —adiviné.

—Veo que está al corriente de la política japonesa —dijo él torciendo el gesto—. Pero, por su propio bien, no le daré más información.

—¿Qué interés podría tener la hija de un botánico para los imperialistas?

—¿Una muchacha inocente que se encuentra bajo la protección del shogun? No se me ocurre una víctima más apropiada.

La palabra «víctima» tendría que haberme provocado escalofríos, pero no podía pensar con claridad en ese instante. El calor que sentía ya no se debía únicamente al clima, sino a la agitación que se había apoderado de mi pecho. Una parte de mí quería apartar al capitán Ikeda y salir corriendo del jardín; otra, más oscura y pasional, anhelaba que cediese a la tentación de rodearme con sus brazos y conquistara mis labios.

—¿Quién es usted realmente, capitán? —susurré.

—Soy un hombre honorable, eso es todo lo que importa.

—Yo se lo conté todo sobre mí. —Le dirigí una mirada de reproche—. Sabe dónde nací, con quiénes me crie y hasta cuáles son mis aficiones. ¿Qué sé yo de usted?

—¿Qué le gustaría saber, señorita Caldwell? —suspiró él dejando caer el brazo por fin.

—Dónde nació, cómo fue su juventud, qué le llevó a convertirse en capitán del Shinsengumi... —enumeré—. Y qué hace cuando no está salvando a jóvenes en apuros.

No esperaba que respondiese a mis preguntas, pero me sorprendió haciéndolo:

—Nací en el dominio de Satsuma, al sur de Japón, en una pequeña aldea llamada Minodake que se encuentra situada entre colinas y arrozales. —Parpadeó con lentitud—. Mi infancia fue relativamente feliz hasta que perdí a mi señor y me convertí en *ronin*. Llegué a ser capitán del Shinsengumi sin habérmelo propuesto en ningún momento y, cuando no estoy salvando a jóvenes en apuros, disfruto de los entrenamientos con mis compañeros, de los buenos libros y de la contemplación de los cerezos en flor. Soy un hombre de gustos sencillos.

—¿A qué se refiere con que perdió a su señor? —Conforme el capitán hablaba, mi respiración iba calmándose—. ¿Quién era su señor?

—Mi familia servía a un miembro del clan Shimazu de Satsuma, pero fue asesinado y mi hermana y yo nos convertimos en *ronin*.

—Eso quiere decir que, antes de ser un *ronin*, fue un samurái —murmuré asombrada.

—Y fui entrenado como tal desde que nací —asintió él—. En el *dojo* de mi aldea, Minodake, de donde creí que no saldría excepto para visitar a mis parientes. Uno nunca sabe qué será de su vida, ¿no le parece? —Ladeó el rostro—. Mi *senséi*, Nobu, nos instruyó a mi hermana y a mí en el manejo de las armas y en la lucha cuerpo a cuerpo; fue él quien, al conocer la noticia de la muerte de nuestro señor, nos buscó una nueva ocupación a los dos. A mi hermana la envió a Edo para que se uniese a las mujeres de la gran Nakano Takeko y a mí me mandó a Kioto con una carta escrita de su puño y letra que debía entregarle en persona a Kondo Isami, comandante del Shinsengumi. Ignoro lo que decía la carta, pero el comandante me aceptó de inmediato y poco después me hizo capitán.

—Tuvo que ser duro para usted —dije en voz baja.

El capitán volvió a inclinarse hacia mí y tomó mis manos con suavidad. Los dos quedamos frente a frente, con los dedos entrelazados y las miradas prendidas; yo sentía como si mi corazón estuviese a punto de estallar.

—No disfruto especialmente hablando, y menos de mí mismo. —El joven se llevó una de mis manos a los labios y la besó suavemente—. Pero le agradezco su atención, señorita Caldwell.

Yo no le dije la verdad: que lo hubiese escuchado gustosamente durante horas. Ni disponíamos de ese tiempo ni podía abrirle mi corazón de esa manera, no después del penoso comportamiento del que había hecho gala durante nuestro primer encuentro.

El capitán soltó mi mano y, cuando parecía que aún iba a decir algo más, alguien nos interrumpió:

—¿Señorita Caldwell?... Oh, disculpen, yo... No sabía que estaba aquí, capitán.

Bonnaire nos miraba con aire apurado. El capitán Ikeda se irguió y yo forcé una sonrisa.

—No se preocupe, solo estábamos conversando. —Me dirigí a él con toda la naturalidad que fui capaz de fingir—. ¿Quiere acompañarnos, señor Bonnaire?

—En realidad, solo venía a saludarla como es debido. —El médico sonrió bajo los bigotes—. Antes no he podido hacerlo... por su propio bien.

—Agradezco su discreción.

—No se preocupe. Eso era todo, los dejo tranquilos. —Bonnaire hizo ademán de retirarse, pero el capitán lo detuvo:

—¿No le traía algo a la señorita Caldwell?

Por primera vez, me fijé en que el médico llevaba dos copas de *brandy* en la mano.

—¡Ah, sí, claro! —El señor Bonnaire me ofreció una de ellas—. Antes la he visto bebiendo té, pero una copita de *brandy* siempre es agradable.

—Gracias. —Di un sorbo por cortesía.

—Ahora sí que me marcho, me esperan dentro. —Bonnaire volvió a inclinarse—. Señorita, capitán...

Cuando se alejó, el joven y yo nos quedamos callados y yo me bebí la mitad del *brandy* para ganar algo de tiempo. Estábamos prácticamente a oscuras, pero seguía haciendo calor. En ese momento, y a pesar del disgusto que me había llevado hacía una hora escasa, no pensaba en Guillermo visitando el barrio de Yoshiwara ni en cómo ese descubrimiento había cambiado la imagen que yo tenía de él; mi mente sobrevolaba un lugar que se hallaba muy lejos de allí, entre montañas y campos de arroz, donde un joven samurái había crecido creyendo que su vida siempre estaría consagrada al cumplimiento del deber.

—¿Ya se marcha? —pregunté al ver que el capitán Ikeda hacía ademán de regresar al interior de la casa de té.

Él ya estaba dándome la espalda. Por un momento, solo oí un murmullo de conversaciones proveniente del salón y mi propia respiración, rápida y breve.

—Discúlpeme, señorita Caldwell —le oí decir finalmente—, pero yo también espero no volver a verla nunca más.

Se marchó dando firmes zancadas. Yo me quedé un buen rato repitiendo aquella frase para mis adentros y, cuando Akiko volvió a buscarme para decirme que mis padres se disponían a retirarse, me encontró mirando las estrellas por primera vez desde que habíamos dejado Kioto.

—¿Va todo bien, señorita?

Akiko ya estaba lista para acostarse, pero yo aún seguía cepillándome el pelo frente al tocador. El espejo, que había sido el regalo que me habían hecho mis padres en mi decimosexto cumpleaños, era una delicada obra de orfebrería importada de Francia; más que para contemplarme en él, me servía para conversar con mi doncella mientras me aseaba. El resto de los muebles y objetos de mi dormitorio, exceptuando la cama, habían sido fabricados en Japón y todos eran de la misma madera lacada y poseían los mismos dibujos de cerezos en flor, grullas blancas y carpas doradas.

—Creo que no —dije mientras luchaba contra un nudo especialmente rebelde, en parte como pretexto para no irme a la cama todavía. Sabía que, si lo hacía sin sosegarme un poco, sería incapaz de conciliar el sueño.

Mi amiga se acercó hasta quedar justo detrás de mí, me quitó el cepillo y ella misma comenzó a desenredar mi cabello. Yo me dejé hacer y, durante unos segundos, me limité a contemplar la hilera de cosméticos que había en el tocador.

—¿Por qué sigo comprando cera? —suspiré—. Jamás podré hacerme un Shimada como es debido.

El Shimada era el peinado favorito de las mujeres japonesas, consistente en un moño alto con el pelo ahuecado por los laterales. Akiko había intentado hacérmelo en varias ocasiones, pero mi pelo se empeñaba en caer lacio a ambos lados de mi rostro por mucho que intentáramos fijarlo con cera. Para mi frustración, se había puesto de moda entre las muchachas de Edo llevar el Shimada decorado con peinetas, horquillas e incluso adornos florales.

Mi cabello era mi última preocupación en ese instante, pero necesitaba quejarme por algo. Por suerte o por desgracia, Akiko me conocía lo suficiente como para imaginar el verdadero motivo de mi mal humor:

—Celebro que esté irritada con su cabello y no con el señor de Andújar o con el capitán Ikeda...

Mientras murmuraba esas palabras, dejó el cepillo en el aire y me miró de reojo. Yo aproveché el momento para ponerme en pie; noté un ligero mareo, pero lo achaqué a la copa de *brandy* que había bebido y no le concedí mayor importancia.

Me senté en mi cama y Akiko dejó el cepillo en el tocador y, siempre expectante, se acomodó a mi lado. Ella dormía en un futón situado a mis pies, pero yo no terminaba de acostumbrarme a estar tan cerca del suelo y prefería mi cama con el cabecero de hierro, la otra importación europea que había pertenecido a mis padres antes que a mí. Akiko y yo habíamos pasado muchas horas conversando en ella.

—En realidad, no estoy enfadada con nadie —confesé—. Solo conmigo misma. Aunque tiene que ver con algo que me ha dicho el capitán: que me notaba cambiada con respecto a cuando nos conocimos en Kioto.

—¿Cambiada en qué sentido, señorita? —preguntó Akiko.

—Dice que me he vuelto taciturna.

—Solo se ha vuelto más prudente. —Mi amiga se inclinó hacia mí—. Creo que hace bien en guardarse algunas cosas para usted misma.

—Para mí misma y para ti, ¿cierto? —Pese a todo, sonreí—. Por eso le has tirado el *brandy* por encima a Guillermo. No, no me mires así —dije al ver que adoptaba una expresión cándida—. Querías que el capitán y yo estuviésemos a solas.

—Ese hombre la salvó de tres *ronin* armados hasta los dientes y le dio su primer beso en condiciones —contestó ella cubriéndose la boca con los labios para ahogar una risilla—. En mi opinión, señorita, merecía unos minutos con usted, y no negaré que también tenía ganas de darle un escarmiento a su prometido.

Sentí un peso en el estómago cuando mencionó la palabra «prometido». Esa misma tarde, en el patio de la casa de té, yo le había asegurado que no pensaba casarme con Guillermo después de averiguar que frecuentaba el barrio de Yoshiwara cuando se encontraba alojado en Edo; pero, después de mi conversación con el capitán Ikeda, no me sentía en condiciones de reprocharle nada, ni siquiera interiormente. Para cualquiera de nuestros conocidos, mi encuentro con el joven guerrero sería mucho más vergonzoso. Al fin y al cabo, que un hombre echara una canita al aire de vez en cuando estaba socialmente aceptado, mientras que las mujeres debíamos ser virtuosas en todo momento.

—¿La ha besado? —Akiko interrumpió mis sombríos pensamientos.

—¡No! —Me indigné al ver que mi amiga volvía a reír con disimulo—. Según me ha dicho, no quería ponerme en un aprieto.

—¿No le parece que es muy galante?

Me dejé caer sobre la cama con un suspiro. La habitación parecía dar vueltas a mi alrededor, seguramente por culpa del dichoso *brandy*.

—¿Qué importa? Solo es un bárbaro.

—Usted no piensa eso de él, no realmente.

—No lo pienso —concedí—, pero no tiene sentido que me haga ilusiones, él no desea volver a verme.

—¿Cómo lo sabe, se lo ha dicho?

—Sí.

Preferí no especificarle a Akiko que había repetido exactamente las mismas palabras que yo le había dedicado en el jardín del señor Bonnaire, no quería que mi amiga sacara conclusiones peligrosas. Si el capitán realmente había insinuado que podría llegar a enamorarse de mí, era mejor pasarlo por alto. Lo más probable era que no volviésemos a vernos jamás, esta vez de verdad.

—Estoy cansada —murmuré.

—Le sentará bien dormir. —Akiko se tumbó en su futón, pero continuó observándome durante unos segundos—. Buenas noches, señorita.

—Buenas noches, amiga mía.

Soplé la vela para que no me viese la cara. No solía declararle mi afecto de ese modo, pero, después de tantas emociones, tenía los sentimientos a flor de piel.

Adiviné su sonrisa en la oscuridad y me tumbé de espaldas a ella para contemplar la luna llena a través de la ventana. Entonces me percaté de que no había colocado la mosquitera, pero me pesaba todo el cuerpo y decidí que no pasaba nada si me acribillaban los mosquitos esa noche. Unas cuantas picaduras serían el menor de mis problemas.

Alguien me estaba observando.

Había una cabeza en la ventana. De inmediato pensé en las cuellilargas, criaturas diabólicas del folclore japonés que parecían mujeres normales, pero tenían cuellos que se estiraban de un modo antinatural y les permitían engullir insectos voladores y espiar a los vivos a través de los biombos de las casas. Akiko era muy aficionada a las historias de *yurei*, espíritus atormentados que poblaban las pesadillas de los japoneses, y le encantaba contármelas solo para ver mi cara de espanto.

En cualquier caso, pronto me di cuenta de que la cabeza que me observaba desde la ventana no era la de una mujer. No, se trataba de un varón que, al ver que todo estaba en calma, cogió impulso para entrar en el dormitorio y pasó de puntillas junto al futón de Akiko.

Yo quería gritar, pero no lo lograba a pesar de que lo intentaba con todas mis fuerzas. Era como si mis cuerdas vocales estuviesen adormecidas. Tampoco podía moverme.

Siempre silencioso, el hombre alcanzó la cama, retiró las mantas y me cogió en brazos.

Me asaltó el febril pensamiento de que podía ser el capitán Ikeda llevándome con él, lejos de Guillermo, y sentí un cosquilleo de temor.

Luego capté el olor de aquel extraño, comprendí que no se trataba del capitán y el pánico se apoderó de mí.

El desconocido cargó conmigo hasta la ventana. Lamenté profundamente no haber colocado la mosquitera, pues eso le hubiese dificultado la entrada en el dormitorio. Sus brazos me sostuvieron sobre el vacío y pensé, aterrada, que me dejarían caer despiadadamente.

Lo hicieron, pero otros me recogieron con cuidado.

—Deprisa —dijo una voz desconocida.

«Akiko», intenté decir yo.

Pero no pude llamarla, ni tampoco a mis padres, a Guillermo o al capitán. La luna llena me cegó y, aunque traté de resistirme, pronto volví a caer presa de aquel pesado sueño.

Capítulo 5

Kioto, restaurante Tabetai
Febrero de 2018

Doy un golpe en la mesa.

—¿El *ishin shishi* raptó a Amelia? ¿Cómo pudo permitirlo el capitán Ikeda? ¡Él sabía que corría peligro!

El profesor Ikeda deja el libro y me observa.

—Tal vez lo planeara él mismo para hacerse el interesante —sugiere con voz queda.

—No bromee con eso.

—No puedo bromear con cucarachas fritas ni con raptos que tuvieron lugar hace un siglo y medio. —Él arquea ligeramente las cejas—. ¿Algo más que deba añadir a la lista?

Abro la boca para decirle que se vaya al cuerno, pero entonces la dueña del restaurante se acerca a nosotros frotándose las manos. El profesor responde inclinándose brevemente y se levanta de la mesa.

—Ya están cerrando.

—No lo había notado —bufo—. Somos los únicos clientes que aún no se han ido.

—A propósito, otra cosa que hizo mal: supe desde

el principio que no hablaba ni escribía una sola palabra de japonés, al margen de algún espantoso traductor automático que haya podido consultar. —Vuelve a coger su abrigo y su paraguas con parsimonia—. Es imposible que alguien que ha estudiado lo que usted me dijo sea incapaz de leer siquiera la cubierta de un libro, y ya no digamos la carta de un restaurante.

—Qué tonta soy yo y qué listo es usted.

—No era eso lo que quería decirle.

—Ya, bueno.

—¿Se ha enfadado conmigo? —Me tiende mi cazadora—. Creo que no me lo merezco.

—Lo cierto es que no —admito a regañadientes—. ¿Cuándo podremos vernos otra vez? ¿Se va de viaje a algún sitio estos días?

—Ya se lo he dicho: no me voy de vacaciones. —Se cierra el abrigo—. Podemos vernos mañana mismo, así acabaremos con todo esto lo antes posible.

Supongo que eso es lo que quiere él: quitarse de encima el marrón, que da la casualidad de que soy yo. Pero no puedo reprochárselo, ¿verdad?

Salimos del restaurante. La noche se ha enfriado mientras cenábamos y empiezo a pensar que la cazadora no será suficiente. Menos mal que he traído un abrigo en la maleta...

¡La maleta!

—¡Mierda! —digo sin pensar.

El profesor Ikeda me mira sobresaltado, pero yo estoy demasiado irritada conmigo misma como para cuidar mi lenguaje.

—Me he dejado la maleta en la universidad. —Me llevo las manos a la cara—. Soy imbécil.

—No, no lo es —responde pacientemente—. Puede ir a buscarla mañana.

—Tengo cosas importantes ahí dentro.

—Si se refiere a su documentación, está a salvo, igual que el dinero.

—No, no me refiero a eso. —Cierro los ojos y reprimo otra maldición—. Da igual, supongo que ya no tiene remedio.

Han empezado a caer algunas gotas de lluvia. Al menos, me digo, el tiempo ha tenido el detalle de ir a juego con mi estado de ánimo actual.

El profesor despliega el paraguas y lo coloca sobre mi cabeza.

—Vaya mañana temprano y encontrará su maleta intacta. ¿Está muy lejos su hotel?

Evito comentarle que, si me hubiese dejado la maleta en alguna universidad española, ya estaría en manos de algún condenado ladrón. Menos mal que Japón parece diferente en ese sentido.

—Creo que a unos veinte minutos de aquí —suspiro.

—Iré con usted hasta la puerta.

—¿No le importa? —Me encojo bajo el paraguas—. Si prefiere volver a su casa, no se preocupe por mí. Kioto parece una ciudad segura.

—Lo es, pero insisto en acompañarla de todos modos. Aunque solo sea porque no lleva paraguas.

—Se lo agradezco.

Comenzamos a caminar con cierta inseguridad, como si no estuviésemos acostumbrados a hacerlo. Yo no paseaba bajo el paraguas de alguien desde que Adri y yo aún éramos pareja, y hace ya seis meses que cortamos. Aun así, Adri vino al funeral de mi abuela y me apoyó cuando le dije que quería viajar a Japón para seguirle la pista a mi antepasada. Siempre ha sido una persona estupenda.

Entonces me pregunto si el profesor Ikeda estará casado, pero, por razones obvias, no se me ocurre someterlo a un interrogatorio de carácter personal.

—No esperaba que Amelia hubiese tenido tan mala suerte —digo para romper el silencio.

—¿Le parece que la tuvo? —el profesor habla sin mirarme.

—Su prometido era un putero, para empezar.

—Ella no lo amaba.

—¿Y? Lo respetaba, algo que él no hacía a la inversa.

—Tiene toda la razón en eso.

—En cuanto a su capitán... —Dejo escapar un bufido—. No me gustan los hombres que se hacen los misteriosos.

—¿Que se hacen los misteriosos? —Ahora el profesor Ikeda sí que me mira. Y con cara de pocos amigos—. ¿A qué se refiere?

—Ella fue sincera con él.

El joven aprieta los labios. Me parece que anda más deprisa de repente, aunque quizá sean imaginaciones mías. Sus relucientes zapatos se hunden en los charcos con vigor, salpicando gotitas diminutas por todas partes; mis botas lo hacen pesadamente, como si estuviesen demorándose a propósito.

—No todo el mundo puede permitirse el lujo de ser sincero siempre —dice el profesor entre dientes.

Trato de verle la cara, pero, entre el paraguas y la penumbra de las farolas, apenas lo consigo.

—Eso parece una excusa.

Entonces él se detiene y, sorprendentemente, se encara conmigo.

—¿Por qué usted no fue sincera con la universidad desde el primer momento?

Parece más nervioso que irritado.

—Porque pensaba que no le dejarían *Después del monzón* a cualquiera —admito sin tapujos.

—Y no se lo dejamos a cualquiera.

Hace ademán de seguir caminando, pero yo lo retengo con suavidad.

—Tampoco creo que mentir sea la solución —digo en voz baja.

—¿Y lo dice usted?

—¿Va a seguir recordándome lo tonta que he sido o ya ha tenido suficiente? —Lo suelto de golpe—. Pensaba que había aceptado mis disculpas.

—Y las he aceptado.

—No lo parece.

—Mi problema no es usted.

—¿Entonces?

—¿Podemos seguir?

Estoy a punto de insistir, pero luego decido no presionarlo. Tengo la impresión de que lo está pasando un poco mal.

Caminamos en silencio durante un rato, y la tensión entre nosotros va desapareciendo poco a poco. Finalmente, empiezo a preguntarle pequeñas cosas sobre Japón: sobre la universidad, al principio, y después sobre la cultura, las costumbres y la gente. Él me contesta a todo con paciencia y casi me olvido de Amelia y el capitán. Casi.

—Aquí está el hotel —anuncia cuando vemos su letrero luminoso—. ¿Le parece bien que mañana venga a buscarla a las ocho?

—Antes debería pasar por la universidad.

—Iré con usted.

—¿No le importa?

—Si me importara, no me hubiese ofrecido.

Hace un gesto hacia la puerta del hotel, pero yo no me despido aún.

—Profesor Ikeda... —dudo—. Antes ha dicho que yo no era su problema, y me alegra no serlo. Pero, si tiene algún problema de otra clase y puedo ayudar... —Me muerdo el labio inferior—. Cuente conmigo, por favor. Me encantaría devolverle todo lo que está haciendo por mí.

Él no responde enseguida, pero, cuando lo hace, una pequeña sonrisa se ha asomado a sus labios. Tan sincera que, a pesar de su tono jovial, me deja sin palabras.

—Gracias, *profesora* Zárate.

Da un paso atrás y me hace una reverencia a modo de despedida; yo se la devuelvo con torpeza. Ya no llueve, pero él sigue sosteniendo el paraguas sobre su cabeza.

—Ana —digo impulsivamente cuando está a punto de darme la espalda.

Él me mira por encima del hombro y, tras un instante de vacilación, hace un gesto de asentimiento.

—Yo soy Sora.

Así que se llama Sora Ikeda... o Ikeda Sora, más bien, si alterno el orden del nombre y el apellido, que es lo que tengo entendido que hacen en Japón. Repito ese nombre para mis adentros mientras me dirijo hacia la puerta; es como si una parte de mí se negara a creer que todo lo que he vivido hoy ha sido real.

Mi hotel en Kioto es un *ryokan*, un alojamiento tradicional japonés, pero yo escogí una de las habitaciones de estilo occidental que ofrecen porque no tenía ganas de dormir en el suelo. En parte me arrepiento de haberlo hecho, sobre todo, después de haber leído los primeros capítulos de *Después del monzón*. Mientras la sonriente dueña del alojamiento me saluda y me guía hasta el dormitorio, pienso que la próxima vez que vuelva a esta ciudad escogeré una de las habitaciones tradicionales para ver qué tal es eso de dormir en un futón. De momento, al menos tengo la posibilidad de usar el *onsen* y me han dejado una *yukata* limpia plegada sobre la cama, quizá a modo de indirecta.

Mientras me desvisto, descubro que tengo la friolera de veintisiete notificaciones en el móvil. Veinticinco son de Marta y las otras dos de mis padres; respondo primero a esas últimas y luego abro el chat de mi amiga.

¿Me has cambiado por tu mafioso sexy?, dice el último mensaje. Lo acompañan varios *emojis* que lloran.

Yo me tumbo en la cama y tecleo: *Tengo muchas cosas que contarte*.

V

Edo, capital del shogunato
Mayo de 1865

Desperté entre sábanas de seda, pero ahí se terminaron las sensaciones agradables. Me dolía la cabeza, me escocían los ojos y sentía náuseas. Traté de incorporarme, pero estaba tan mareada que volví a derrumbarme en el futón.

¿Un futón? ¿Por qué no estaba en mi cama?

Traté de enfocar la mirada. Me encontraba en una habitación desconocida de paredes encarnadas cuyo único mobiliario consistía en el propio futón, una mesita de madera lacada decorada con pinturas de mujeres de rostros blancos que se ocultaban tras sus sombrillas y un cojín de seda con borlas rojas. Todo estaba sucio y desangelado, y la única ventana, diminuta y cubierta de papel *washi*, apenas dejaba pasar la luz.

A pesar de todo, luché contra el mareo para incorporarme y traté de abrirla. En vano. Mis dedos acariciaron la superficie de papel con desaliento y luego dejé caer los brazos.

¿Dónde estaba? ¿Y cómo había llegado hasta allí?

No llevaba ni un minuto preguntándomelo cuando la puerta se deslizó hacia un lado.

Una muchacha apareció en el umbral. Llevaba el pelo recogido en un recargado Shimada coronado por una docena de horquillas y la cara pintada de blanco y rojo. Parecía joven, más que yo, y era tan menuda que iba arrastrando su *yukata* roja. Portaba una bandeja que depositó frente a mí, no sobre la mesa, sino a una distancia prudencial, como si yo fuese un perro peligroso atado a un poste o algo por el estilo. Después retrocedió dando pasitos cortos.

Recordé las explicaciones de Akiko y comprendí que se trataba de una *maiko*, una aprendiz de geisha.

—Hola —saludé en japonés—. ¿Podrías decirme dónde estoy?

La pequeña *maiko* dio un respingo y, aunque no me miró directamente, pude ver el miedo en sus ojos. Quise decirle que no se asustara, pero no llegué a tiempo: en cuestión de segundos, la puerta volvía a deslizarse a sus espaldas sin que yo pudiese hacer nada por impedirlo. Aún me sentía débil.

Cerré los ojos y traté de hacer memoria, pero apenas recordaba fragmentos de lo ocurrido: un rostro en la ventana, unos brazos que me sujetaban, la brisa nocturna...

Una cosa estaba clara: me habían secuestrado. Y esta vez el capitán Ikeda no había podido impedirlo.

Al pensar en el capitán, recordé sus lúgubres advertencias sobre los imperialistas. «No se me ocurre una víctima más apropiada» habían sido sus palabras exactas. Suponiendo que quienes me tuviesen retenida fuesen miembros del *ishin shishi*, ¿qué querían de mí? Y lo más importante: ¿cómo se las habían arreglado para colarse en mi habitación sin que yo pudiese reaccionar siquiera?

Me quedé mirando la bandeja que la muchacha me había traído. Sobre ella había un cuenco de sopa de algas, un bol de arroz con verduras, palillos y una servilleta de tela. Era una comida frugal, pero mi estómago rugió al verla; resignada, me dije que no ganaba nada negándome a probar bocado, por lo que me incliné sobre la bandeja y decidí hacer de tripas corazón. La sopa no tenía mal sabor y el arroz estaba lo bastante caliente como para resultar comestible, y engullí ambas cosas mientras trataba de poner en orden mis pensamientos.

Suponiendo que los imperialistas me hubiesen secuestrado realmente, debían de tener planes para mí. Planes que no incluían mi muerte, o no de un modo inmediato, lo cual me otorgaba cierta ventaja. Miré los palillos y pensé que Akiko hubiese intentado afilar uno de ellos para usarlo como arma, pero yo no estaba hecha de la misma pasta que mi doncella; no obstante, lo escondí en la manga de mi *yukata* por si acaso. Me sentía más segura llevándolo encima.

Entonces la puerta volvió a deslizarse. Me preparé para abordar nuevamente a la muchacha, pero me quedé de piedra al ver quién entraba en la habitación esta vez.

—¿Señor Bonnaire? —dije asombrada.

Por un momento, sentí el tonto impulso de gritar de júbilo creyendo que el médico había venido a salvarme. Pero, cuando cerró la puerta a sus espaldas, me di cuenta de lo ingenua que había sido.

Pese a todo, él me dirigió una mirada pesarosa a través de sus gafitas.

—Siento que tengamos que vernos en estas circunstancias, señorita Caldwell.

Se sentó frente a mí y apoyó las manos en sus propias rodillas. Yo no podía creer lo que estaba ocurriendo, no podía ser cierto.

—¿Usted lo sabía? —pregunté atropelladamente—. ¿Sabía que esto iba a suceder?

Por toda respuesta, el señor Bonnaire bajó la vista. Entonces recordé cómo había sido nuestro breve encuentro en el jardín de Nikenjaya y tuve una espantosa certeza.

—Por el amor de Dios, usted puso algo en mi bebida —dije con un hilo de voz—. Por eso me sentía tan mareada anoche.

—Sin embargo, no se bebió todo el *brandy* —respondió él con suavidad, todavía sin mirarme a los ojos—. Por eso no estaba completamente dormida cuando la trajimos aquí.

—¿Dónde estoy?

—No puedo darle esa información, señorita.

—Entonces, dígame al menos por qué.

—¿Por qué? —Lentamente, el señor Bonnaire levantó la cabeza de nuevo.

—Por qué estoy aquí. —Sostuve su mirada con toda la dignidad que fui capaz de reunir.

Él parecía sinceramente apenado:

—Usted no tiene la culpa.

—Por supuesto que no la tengo. ¿Qué pretenden hacer conmigo?

—De momento, permanecerá aquí, donde será tratada lo mejor que permitan las circunstancias.

—Discúlpeme si eso no me tranquiliza demasiado.

—Comprendo su enfado, señorita Caldwell. —El señor Bonnaire exhaló un suspiro—. Pero me temo que esto es más importante que usted y yo. Hay un país en juego.

—No me diga que está al servicio de Japón —dije con un pequeño resoplido. El silencio de mi interlocutor me pareció de lo más elocuente—. Tenía entendido que el capitán Ikeda y usted eran amigos…

—Dejémoslo en que somos conocidos. —El señor Bonnaire carraspeó—. El capitán es un hombre noble, pero no muy versado en los asuntos políticos. Él ha nacido para obedecer y ha tenido la mala suerte de encontrarse en el bando equivocado.

—¿Cuál, el del shogun?

—Entenderá que no voy a darle más explicaciones.

—Usted mismo me dijo que al *ishin shishi* no le gustaban los extranjeros —dije entornando los ojos—. ¿Han decidido hacer una excepción con aquellos que traicionen al shogunato en favor del emperador?

—Para ser una mujer, está usted bien informada. —El hombre se puso en pie lentamente—. Cuanto menos me diga, mejor: si ciertas personas creyesen que sabe demasiado, podrían perjudicarla. Si quiere un consejo, compórtese como la muchacha inocente que se supone que es.

—No quiero ningún consejo, quiero salir de aquí de inmediato.

—Me temo que eso no está en mi mano. —El señor Bonnaire me hizo una reverencia—. Buenas noches, señorita Caldwell.

Me dio la espalda y se marchó. Una parte de mí deseaba abalanzarse sobre él con el palillo en ristre, pero ¿de qué me serviría? Incluso si el señor Bonnaire era demasiado caballero como para abofetearme, yo ya sabía que no tendría nada que hacer contra él.

Frustrada, lancé el bol vacío contra la puerta cerrada, pero no me sentí mejor cuando se hizo añicos.

Tenía que encontrar la forma de escapar, no podía permitirle a esa gente que hiciese su voluntad conmigo. Volví a sacar el palillo y reflexioné: podía afilarlo contra la esquina dura de la mesa, pero ¿de qué me serviría? Atacar a la criatura que me había traído la comida me parecía una crueldad, y ni siquiera podría dañar físicamente a Bonnaire.

Sin embargo, podía darle otro uso. Mientras la habitación iba quedándose a oscuras, me dediqué a frotar el palillo contra la mesa lacada hasta que la punta se volvió tan fina que pudo agujerear mi *yukata* fácilmente. Entonces me acerqué a la ventana y, en un arrebato de inspiración, intenté clavar el palillo en ella.

El papel *washi* se rasgó de parte a parte y, por fin, pude contemplar el exterior.

Una hilera de tejados rojos asomaba entre las copas de los cerezos en flor. Abajo, en la calle, podía ver guerreros contemplando los árboles floridos y a un sinfín de mujeres, solas y en grupo, caminando con pasitos cortos o reunidas en corrillos. Las mujeres iban vestidas con kimonos coloridos sujetos con cinturones u *obi* de lo más extravagantes, y la mayoría de ellas llevaban también complicados recogidos de estilo Shimada y el rostro pintado de blanco. Eran geishas y *maiko*, sus aprendices, y algunas acompañaban a los guerreros en su recorrido por los locales.

No necesitaba ver cómo se encendían las primeras lámparas rojas para saber en qué barrio de Edo me encontraba. Había oído hablar de él en tantas ocasiones que era como si ya lo hubiese visitado anteriormente.

Me habían traído a Yoshiwara, probablemente a una de las casas de placer.

Me aparté de la ventana horrorizada. Los imperialistas no solo me habían secuestrado: también me habían conducido a una trampa. Incluso si conseguía salir de allí sin que nadie me pusiera las manos encima, algo que ni siquiera estaba garantizado, mi reputación quedaría manchada para siempre de todas maneras.

No sé si fue la rabia la que me inspiró o fue un acto

instintivo, pero, al cabo de unos minutos, me encontré a mí misma arrancando las últimas tiras de papel *washi* de la ventana y midiendo su tamaño. Era pequeña, pero quizá no lo suficiente como para que yo no cupiese por ella.

La brisa nocturna estaba cargada de olores almizclados. Oí risotadas y pequeños grititos, y me dije que cualquier riesgo que pudiese correr sería mejor que resignarme a lo que me deparaban mis carceleros. Por ello, me asomé por la ventana y, decidida, me impulsé para salir al tejado.

Aunque en otras ciudades también había barrios de placer, Yoshiwara era conocido en todo Japón. Una parte de mí no pudo resistir la oscura tentación de contemplarlo durante unos instantes desde el tejado, donde me hallaba agazapada mientras trataba de recomponer lo mejor posible mi *yukata*, que se había enganchado en un clavo suelto cuando salía por la ventana y estaba llena de desgarrones. Desde mi posición, podía ver perfectamente a las geishas, *maiko* y *oiran*, a los samuráis que conversaban con ellas y a los artistas de los teatrillos ambulantes que se preparaban para su próxima actuación. Mi familia y yo habíamos asistido a varias funciones de *kabuki*, e incluso Akiko y yo habíamos desafiado una prohibición expresa viendo un fragmento de *Los amantes suicidas de Sonezaki* durante nuestra excursión nocturna por Kioto, pero un simple vistazo a los actores que había en Yoshiwara, con sus excéntricos ropajes y tocados, me hizo comprender que las obras que se representarían en aquel lugar no serían en modo alguno apropiadas para una señorita como yo. Las entradas de los locales eran grandes y luminosas, como las de los distritos comerciales más lujosos de la capital del shogunato, pero en ellas no se exhibían mercancías, sino mujeres ostentosamente vestidas, peinadas y maquilladas. Algunas se encontraban detrás de rejas metálicas, pero no parecían sentirse prisioneras, sino protegidas. La sola idea de acabar siendo una de ellas me provocó un vértigo alarmante en el estómago, por lo que me obligué a desviar la mirada y concentrarme en el próximo paso.

Si hubiese tenido el valor suficiente para saltar desde el tejado... Pero no me atrevía a hacerlo, temía torcerme el pie o topar con algún hombre que me confundiese con una *oiran* exótica. Al menos, me dije, ahí arriba estaba a salvo de las miradas indiscretas. Mis ojos recorrían las calles en busca de una patrulla de policía, pero solo veía samuráis borrachos. ¿Y si el Shinchogumi de Edo, que era el equivalente al Shinsengumi de Kioto, también tenía prohibida la entrada en Yoshiwara? Policías o no, sus miembros seguían siendo *ronin*.

Entonces, como si alguien hubiese respondido a mis plegarias, distinguí un rostro conocido entre la multitud; cuando nuestras miradas se cruzaron, él asintió brevemente en señal de reconocimiento y yo me llevé las manos a la cara.

El capitán Ikeda no iba vestido al estilo europeo, como en la casa de té, sino que llevaba una chaqueta y unos pantalones holgados. Ambos tejidos parecían ricos incluso en la distancia, aunque no contaban con distintivo alguno, la chaqueta ni siquiera era del azul claro de los uniformes del Shinsengumi: una vez más, el capitán prefería ir de incógnito para mezclarse con la gente.

Algunas mujeres lo miraban y reían con disimulo, y dos de ellas incluso pasaron por delante de él para exhibirse. Pero el joven las ignoró, parecía más pendiente de los samuráis que lo rodeaban.

Yo aguardé conteniendo el aliento. ¿Habría seguido mi rastro después de que me secuestraran o se encontraría allí por casualidad? Descarté esa última idea de inmediato: si algo me habían demostrado mis encuentros con el capitán Ikeda era que había algo más poderoso que el azar empeñado en cruzar nuestros caminos, algo tan parecido al destino que me abrumaba pensar en ello. Sea como fuere, yo estaba atrapada en ese tejado y pocas veces me había sentido tan vulnerable: en ese momento, mal que me pesara, dependía por completo de la buena voluntad de un *ronin* para salir de semejante aprieto.

Por primera vez en mi vida, deseé ser como la hermana del capitán y su maestra, como una de esas mujeres capaces de empuñar un arma y defenderse. Seguro que la gran Nakano Takeko jamás se vería en una situación remotamente parecida a la que yo estaba viviendo en ese momento.

Por fin, el capitán comenzó a caminar hacia la casa de placer. Tuvo que esquivar a dos samuráis borrachos y a un titiritero y un cantante que se preparaban para una función; como su hombro chocó contra el titiritero, uno de los títeres lo increpó con grandes aspavientos y el público rio. El capitán apretó el paso, quizá porque temía ser descubierto o quizá porque los espectáculos callejeros no eran nada que mereciese su atención.

Volvió a contemplarme y me hizo un gesto hacia su derecha. Me volví en la dirección en la que señalaba y descubrí que había un callejón a ese lado de la casa de placer. Las tejas estaban heladas bajo las palmas de mis manos cuando, armándome de valor, gateé por la empinada pendiente hasta alcanzar el borde del tejado.

No sufrí ningún percance por el camino y aguardé, paciente, a que el capitán Ikeda me diera más instrucciones. Pero entonces alguien le habló desde la entrada del callejón:

—¿Dando un paseo, demonio?

Me giré para ver de quién se trataba y sentí un escalofrío al reconocerlo: era el hombre alto de la verruga que me había acorralado en Kioto el año anterior. El único que se había librado del acero del capitán entonces.

El joven guerrero se encaró con él.

—Márchate.

Lejos de acatar esa orden, el otro hombre dio un paso al frente. No dio señales de haberme visto, lo cual me hizo sentir aliviada.

—Los *ronin* no pueden entrar en Yoshiwara —dijo con aspereza—, por muy perros del shogun que sean.

—Márchate —repitió el capitán Ikeda—. Por tu propio bien.

—Llevo los colores del clan Mori. —El hombre continuó avanzando por el callejón en penumbra. Las sombras de sus dos espadas samuráis se proyectaban en la pared del siguiente edificio—. Si me atacas, el dominio de Choshu lo considerará una ofensa.

El capitán no pareció amedrentarse al escuchar esas palabras.

—Te lo advierto por última vez.

Pero su rival se limitó a apretar los labios y a dar un paso más, con aire desafiante. Incluso yo sabía que el capitán tenía las de perder: no estaba en Kioto, territorio del Shinsengumi, sino en Edo, y ni siquiera sus compañeros del Shinchogumi, si es que tenía relación con ellos, estaban autorizados a entrar en el barrio de Yoshiwara. A juzgar por las palabras de aquel hombre, solo aquellos protegidos por una familia de samuráis tenían permiso para hacerlo.

El hombre de la verruga empuñó su katana y comenzó a desenvainarla. Entonces supe que tenía dos opciones: ver cómo lidiaba el capitán con aquella situación o intervenir para que la balanza se inclinara a su favor.

Tan rápido como pude, volví a deslizarme por el tejado hasta llegar a la fachada principal. La lámpara roja que alumbraba la entrada de la casa de placer pendía de un gancho situado justo bajo el tejado; solo necesitaba estirar un poco la mano para apoderarme de ella. Aunque me temblaban los dedos, me las arreglé para desengancharla sin que nadie mirara hacia arriba. Entonces regresé al borde del tejado y me asomé para ver qué estaba ocurriendo en el callejón.

Los hombres aún no estaban luchando, pero parecían a punto de hacerlo.

—¿De qué tienes miedo, demonio? —dijo el samurái.

El capitán no contestó. Él también había desenvainado su katana y estaba en posición de guardia, pero su rival había avanzado tanto que prácticamente lo había acorralado en el callejón. Estaba justo debajo de mí.

Las palabras que había pronunciado poco antes seguían resonando en mi cabeza: él estaba protegido por un clan samurái, mientras que el capitán solo era un *ronin*. Si se enfrentaban y él vencía, tendría que rendir cuentas después. Comprendí, desolada, que poco importaba que saliese victorioso de aquel encuentro si luego iba a ser encarcelado o, peor aún, ejecutado.

Mientras trataba de encontrar la forma de librar al capitán de ese maldito hombre, vi una luz blanca reflejada en el suelo: era la luna creciente. El suelo que había entre el capitán y su rival estaba lleno de charcos, pero también había fragmentos de vidrio. Eso me hizo pensar que no se trataba de agua u orina, sino también de los restos de varias botellas de sake que algún borracho habría dejado caer.

Un plan empezó a coger forma en mi mente y, aunque era arriesgado, también era el único que tenía. Cuando el samurái alzó su katana con un jadeo amenazador, levanté la lámpara encendida por encima de mi cabeza y la arrojé con todas mis fuerzas sobre el charco.

El fogonazo casi me cegó y la vaharada de calor me hizo retroceder hacia el tejado. Oí un grito masculino y el crepitar del fuego, y se me cayó el alma a los pies al pensar que la explosión podía haber herido accidentalmente al capitán Ikeda. Pero aún no me había dado tiempo a llamarlo siquiera cuando escuché su voz:

—¡Venga conmigo!

Me asomé de nuevo y vi sus brazos extendidos hacia mí. Un muro de fuego lo separaba de su contrincante, que se hallaba encogido contra la pared de la casa de placer y gemía de dolor; pronto dejé de prestarle atención y me concentré en el capitán, que me hizo un gesto para indicarme que podía lanzarme sobre él.

Me recogió en sus brazos como si fuese una pluma. Yo le eché los míos al cuello y me aferré a él con poca elegancia y un alivio indescriptible.

—Tenemos que irnos —musitó.

Yo ya contaba con eso. Cuando me depositó en el suelo con delicadeza, busqué su mano y, sin decir nada, yo misma tiré de él hacia el extremo opuesto del callejón.

Ya estábamos cerca del puerto, lo notaba en el aire salado que me acariciaba el rostro. La ciudad se extendía en círculos concéntricos alrededor del palacio del shogun, que lo dominaba todo; el palacio estaba protegido por dos fosos exteriores que se nutrían de los ríos Sumida y Kanda y desembocaban en una red de canales que transportaban el agua por la ciudad. Cerca de los fosos residía la nobleza próxima al shogun, mientras que el pueblo vivía en la denominada ciudad baja o Shitamachi. Hacía más de cien años que se habían construido parques en esa zona y, en uno de ellos, que se encontraba precisamente a orillas del Sumida, nos detuvimos el capitán y yo a recuperar el aliento.

Los cerezos ya estaban en flor y el joven y yo nos refugiamos bajo uno especialmente frondoso. Los pétalos habían formado una mullida alfombra circular y nos situamos justo en el centro, el capitán sentado contra el tronco del árbol y yo casi tumbada; no recordaba haber corrido tanto desde el año anterior y no me había gustado la experiencia, apenas podía respirar aún. Sobre mi cabeza, un tapiz de ramas cargadas de flores ocultaba la luna.

El capitán suspiró, pero no dijo nada. No hasta que yo busqué su rostro en la semioscuridad.

—¿Cómo ha averiguado dónde estaba? —murmuré por fin.

—Sabía que iban a secuestrarla.

—¿Lo sabía...?

—Más bien lo sospechaba. —Apenas podía ver su silueta arrodillada, pero oía su respiración, más calmada que la mía, y notaba el calor que desprendía su cuerpo. Ambas cosas me resultaban tranquilizadoras—. Desde que Bonnaire le ofreció esa bebida.

Me incorporé sobresaltada.

—¿Se dio cuenta de que el *brandy* llevaba droga?

—Como le digo, lo sospechaba. No podía saberlo con seguridad, ni mucho menos acusarlo.

—Podría haberme avisado.

—¿Para qué, para asustarla? —Él resopló ligeramente.

—Hubiese podido dormir con mis padres esta noche.

Había un deje acusador en mis palabras, pero el capitán se limitó a sacudir la cabeza.

—En ese caso, la hubiesen secuestrado más adelante y yo no hubiese estado en Edo para salvarla.

—¿Por qué lo ha hecho? —Me crucé de brazos—. ¿Por qué me ha salvado otra vez?

—Porque no quiero que estalle una guerra por su culpa.

—¿Una guerra? ¿Por qué iba yo a provocar una guerra, por el amor de Dios?

—Ya se lo dije en su momento: si la raptan, los extranjeros culparán al shogun.

—Usted me habló de desórdenes, no de una declaración de guerra.

—Tal vez no quisiera asustarla entonces.

—¿Y ahora sí?

—Casi le prende fuego a un hombre para cubrirnos la retirada. —Seguía sin ver su cara, pero, por su tono de voz, hubiese jurado que sonreía—. Creo que puede soportar la verdad.

—Entonces, ¿vino a Edo solo para vigilarme?

—No a usted en particular, pero vine a Edo por orden del shogun, sí. —Oí cómo se removía—. E hice bien. Las cosas van a ponerse muy feas, señorita Caldwell.

Nos quedamos en silencio. Yo cerré los ojos y traté de aspirar el aroma de las flores, pero el olor a hombre se imponía por encima de todo lo demás. Cuando empezaba a pensar que no podría pasar ni un minuto más sin arrojarme a los brazos del capitán Ikeda, él se puso en pie.

—La llevaré a casa.

—¿Tanta prisa tiene por librarse de mí? —quise bromear, pero él apenas me echó un vistazo por encima del hombro antes de comenzar a caminar.

Suspiré y fui tras él.

Yoshiwara estaba al norte de la ciudad, pero pronto dejé de calcular nuestro recorrido y me concentré en la noche que nos envolvía. Se oían ruidos ocasionales en determinadas zonas, sobre todo, aquellas en las que aún había locales iluminados; el capitán las evitaba deliberadamente. Conforme nos acercábamos al puerto, donde se hallaban las casas de los extranjeros y también la de mis padres, mis pies se resistían cada vez más a colaborar. Una parte de mí solo quería detenerse ahí mismo, en mitad del puente Nihon, y contemplar las barcas alumbradas con linternas rojas que recorrían el Sumida incluso a altas horas de la noche.

El capitán se volvió hacia mí y me dirigió una mirada inquisitiva. Ya podía verle el rostro, lo cual me hizo comprender que el alba estaba cerca.

—¿Usted solía visitar Yoshiwara? —pregunté impulsivamente—. Cuando era un samurái.

—No. —Fue rotundo—. ¿A qué viene esa pregunta?

—Hay quien cree que todos los hombres...

—No —repitió él. Ahí de pie, erguido sobre el puente, con la barbilla alta y la mano rozando la empuñadura de la katana, me pareció salido de un sueño—. No todos somos como los que la han secuestrado.

—No quería decir eso —me apresuré a aclarar.

—Lo sé. —El capitán ladeó el rostro—. Vamos.

Terminamos de cruzar el puente y llegamos a mi calle, una de las pocas en Edo en la que había casas de estilo occidental. Me pregunté si mis padres y Akiko estarían muy preocupados por mí y me debatí entre el ansia por hacerles saber que estaba sana y salva y la angustia de tener que despedirme del capitán de nuevo, quizá para siempre.

—Aquí es donde... —empecé a decir, pero entonces el joven se giró con tanta brusquedad que chocamos.

Primero pensé que había sido un accidente, pero luego él me puso contra la pared del edificio más próximo. Oí voces y quise mirar por encima de su hombro, pero no me lo permitió: con autoridad, aunque sin violencia, puso sus manos en mi rostro y se inclinó para que nuestros ojos quedaran a la misma altura.

El tacto áspero de sus pulgares en mis mejillas bastó para robarme el aliento.

—¿Puedo besarla, señorita Caldwell? —murmuró entonces.

Mi corazón comenzó a latir enloquecido. ¿Había oído bien, me estaba pidiendo permiso para darme un beso? Después de toda la noche recorriendo Edo con él, había llegado a la conclusión de que le resultaba indiferente, ya que no había aprovechado la ocasión para iniciar ningún tipo de acercamiento. Cualquier otro hombre hubiese...

—Lo siento, no tendría que habérselo preguntado. —El capitán me soltó e inclinó la cabeza en señal de arrepentimiento—. Ha sido un momento de debilidad y le pido disculpas.

Sacudí la cabeza. Cualquier hombre se hubiese aprovechado de mí en ese momento, sí; pero el capitán Ikeda no era cualquier hombre. No era Guillermo ni uno de mis secuestradores, era un valiente guerrero que se comportaba honorablemente. Y me respetaba.

—Por el amor de Dios —dije poniéndole las manos en el pecho—, hágalo.

Él abrió los ojos un poco más de lo normal, pero luego suspiró y volvió a inclinarse.

Nuestros labios se encontraron tan rápido que yo tuve que ahogar un gemido de sobresalto en los suyos; él debió de notarlo, porque puso su mano en mi nuca con suavidad. Yo me aferré a su chaqueta y entreabrí la boca, dejando que el capitán invadiese la mía con una delicadeza que no creía posible. El roce de su lengua, húmedo y gentil, me dejó temblando incluso después de que se hubiese apartado. Nadie me había besado así jamás.

Aún no me había recuperado de la impresión cuando un grito rompió el silencio:

—¡Señorita Caldwell!

Se me encogió el estómago, pero, antes de que pudiese reaccionar, alguien más gritó:

—¡Apártese de ella, canalla!

En cuestión de segundos, varias manos sujetaron al capitán, que se dejó arrastrar sin oponer resistencia. A la luz de una linterna de papel, pude ver rostros masculinos que me resultaban vagamente familiares, todos ellos pertenecientes a los ingleses y americanos a los que ya había visto en lugares como la casa de té Nikenjaya.

—¡Esperen! —grité yo por fin—. ¡El capitán Ikeda solo estaba...!

Pero mis palabras quedaron ahogadas por los gritos de esos hombres.

—Queda usted detenido, capitán Ikeda —dijo alguien en un perfecto inglés—, por el secuestro de la señorita Caldwell. —Y, para mi espanto, se volvió hacia los otros y ordenó—: ¡Espósenlo!

Capítulo 6

Kioto, zona de los templos
Febrero de 2018

No llueve, pero el cielo está gris al otro lado del cristal. Mientras espero a Sora, contemplo distraídamente los árboles sin hojas que bordean la zona de los templos. Hemos visto ya el de Ryoan-ji, pero aún nos queda el Pabellón Dorado; ambos fueron declarados Patrimonio de la Humanidad por la Unesco en 1994, y no me sorprende nada. En el Ryoan-ji, una residencia aristocrática medieval reconvertida en templo budista en el siglo XV, se respiraba una paz abrumadora; Sora se ha ofrecido a pagar los 500 yenes que costaba la entrada y los dos hemos disfrutado recorriendo el complejo, desde la exposición de caligrafía japonesa hasta el famoso jardín seco, descalzos y conversando de asuntos triviales. Yo estaba entusiasmada, pero, por lo que me ha contado él, el Pabellón Dorado debe de ser todavía más impresionante.

Aunque confieso que no estoy prestando tanta atención como debería a la visita. Y sé perfectamente quién tiene la culpa.

—Ya estoy aquí. —La voz de Sora me hace volverme hacia el interior de la cafetería—. Perdona, pero necesitaba beber algo para seguir leyendo.

—A mí tampoco me vendrá mal, me estoy quedando helada por momentos. —Pongo las manos alrededor de mi taza de té y olisqueo su contenido—. ¿Qué me has pedido?

—Té *matcha*. Mi favorito.

Lo dice casi con timidez. Yo le sonrío, pero después escondo la cara detrás de la taza.

No llevamos ni tres horas juntos, pero a mí me parece que han pasado días enteros. Tal y como prometió anoche, Sora me ha recogido en el hotel temprano y hemos tomado un taxi hasta la universidad; no hemos hablado mucho por el camino, aunque yo no he podido resistir la tentación de comentar el hecho de que los asientos estuviesen recubiertos de ganchillo blanco. Debe de ser algo típico en Japón, pero son esas pequeñas cosas cotidianas las que llaman la atención de un extranjero.

Al llegar a la universidad, Sora me ha esperado con el taxista mientras yo recuperaba mi maleta; luego hemos vuelto al hotel porque necesitaba cambiarme de ropa, aunque era una necesidad más psicológica que física. Sora se ha quedado leyendo una novela en la cafetería hasta que yo he bajado de la habitación y después hemos venido a la zona de los templos. Aunque haya venido a Kioto en busca de un libro, me ha dicho Sora, sería una pena que no disfrutara un poco de la ciudad.

Y aquí estamos, bebiendo té en una cafetería para turistas como si fuésemos dos viejos amigos y no dos personas que acaban de conocerse. Ni siquiera tengo muy claro que le caiga bien a Sora, aunque supongo que no estaría conmigo ahora mismo si no fuese así, ¿verdad?

Vuelvo a mirarlo con disimulo. Hoy no va trajeado,

sino que lleva unos vaqueros, una camisa y un jersey de punto de color verde oscuro que le sienta estupendamente. Parece más joven que ayer, y tal vez más relajado. Aunque sigue teniendo la capacidad de convertir su rostro en una máscara impenetrable.

Ayer deduje que tenía algún problema y, aunque no se me ocurre qué puede ser, siento la necesidad imperiosa de ayudarle. Quizá porque él ha decidido ayudarme a mí o porque... No lo sé, pero el caso es que me gustaría hacerlo.

—El té está bueno —digo después de beber un sorbo—. Aunque yo estoy más acostumbrada al café.

—Luego podemos ir a por uno. —Él juguetea con su cucharilla sin mirarme.

—Solo si dejas que te invite yo esta vez.

—Ya veremos.

Otra vez nos quedamos callados.

—Bueno —carraspea él al cabo de unos instantes—, ¿qué opinas de lo último que hemos leído?

—¿Del beso? —Me mordisqueo la uña del dedo pulgar—. Amelia es muy intensa cuando describe esas cosas, pero, en cierto modo, la entiendo. Es muy emocionante desear a alguien y ser correspondido. —Reprimo una sonrisa un poco triste—. Por otro lado, me ha gustado que el capitán Ikeda le preguntara primero, hay hombres que son incapaces de hacerlo en pleno siglo XXI.

Sora no me interrumpe en ningún momento, pero, cuando dejo de hablar, me mira con aire divertido.

—Me refería a la detención del capitán. —Sus palabras me hacen ruborizarme ligeramente—. Pero lo cierto es que siempre pienso lo mismo cuando llego a la escena del beso, me parece preciosa.

—Eh... La detención fue una injusticia, desde luego. —Vale, genial, ahora mismo solo quiero esconderme debajo de la mesa. Intento cambiar de tema—: Dices que siempre piensas lo mismo cuando lees esa escena. Ese «siempre» me hace sospechar que no has leído el libro una vez ni dos, ¿me equivoco?

—Lo he leído diez, por lo menos. —Sora se encoge de hombros.

—¿Y seguro que no tienes nada que ver con el capitán Ikeda?

—¿Tú qué crees?

—Creo que este es el emotivo momento en el que me confiesas que eres su tataranieto, descubrimos que los dos tenemos algo que ver con esta conmovedora historia y nos abrimos nuestro corazón el uno al otro.

Sora no me ríe la gracia.

—Has visto demasiadas películas —responde fríamente.

—Y tú no has visto suficientes. —Me apoyo en el respaldo de la silla y cruzo los brazos sobre el pecho—. ¿Qué os pasa a los japoneses, todas vuestras pelis tienen que acabar con el protagonista muriendo por culpa de una horrible enfermedad?

Mi intención es quitarle hierro al asunto, pero entonces Sora deja de mirarme y se levanta de la mesa.

—Voy a salir fuera un momento.

—¿Estás bien? —le pregunto sorprendida.

—Sí, solo necesito un poco de aire. Perdona.

Sale de la cafetería sin acordarse siquiera de coger su abrigo. Yo me quedo mirando la puerta con un nudo en el estómago; creo que acabo de meter la pata, pero no tengo muy claro el motivo.

Con un suspiro, me levanto yo también, cojo el abrigo y el paraguas de Sora y salgo detrás de él.

Lo encuentro junto a un ciruelo cuyas ramas no tienen flores, pero sí diminutos capullos blancos que anuncian la primavera. El ambiente está cargado de humedad y pienso que pronto necesitaremos abrir el paraguas, pero no me decido a hacerlo. Durante unos segundos, me quedo ahí plantada, contemplando la espalda del joven profesor, preguntándome cuál será la mejor manera de retomar la conversación.

—Eh, Sora —digo finalmente. Sé que me ha escuchado, pero no se gira—. Te he traído tu abrigo, no quiero que te resfríes. —Doy un paso hacia él—. Siento haberme metido con las películas japonesas, no quería hacerte sentir incómodo.

Por fin, él se da la vuelta y me observa con un brillo extraño en sus ojos. Pienso que va a decirme algo, pero tan solo baja la vista hacia el abrigo, como si lo viese por primera vez, y luego lo acepta con un cabeceo de agradecimiento.

—No tienes que pedirme perdón —dice en voz baja mientras se lo pone—. No es culpa tuya.

—¿Qué cosa? —pregunto mientras le entrego también el paraguas, que se cuelga del brazo en silencio—. ¿Qué es lo que te pasa, Sora? Me gustaría ayudarte.

—No puedes ayudarme. —Él me dirige una mirada fugaz—. Pero te agradezco tus buenos sentimientos, Ana.

Antes de que yo pueda insistirle, echa a andar por el camino que conduce al Pabellón Dorado. Yo suspiro y voy tras él.

—¿Y si me subestimas? —protesto. El condenado sigue sin darse la vuelta—. Lo creas o no, se me da bien ayudar a la gente... —Estoy tan pendiente de él que casi atropello a una pobre señora mayor que lleva gafas de sol y un sombrero de ala ancha. Avergonzada, le hago una torpe reverencia—. ¡Perdone, no la había visto! —exclamo sin darme cuenta de que sigo hablando en español.

La señora cloquea y agita sus manitas para restarle importancia al asunto. Desde el camino, ahora sí, Sora me observa con una pequeña sonrisa en sus labios.

—No hace falta que derribes a nadie para venir conmigo, solo tienes que pedirme que camine más despacio —dice cuando me acerco de nuevo, con la risilla de la señora mayor persiguiéndome todavía.

—Fanfarrón —le espeto.

Él ríe y, por alguna razón, su risa me hace suspirar de alivio. Empezaba a pensar que lo había estropeado todo de verdad.

—¿Quieres ver el Pabellón Dorado ahora o te sigo leyendo el libro? —me pregunta Sora entonces.

Ha empezado a llover y él ha desplegado el paraguas. Lo coloca sobre nuestras cabezas con un gesto elegante y yo me acerco a él sin pararme a pensar en lo que estoy haciendo; para cuando me doy cuenta de que parecemos una parejita paseando, ya es demasiado tarde.

—Depende —digo rápidamente—. ¿Cuándo vas a tener que marcharte?

—Hoy no tengo nada que hacer.

—¿En serio? —Me froto la nariz con la manga del jersey, en parte para ocultar mi sorpresa—. ¿Me has reservado todo el día?

—Estoy libre, y mañana también. —Él comienza a caminar de nuevo—. Luego dudo que podamos vernos más, así que es mejor que aprovechemos el tiempo.

—Entiendo.

Me siento vagamente intrigada, él mismo me dijo que no se iba de viaje a ningún sitio, así que supongo que tendrá otros planes en Kioto. ¿Una cita romántica, tal vez? En fin, no es asunto mío.

Por cierto, hay que ver lo difícil que es andar con él bajo el mismo paraguas sin rozarle el hombro todo el rato.

—Sigamos leyendo un poco —le pido—, y vayamos después al pabellón. Si tanto me lo recomiendas, quiero verlo.

—Como tú prefieras. —Él me dirige una mirada divertida y señala un pequeño porche con la cabeza—. Ahí estaremos resguardados de la lluvia. Pero, si estás esperando más besos, quizá te lleves una sorpresa.

VI

Edo, capital del shogunato
Mayo de 1865

—Ha habido un malentendido —dije por enésima vez—. El capitán Ikeda es inocente.

Mi padre me dirigió una mirada grave desde el otro lado del escritorio de madera lacada. Había un montón de papeles desperdigados frente a él, pero no les prestaba la menor atención; el hecho de que algo estuviese fuera de lugar en su despacho era un síntoma de la gravedad del asunto. Tenía el pelo gris revuelto, iba mal afeitado y se le habían descolocado las gafitas de montura redonda. Junto a él reposaba, intacta y fría, la taza de té que Osamu, nuestro mayordomo, le había traído hacía media hora. De pie junto a la ventana, mi madre alisaba las cortinas mecánicamente; se le habían soltado algunos mechones de cabello del recogido e incluso llevaba una mancha de tinta en la falda, pero no creí oportuno hacérselo notar. Saltaba a la vista que ninguno de los dos había dormido bien aquella noche, ni tampoco la anterior.

Yo, por mi parte, me había puesto uno de mis vestidos de todos los días, verde oscuro, de manga larga y falda recta, pues me negaba a llevar corsé y polisón en una situación como aquella, y había renunciado a exhibir joya alguna. Akiko me había recogido el pelo en una trenza, la había enrollado en mi nuca y la había sujetado con horquillas formando un moño muy sencillo. Cuanto más cándido fuese mi aspecto, mejor.

—Él no me secuestró, padre —repetí una vez más—. Fueron otros los que lo hicieron, imperialistas japoneses y al menos un cómplice europeo. —El señor Bonnaire, concretamente, aunque no me parecía prudente acusarlo todavía—. El capitán solo es responsable de haberme traído de vuelta sana y salva y no me parece justo pagárselo de este modo.

No habían querido contarme qué había sido del capitán Ikeda, pero aquella orden, «¡Espósenlo!», todavía resonaba en mis oídos. Tenía la incómoda sensación de que, mientras yo trataba inútilmente de convencer a mis padres de su inocencia, él se pudría lentamente en algún calabozo.

Por fin, mi padre se dirigió a mí con frialdad:

—¿Lo de los imperialistas te lo ha contado él?

—John, querido... —intervino mamá, pero él no le permitió continuar:

—Mi hija ha vuelto de madrugada asegurando haber estado prisionera en una casa de placer de Yoshiwara. —Su tono era gélido; sus ojos, en cambio, relampagueaban—. Y acusa a los partidarios del emperador y a un europeo, Dios sabe quién, de haber sido los responsables de su desaparición. Pero todo cuanto sabemos —dijo elevando la voz— es que desapareciste sin dejar rastro y, cuando te encontraron, ese bárbaro estaba deshonrándote. ¡Y tú lo defiendes!

—Mi honra permanece intacta, si eso es lo que te preocupa... —empecé a decir, pero él no me permitió continuar:

—¿Es esto lo que te hemos enseñado, Amelia? ¿A comportarte así con un...?

—¿Con un qué, padre? —repliqué sin poder contenerme—. El capitán Ikeda es un valiente guerrero y estáis completamente equivocados si creéis que él ha intentado siquiera...

—Basta. —Mi padre dio una palmada en el escritorio—. Márchate.

Sabía que lo más sensato era obedecer, pero simplemente no pude hacerlo:

—¿Dónde está él ahora?

—Eso no es de tu incumbencia.

—Amelia. —Mi madre me puso la mano en el hombro—. Tu padre tiene cosas que hacer.

Comprendí que había perdido esa batalla y, resignada, me dejé arrastrar fuera del despacho. Cuando la puerta se cerró y mi madre y yo nos quedamos solas en el corredor, ella se llevó el dedo índice a los labios y me indicó que la acompañara hasta la salita. Allí podríamos conversar sin que nadie nos escuchara.

La salita era una de mis habitaciones favoritas de la casa, pues estaba decorada al estilo tradicional japonés casi por completo. El suelo era de tatami y los muebles, de madera lacada, tan bajos que mi madre y yo debíamos arrodillarnos frente a ellos. Mi padre prefería pasar el rato en el salón, donde se reunía con sus compatriotas; pero a sus colegas botánicos japoneses también los recibía allí. Mi madre deslizó el panel que hacía las veces de puerta y me susurró:

—Esto está siendo difícil para todos, Amelia. Te han visto comportándote indecorosamente con un *ronin*, ¿entiendes lo que significa eso?

—Sí, pero...

—Tu reputación está manchada para siempre. —Mi

madre parecía más apenada que irritada—. Es posible que Guillermo decida romper su compromiso contigo.

Apreté los labios. Era yo la que deseaba romper aquel compromiso, con todas mis fuerzas; y, sin embargo, sabía que mis padres no se recuperarían de ese golpe. Mi unión con los de Andújar aseguraba mi futuro de un modo que ellos no hubiesen podido permitirse.

Aun así...

—Me importa más la vida del capitán que mi reputación —dije con sinceridad—. Si le sucede algo, madre, pesará en mi conciencia para siempre.

—¿Es cierto que despertaste en Yoshiwara?

—¿Por qué iba a mentir?

—No sería la primera vez que nos desafías. —Mi madre hundió los hombros—. Quiero creerte, pero, después de lo que sucedió en Kioto...

—¿Padre y usted me consideran una mentirosa solo porque una vez salí a divertirme sin permiso? —Conforme pasaban los minutos, yo me sentía más abatida—. Oh, madre...

—No te considero una mentirosa. —Ella me retiró un mechón de pelo detrás de la oreja y ese gesto cariñoso me ablandó—. Pero te ruego que no le cuentes a nadie más lo sucedido: si corre la voz de que has estado en Yoshiwara, el escándalo será tan grande que tendremos que mandarte lejos de Japón.

—No lo haré —concedí—, pero ¿qué hay del capitán?

—Debes olvidarte de él para siempre. Su destino no está en tus manos ya.

—Ni hablar, madre. —Por una vez, me mantuve firme—: No puedo olvidarme del hombre que me salvó. Puede que no sea más que un bárbaro para padre y para usted, pero yo le debo la vida y esa honra que tanto les preocupa.

Mi madre pareció dudar, pero solo durante unos instantes. Luego cerró los ojos con fuerza. A veces me veía reflejada en sus gestos, en su forma de arrugar la nariz cuando estaba pensativa o de sonreír con aire de disculpa cuando no quería confesar lo que estaba pensando; por lo demás, no nos parecíamos gran cosa. Mi madre, igual que Martina, era morena y poderosa, una mujer española de los pies a la cabeza, mientras que yo había heredado de mi padre la palidez inglesa, las pecas y el marrón desvaído de mis ojos y mi cabello. Por eso disfrutaba secretamente encontrando aquellas pequeñas semejanzas entre mi madre y yo.

—¿Es tu última palabra? —Volvió a contemplarme, esta vez con aire derrotado.

Yo asentí con firmeza.

—En ese caso, no actuaremos impulsivamente, sino con inteligencia. —Mi madre suspiró—: Tienes que hablar con Guillermo. Sé lo que estás pensando —dijo al ver que yo abría la boca para negarme—, pero los de Andújar son poderosos, los únicos que ahora mismo tienen suficiente influencia como para acceder al círculo del shogun. Si convences a Guillermo de que sigues viva e inmaculada gracias al capitán Ikeda, tal vez hablen a su favor.

Inmaculada. Como si haber yacido con un hombre me hubiese manchado de algún modo. Reprimí la vergüenza y la rabia que sentía e incliné la cabeza en señal de asentimiento. Aunque rechazaba la idea de encontrarme a solas con Guillermo, sabía que podía arreglármelas para persuadirlo de que liberara al capitán, sobre todo, si lo convencía de que era una oportunidad de oro para llevarle la contraria al resto del mundo.

—Gracias, madre —dije finalmente—. Por ayudarme y, sobre todo, por escucharme.

Ella esbozó una sonrisa fugaz y me dio un beso en la frente.

—No te enfades con tu padre —murmuró en voz baja, con tono confidencial—. Solo está preocupado por ti.

—Lo sé.

Lo sabía, pero aquello no me consolaba. No obstante, no tenía ganas de discutir. Tras despedirme de mi madre en la puerta de la salida, fui en busca de Akiko. Apenas me había dado tiempo a explicarle lo sucedido, pero sabía que daría crédito a mis palabras desde el primer momento. Aunque una simple doncella no pudiese cambiar la suerte del capitán, ni mucho menos la mía, que hubiese alguien en el mundo capaz de creerme sin reservas me consolaba un poco.

Decidí que las dos iríamos a visitar a Guillermo de Andújar lo antes posible. Ese mismo día, preferiblemente.

Mi prometido vivía en una casa más lujosa que mis padres. La decoración era una mezcla de porcelana japonesa y china, abanicos de plumas y estatuillas importadas de Ceilán, y muebles de excelente factura traídos de España. A diferencia de mi padre, un simple botánico que gozaba con su trabajo, los de Andújar eran ricos y, por encima de todo, querían que la gente lo supiese.

El mayordomo japonés de Guillermo me condujo hasta una agradable salita, me hizo una reverencia y me hizo sentarme en un cómodo sillón orejero tapizado con flores de lis. Un capricho francés, probablemente. Akiko tomó asiento en un escabel y el mayordomo fue a traernos té.

Entonces apareció Guillermo, risueño como siempre, y entró dando zancadas hasta adueñarse por completo de la habitación. Llevaba el traje impoluto y parecía lleno de energía, por lo que deduje que no se habría unido a los hombres que me habían buscado durante la madrugada. Aquella certeza, curiosamente, no me hizo sentir nada en absoluto.

—¡Mi pequeña aventurera! —exclamó con tono jovial—. Gracias a Dios, te han arrancado ya de las garras de ese demonio bárbaro. ¿Ves por qué quiero llevarte a Ceilán conmigo? Allí hay menos probabilidades de que una bestia tatuada me deje viudo antes incluso de casarme.

Mi prometido se acomodó en el sillón que había frente a mí y entrelazó sus manos morenas para apoyar la barbilla en ellas.

—Bien está lo que bien acaba, ¿no te parece? —comentó y después desvió la vista hacia las pastas de té—. Nuestra cocinera es inglesa, pero me temo que las pastas no son su especialidad. Deberías probar sus galletas de jengibre, eso sí que se le da bien...

—Guillermo —interrumpí sus frívolos comentarios para dirigirle una mirada cargada de inocencia—. Estoy muy preocupada.

—Si temes por tu seguridad, querida, te aseguro que...

—No es eso —atajé nuevamente. Luego me recordé a mí misma que debía mostrarme encantadora con él y esbocé una sonrisa tirante—. Sé que ya no corro peligro, pero, como te digo, hay un problema que me quita el sueño y estoy convencida de que tú podrás resolverlo por mí.

Una vez más, me dije que debía salvar al capitán Ikeda a cualquier precio, incluso si me veía obligada a alentar la vanidad masculina de Guillermo para conseguirlo.

Mi prometido, en vez de responder, miró a Akiko,

que permanecía sentada en una silla que había junto a la puerta.

—¿Por qué no le dices a tu sombra que vaya a las cocinas para que podamos hablar tranquilos?

En otras circunstancias, me hubiese negado a rebajar así a mi doncella, pero ese día no me quedaba más remedio que complacer a Guillermo a toda costa. Y Akiko lo sabía, por eso se apresuró a hacernos una reverencia antes de salir de la habitación.

—Qué obediente se ha vuelto —dijo Guillermo con sorna. Después, por fin, me prestó atención—. ¿Qué te preocupa, querida?

Escogí con cuidado mis palabras:

—Me temo que todos están equivocados con el capitán Ikeda, él no me secuestró...

—Lo sé.

Guillermo habló con tanta convicción que dejé a medias el apasionado discurso que había estado ensayando con Akiko y me limité a contemplarlo con cierta perplejidad. Por supuesto, me convenía que mi prometido me creyese, pero ¿tan fácil iba a resultar convencerlo? Al fin y al cabo, el resto de los occidentales residentes en Edo parecían dispuestos a creer que un bárbaro había raptado vilmente a una de sus compatriotas.

—¿Lo sabes? —repetí extrañada.

Guillermo se pasó una mano por el pelo dorado con aire culpable.

—Digamos que conozco al noble capitán Ikeda desde hace más tiempo del que tú piensas. —Torció el gesto en una mueca burlona—. Puede llegar a ser muy molesto, ¿sabes? Si se hubiese quedado ladrando a los pies del condenado shogun, todo hubiese salido a pedir de boca, pero el maldito bárbaro necesitaba hacerse el héroe...

—No comprendo lo que intentas decirme.

—Claro que lo comprendes, pero no quieres comprenderlo. —Guillermo me miró con paciencia—. Dime, querida, ¿fue muy horrible tu cautiverio? ¿Te obligaron a dormir en el suelo, te dieron de comer sobras y te golpearon por hacer preguntas indiscretas?

—No. —Empezaban a sudarme las manos.

—Te llevaron a Yoshiwara con la máxima discreción y recibieron órdenes de tratarte con gentileza. Habría una *maiko* a tu disposición, incluso, para que no echaras de menos a tu sombra. Y, cuando todo estuviese arreglado, te devolverían a casa con la honra intacta. Pero, como te decía —suspiró finalmente—, el capitán Ikeda decidió estropearlo todo. Y ha recibido su merecido. Hay cosas que un solo hombre no puede cambiar, y menos un pordiosero con una espada.

Hablaba desapasionadamente, pero lo que dijo me dejó helada.

—¡Pero si te estás poniendo pálida, querida! —Guillermo rio secamente—. Eres muy impresionable, tendrás que curtirte un poco antes de que vayamos a Ceilán. Aunque, por lo que me han contado, ya has aprendido a defenderte, ¿o no intentaste prenderle fuego a un hombre para proteger a tu precioso bárbaro?

—¿Cómo sabes lo que ocurrió? —pregunté con el corazón en la garganta.

—No estaba en Yoshiwara, si eso es lo que te preocupa, aunque no negaré que ninguna fulana europea puede competir con los encantos de una *oiran*. —Cada una de sus palabras parecía clavarse en la boca de mi estómago como un puñal—. No obstante, he visitado el barrio, pero no lo hice por placer. Quería asegurarme de que tu estancia en la casa de placer fuese lo más confortable posible y me vi obligado a sobornar a la mitad del barrio. ¡Me has arruinado, mujer!

—No puedo creerlo —dije con un hilo de voz—. ¿Tú participaste en mi secuestro, eras el cómplice de Bonnaire?

—¡Por el amor de Dios, no! —Guillermo esbozó una sonrisa afilada—. Bonnaire era mi cómplice, en todo caso, aunque yo preferiría llamarlo colaborador. Suena menos dramático, ¿no crees?

—¿Ni siquiera vas a excusarte? —Yo lo miraba anonadada, pero él se limitó a mostrarme sus manos desnudas en señal de rendición.

—Solo estaba velando por nuestros intereses, querida. Quiero darte lo mejor y no podré hacerlo si las circunstancias no nos son favorables, por eso decidí mover algunos hilos, nada importante, para caldear el ambiente. Y, como te decía, todo hubiese salido bien si el recto y leal capitán no hubiese intervenido.

Se estaba burlando de él, se estaba burlando del capitán Ikeda por haberme salvado. Por haberme arrancado de las garras de los hombres de mi prometido, que admitía sin rubor alguno haber orquestado mi secuestro en Yoshiwara. No podía creer que me mirara sonriente, con ese aire pícaro que tanto gustaba a las mujeres, mientras me confesaba todo aquello.

—Sé que a las mujeres os aburre la política, pero es preciso que lo comprendas —siguió diciendo como si nada—. Si las potencias europeas encuentran una excusa para declararle la guerra al gobierno del shogun, Japón tendrá que ceder a nuestras demandas económicas. Se abrirán nuevos puertos y las posibilidades serán infinitas. —Se recostó en el sillón y, finalmente, escogió una pasta y comenzó a mordisquearla distraídamente—. El shogun no podrá soportar nuestra presión por un lado y la del *ishin shishi* por el otro, de modo que se verá obligado a hacer concesiones. Y eso —añadió señalándome con la pasta a medio comer— nos hará mucho más ricos. La plantación de Ceilán está bien, pero mi padre y yo le tenemos echado el ojo a Japón desde hace tiempo.

—Hablamos de un país, no de un capricho. —Me sentía demasiado horrorizada como para responder algo coherente.

—¿No puedo encapricharme de un lugar hermoso? —Guillermo suspiró—. ¿Serás tan estricta cuando seas mi esposa? En ese caso, tal vez me plantee cambiarte por las gentiles damas de Yoshiwara.

—No bromees con eso.

—¿Por qué no?

—Porque me siento mal.

—Tus sentimientos son tu problema, querida, no el mío.

Sentí el impulso irracional de agarrar el plato de pastas, estrellarlo contra su cabeza y marcharme de allí. Quería gritarle que rompía nuestro compromiso, que no iba a casarme con un hombre que me había utilizado y que consideraba que una guerra en la que morirían personas inocentes era un medio para lograr sus fines. Para él, los japoneses no eran más que animales, igual que los indios de su plantación.

—Hablando de problemas —dijo entonces Guillermo—, ¿qué era lo que tanto te atormentaba cuando has venido a visitarme?

Entonces recordé por qué estaba allí y por qué no podía dar rienda suelta a mi enfado. Había una vida en juego, una que me importaba más de lo que estaba dispuesta a admitir frente al hombre que tenía delante.

—La vida del capitán Ikeda corre peligro —dije con el tono más neutro que fui capaz de adoptar—. No me parece justo que muera por algo que ni siquiera ha hecho, él solo intentaba ayudarme. —Inspiré profundamente—. Si la seguridad de tu prometida vale algo para ti, Guillermo, ayúdame a liberarlo. De haberme visto enfrentada a un peligro real, ahora mismo le debería la vida.

—Ts, ts, ts, hay que ver cómo te pones por cualquier cosa. —Su condescendencia me resultaba exasperante, pero me mordí la lengua y aguardé—. Por supuesto que tu seguridad vale algo para mí, ¿o piensas que quiero enviudar antes de casarme siquiera? Descuida, intercederé por nuestro amigo el bárbaro si tanto te preocupa. A cambio —añadió con una sonrisa traviesa— de que aceptes venir conmigo a Ceilán sin una sola queja.

—Pero...

—Sin una sola queja —repitió levantando el dedo índice.

—De acuerdo. —No sabía si estaba resignándome o mintiéndole con descaro, pero me dije que ya tendría tiempo de averiguarlo más adelante. Lo único que quería en ese momento era su palabra.

—¿Por qué no se lo dices tú misma? —sugirió Guillermo.

Tendría que haber supuesto que algo no encajaba, que todo estaba siendo demasiado fácil, pero estaba tan ansiosa por reencontrarme con el capitán Ikeda que quise aceptar aquello como un golpe de suerte. Por eso me limité a asentir y Guillermo y yo pasamos a hablar de temas triviales.

Me resultaba extraño seguir ahí, tomando el té con el que se suponía que iba a ser mi prometido, mientras mi corazón me gritaba que tenía que huir de él para siempre. Jamás había tenido tantas ganas de marcharme de un sitio, pero no podía permitirme ni el más mínimo desliz: si desairaba a Guillermo, tal vez condenara sin pretenderlo al capitán. Hasta que este no estuviese a salvo, debía mantener la compostura.

Pensé en lo injusto que era que un bravo guerrero se hallara a merced de los caprichos de un comerciante sin escrúpulos y una parte de mí comprendió por qué los japoneses tenían en tan baja estima a los mercaderes. Pero, una vez más, hice gala de mi «saber estar» enterrando esos pensamientos en lo más profundo de mi mente, por debajo del parloteo intrascendente del que, muy a mi pesar, seguía siendo mi prometido.

Fui a ver al capitán esa misma tarde.

Creía que lo tendrían encerrado en algún húmedo calabozo, pero la realidad resultó ser mucho menos escabrosa: tan solo estaba retenido en el consulado británico. No me quedó claro si le aplicaban la ley japonesa o la inglesa, pero tampoco traté de averiguarlo; después de todo, Guillermo ya me había prometido interceder por él.

Quería contárselo, sí, para tranquilizarlo y que supiese que pronto sería libre de nuevo. Pero también quería que supiese...

¿Qué, qué iba a decirle? ¿Que había malgastado su valor yendo a rescatarme, que mi propio prometido había sido el artífice de mi secuestro y me había convertido en una herramienta al servicio de los intereses comerciales europeos? La sola idea de hacerlo me provocaba náuseas y, sin embargo, él tenía que saber la verdad. Tenía que saber a quiénes se enfrentaba, a quiénes se enfrentaría también el shogun Tokugawa, y obrar en consecuencia.

Me di cuenta, asombrada, de que me había puesto de su parte. Algunos me hubiesen considerado una traidora, pero lo que a mí me parecía una auténtica traición era aprovechar la hospitalidad de un país para sembrar el caos en él. Una guerra siempre traería consigo muerte y empobrecimiento y yo no quería ser cómplice de ello, ni siquiera con mi silencio.

Caía una lluvia gris mientras dos de los sirvientes del consulado inglés me escoltaban hasta el sótano del mismo. Akiko había tenido que quedarse fuera, pero ya estaba al corriente de todo, y también mis padres. Mi padre y yo habíamos hecho las paces ya, en parte gracias a la mediación de mi madre, y yo sentía una punzada de tristeza cada vez que pensaba en las tardes en las que me sentaba a curiosear los libros de botánica que había en su despacho y pasaba las horas muertas copiando sus dibujos. ¿Por qué tenía que dejar atrás mi dulce vida familiar para ponerme en manos de un hombre al que empezaba a detestar profundamente?

—¿Se encuentra bien, señorita Caldwell? —preguntó uno de los sirvientes con amabilidad al ver que me había detenido justo antes de bajar las escaleras.

Su compañero también me miraba. Ambos eran japoneses de mediana edad y, aunque iban armados, ninguno de los dos tenía el aspecto de un guerrero. Iban vestidos a la europea, aunque el que me había hablado no dejaba de recolocarse el cuello de la camisa, como si no terminara de acostumbrarse a él. También se había echado demasiada agua de colonia y el perfume empezaba a marearme.

—Perfectamente —dije obligándome a dar un paso al frente—. Gracias.

Traté de no pensar en nada y me concentré en los escalones de piedra. Uno de los sirvientes iba delante de mí y el otro justo detrás; aunque lo hacían por deferencia, no pude evitar sentirme como si yo también estuviese detenida. No me relajé del todo hasta que nos paramos frente a una puerta robusta protegida por un grueso candado.

Olía a humedad y se oía el silbido del viento de la bahía colándose a través de las grietas de las paredes, casi podía notar el sabor de la sal en los labios resecos. Uno de los sirvientes del consulado extrajo un manojo de llaves e introdujo una de ellas en el candado, que cedió con un chasquido.

—¿Desea que la acompañemos? —me preguntó entonces—. El capitán está desarmado.

—No será necesario —aseguré y, dirigiéndole una sonrisa fugaz, crucé el umbral de la puerta.

Al otro lado no había una celda, o no exactamente, más bien se trataba de un cuartucho en el que había un camastro y una silla desvencijada. El camastro parecía viejo y la madera de la silla estaba blanqueada por la sal y el tiempo, pero, por lo demás, todo estaba razonablemente limpio. En cualquier caso, pronto dejé de examinar aquel lugar y me concentré en su único ocupante.

El capitán Ikeda permanecía de espaldas a mí. Solo se giró al oírme entrar con pasos vacilantes y, cuando nuestros ojos se encontraron de nuevo, tensó levemente la comisura del labio en señal de reconocimiento. Esa sonrisa tan breve, que apenas se quedó en un amago, fue suficiente para calentarme el corazón.

—Capitán —murmuré. De pronto, me faltaba el aliento.

—Señorita Caldwell. —Él cruzó los brazos sobre el pecho. Estaba un poco más pálido que de costumbre y se le habían soltado varios mechones de pelo, pero no parecía herido, solo cansado—. ¿A qué debo el honor de su visita?

Por primera vez desde que nos conocíamos, escogió el inglés en vez del japonés para dirigirse a mí. Yo lo miré asombrada.

—No sabía que hablaba mi idioma...

—Uno de sus dos idiomas, pero es suficiente —contestó él con la misma calma—. Nos están espiando y no lo creo prudente para usted.

Supuse que se refería a los dos solícitos sirvientes del consulado. El hecho de que se preocupara por mi seguridad incluso en esas circunstancias me provocó una nueva oleada de calor en el pecho y tuve que obligarme a responder con sosiego:

—Solo venía a decirle que van a liberarlo. Usted tenía razón desde el principio: querían secuestrarme para poner en jaque al shogun. Pero todo está arreglado, yo estoy bien y usted pronto saldrá de aquí, se lo garantizo.

Yo ya sabía que el capitán no era un hombre muy expresivo, pero me sorprendió que no reaccionara de ningún modo ante la noticia. Continuaba observándome de la misma manera, con aquel principio de sonrisa que, de pronto, se parecía a una mueca.

—¿No va a decir nada? —pregunté al cabo de un silencio que se me antojó verdaderamente incómodo—. Si le preocupa que utilicen lo sucedido como pretexto para declararle la guerra a su país, ya he pensado en eso y tengo una solución: escribiré una carta contando mi versión de los hechos y se la enviaré a todos los diarios extranjeros que pueda. No me tome por una ingenua, no confío en la bondad de los periodistas, sino en la posibilidad de que, al igual que hay intereses económicos puestos en la guerra entre potencias, puede haber otros que dependan del mantenimiento de la paz y el orden. Confío en que haya quienes presionen en esa dirección.

—Al ver que el joven seguía sin decir nada, incliné la

cabeza y di un paso atrás—. Sea como fuere, capitán, he movido algunos hilos y usted podrá regresar a Kioto enseguida. Eso era lo que más me inquietaba y ya está resuelto.

Esperé que entonces dijese algo, cualquier cosa, pero no fue así. ¿Por qué no separaba los labios, por qué no daba ninguna muestra de alegría? ¿Tan poco valoraba su propia libertad?

—¿Por qué hablan en inglés? —protestó entonces uno de los sirvientes, que me miraba con nerviosismo desde el umbral de la puerta. Ya no me parecía tan amable como al principio.

Por fin, el capitán habló:

—Gracias por haber venido. —Sus ojos rasgados se clavaron en los míos con tanta intensidad que me cortaron la respiración momentáneamente—. Tiene un gran corazón, y no crea que no se lo valoro. Pero me temo que no regresaré a Kioto con vida, ni tampoco volveré a verla a usted. Nuestros caminos se separan en esta celda.

—¿Es que no me ha escuchado? —Alcé la barbilla sin dejar de sostener aquella mirada que me provocaba tanta turbación—. Le aseguro que no le harán daño, me han prometido que...

—Le han prometido que me liberarán, ¿cierto? —El rostro del capitán ya no era una máscara inexpresiva, ahora simplemente me contemplaba con tristeza—. Sus captores pueden permitírselo, señorita Caldwell. Si me dejan marchar y el shogun me perdona la vida, tendrán la excusa que necesitaban para declararle la guerra. Pero el shogun no es tan ingenuo y yo mismo le aconsejaría que hiciese lo correcto, que es ejecutarme de inmediato.

Me quedé helada al escuchar aquello. No podía ser cierto.

—¡Por Dios, el shogun no haría eso! —exclamé—. ¡Usted es inocente!

—¿Importa eso? —La tranquilidad del joven me parecía insultante en ese momento—. Si el shogun se encarga de castigarme, sus compatriotas ya no podrán acusarlo de haber sido cómplice de su rapto. Todo quedará resuelto con mi muerte.

—No. —Sacudí la cabeza obstinadamente—. No lo permitiré, no dejaré que muera por mi culpa...

—¿Su culpa? Fui yo el que decidió ir a buscarla, por una cuestión de honor, y no me arrepiento. —El capitán ladeó el rostro y las sombras del calabozo se proyectaron sobre él—. El Bushido, el camino del guerrero, es una senda que conduce hacia la muerte temprana. La justicia, el valor y la compasión son más importantes que la propia vida. Así me educaron, como a cualquier samurái, y no es algo que haya olvidado jamás, ni siquiera cuando perdí a mi señor. No crea que estoy asustado, señorita. Le aseguro que no tengo ningún problema en aceptar mi destino.

Escuché sus palabras con el corazón en un puño. Si hubiese tenido algo que arrojarle en ese momento, lo hubiese hecho con gusto.

—¡Maldito arrogante! —estallé—. ¡Puede que usted se conforme con una muerte poética, pero yo no pienso permitirlo! ¡No me quedaré de brazos cruzados mientras se entrega dócilmente a sus verdugos!

—¿Y cómo piensa luchar contra el destino, señorita Caldwell? —El capitán parecía vagamente divertido, algo que me irritó todavía más—. ¿También escribirá elocuentes cartas a la prensa?

Lo dejé con la palabra en la boca, pero ya no podía soportarlo más. Me marché tan furiosa que pillé por sorpresa a los dos sirvientes, uno de los cuales se empeñó en perseguirme escaleras arriba preguntándome si el capitán Ikeda me había insultado. Yo lo ignoré. Tan pronto como me reencontré con Akiko, la cogí de la mano y no dejé de caminar arrastrándola detrás de mí hasta que alcanzamos la bahía.

El sol caía perezosamente sobre la ciudad, pero Akiko y yo le dábamos la espalda. Mi doncella se había detenido un pasito por detrás de mí, en silencio, y yo contemplaba el mar en calma mientras una tormenta se desataba en mi interior.

«¿Cómo piensa luchar contra el destino, señorita Caldwell?». Las palabras del capitán Ikeda se repetían dentro de mí una y otra vez, implacables, mientras una idea iba cogiendo forma en mi mente. Una idea tan desconcertante, tan extraordinaria, que apenas me atrevía a formularla del todo. Ni mucho menos a ponerle palabras.

—¿Se encuentra mejor, señorita? —preguntó Akiko finalmente.

Yo no me giré hacia ella. La bahía de Edo se desplegaba ante mí como un abanico de vivos colores: naranja el cielo, azul el mar, blancas las velas de los juncos que se mecían perezosamente al compás de las olas. Aquí y allá, rezagados, los últimos marineros recogían las velas y se preparaban para pasar la noche en el puerto, quizá gastando su poco dinero en sake barato.

Me sentía completamente ajena a ellos, a ellos y a todo. Una sola idea me obsesionaba hasta el punto de que, si no la aceptaba o la rechazaba pronto, me volvería loca.

—No lo sé —murmuré finalmente.

Akiko me tocó el brazo con timidez. No le había contado nada de lo sucedido durante mi encuentro con el capitán, ni siquiera había pronunciado más de dos palabras seguidas hasta ese momento. Solo el afecto que sentía por ella me hizo darme la vuelta por fin.

—Todo esto le viene grande, señorita —dijo suavemente mi doncella—. Sé que el capitán le importa, pero no hay ninguna forma de que pueda salvarlo.

Yo me abracé a mí misma. El viento salino sacudió mi ropa y mi cabello, pero no tenía frío, solo estaba a punto de tomar una decisión. Una que cambiaría mi vida definitivamente.

—Hay una forma —admití lentamente.

Mi amiga me miró confundida, pero, en vez de responder, aguardó a que yo pudiese ordenar mis ideas.

—Hay una forma de que el capitán Ikeda conserve su vida, y también su honor, pues tengo la certeza de que esto último le importa todavía más —seguí diciendo—. Si lo hiciese, si lo hiciésemos, el shogun Tokugawa no tendría que matarlo y, además, gozaría de la protección del cónsul británico sin necesidad de intercambiar una sola palabra con él.

—¿Cómo podría producirse un milagro como ese, señorita? —murmuró Akiko impresionada.

—Existe un solo camino —suspiré—, pero...

Me cubrí el rostro con las manos mientras mi corazón latía rápidamente. La vida de un hombre estaba en mis manos, yo tenía la llave de su salvación. Yo, Amelia, sin necesidad de mendigar la compasión ajena. Yo sola podía salvar la vida y la reputación del capitán Ikeda, yo sola podía cambiar ese destino al que él se había resignado. Pero ¿a qué precio?

Ni siquiera sabía si estaba planteándome aquello por compasión o por puro egoísmo, si era la razón la que me gritaba que debía hacerlo o solo trataba de satisfacer un deseo prohibido. En cualquier caso, debía tomar una decisión, y debía hacerlo rápido. Antes de que fuese demasiado tarde para el capitán.

—¿Pero? —insistió Akiko—. ¡Si puede impedir su muerte, señorita, debe hacerlo!

Mi pecho se estremeció. Podía impedir su muerte, sí, pero tendría que pagar un precio muy alto porque salvar su vida supondría cambiar la mía para siempre. Si me arrojaba al vacío, no habría vuelta atrás.

Sin embargo, supe que iba a hacerlo. Lo supe incluso antes de pronunciar aquellas palabras que se llevó el viento de la bahía y que se quedaron flotando sobre los tejados de Edo, las mismas que sellaron mi destino eternamente.

—Entonces, debo casarme con el capitán.

Capítulo 7

Kioto, Pabellón Dorado
Febrero de 2018

—¿Se casaron?

Sora levanta la cabeza y me observa durante unos segundos. Nos hemos sentado a orillas del estanque, justo delante del templo, que se refleja en sus aguas tranquilas. La superficie del agua se rompe en algunos puntos, donde emergen de ella isletas, piedras y pinos japoneses que otorgan al conjunto un cierto aire de bosque encantado. Ha dejado de llover hace un rato y un tímido rayo de sol ilumina las páginas amarillentas del libro y baña mi rostro de calor. Creo que incluso he cerrado los ojos en algún momento mientras Sora leía en voz alta.

—¿Quieres que te cuente el final antes de tiempo? —Él me mira arqueando las cejas.

—¿Es que el libro termina con la boda de Amelia y el capitán? —A duras penas puedo contener mi impaciencia.

—¿Te lo digo o no?

—Solo dime si acaba así.

—No.

Un grupo de turistas interrumpe nuestra conversación. No son asiáticos, parecen americanos, y arman demasiado jaleo como para que Sora siga leyéndome el libro hasta que se marchen. Al pasar junto a nosotros, uno de ellos, de cara rubicunda y pelo rubio desordenado, sonríe y nos hace una foto. Sora no parece molesto y a mí, por alguna absurda razón, me entra la risa. El hombre, que debe de tener la edad de mi padre, ensancha su sonrisa y se recoloca los calcetines antes de continuar. Yo ya he llegado a la conclusión de que los japoneses son los únicos que pueden llevar calcetines blancos y conservar la dignidad al mismo tiempo.

Sora y yo ya hemos visitado el Pabellón Dorado. Primero hemos admirado las vistas desde el mismo estanque en el que nos encontramos ahora. El palacio, que fue construido en el siglo XIV por un shogun para después ser reconvertido en templo budista, tiene las dos plantas superiores recubiertas de pan de oro, por lo que resulta impresionante cuando le da la luz. En cuanto a la primera planta, posee la clásica decoración japonesa de paredes blancas y pilares de madera que, según me ha contado Sora, corresponde al periodo Heian, que viene a ser una especie de Edad Media japonesa en la que florecieron todas las artes. Como las ventanas estaban abiertas, hemos podido ver las estatuas que había dentro. Sora me ha señalado el fénix que había también en lo alto del tejado. Finalmente, hemos visto la casa de té Sekkatei, una casa de té de una época anterior a la de Amelia y el capitán Ikeda que no me ha quedado claro si era auténtica o una reconstrucción.

Podríamos haber vuelto a la cafetería o al porche de antes, pero a los dos nos ha apetecido sentarnos directamente en la hierba. Y aquí seguimos, Sora con el libro en el regazo y yo recostada en el suelo. Cuando los turistas se alejan por fin, el silencio vuelve a conquistar el lugar.

—¿Vienes aquí a menudo? —le pregunto a Sora.

—No mucho. Antes lo hacía, cuando... Cuando era más joven.

No dice nada más. Yo estoy a punto de soltarle que me parece un sitio muy apropiado para tener una cita, pero luego recuerdo cómo se puso ayer cuando creyó que me estaba insinuando y decido no hacerlo. No quiero que piense que estoy ligando con él o algo así porque nada más lejos de la realidad.

—¿En qué trabajas realmente? —dice él entonces—. Si no es indiscreción...

—No lo es. Trabajo en una panadería.

—¿En serio? —Me mira sorprendido.

—Es un pequeño negocio con obrador propio, yo soy la única empleada. Pero no me quejo, el trabajo es agradable y siempre huele bien. —Me encojo de hombros—. Aunque supongo que la Ana investigadora era más interesante.

—Ninguna investigación puede ser tan interesante como un dulce —responde Sora con vehemencia.

—¿Te gustan los dulces? —Eso sí que no me lo esperaba.

Sora asiente. Visto así, con el pelo revuelto por el viento, las gafas resbalando por el puente de su nariz y el jersey de lana que le va ligeramente grande, me parece incluso adorable. Algo que no hubiese creído posible cuando entré en su despacho ayer.

—¿Has probado los *dorayaki*? —me pregunta muy serio. Ante mi negativa, parece indignado—. Luego tomaremos unos cuantos con el té, no puedes irte de Japón sin haberlos disfrutado.

—¿Tienen algo que ver con los *mochi* de los que hablaba Amelia?

—Sí y no. Ambos son *wagashi*, dulces tradicionales japoneses, pero los *mochi* son pastelillos de arroz glutinoso y los *dorayaki* bizcochos que se rellenan de judía o castaña.

—¿Y son realmente dulces? —Lo de la judía y la castaña no sonaba muy prometedor, pero Sora dijo que sí con la cabeza.

—También me gusta el *anpan*, que es un bollo relleno. El bollo se parece más a los occidentales.

—¿Qué opinas de los dulces occidentales? —curioseé.

—Me gustan los cruasanes —admite—. Estuve trabajando con un profesor francés que nos traía de vez en cuando.

—La próxima vez que venga a Japón, te traeré también napolitanas de chocolate. No te puedes ni imaginar lo buenas que están.

Sonrío mientras pronuncio esas palabras, pero luego me doy cuenta de que solo estoy diciendo tonterías. En el improbable caso de que yo vuelva a Japón, Sora y yo ya habremos perdido el contacto. Al fin y al cabo, todo cuanto nos une es un libro viejo.

Sora se ha quedado pensativo. Permanece silencioso durante unos segundos, como si estuviese librando una batalla interna consigo mismo; después suspira:

—Creo que ha llegado el momento de decirte la verdad.

Evita mirarme directamente y a mí se me acelera el pulso. ¿La verdad? ¿Es que un respetable profesor de universidad japonés puede albergar algún oscuro secreto? Me muero de ganas de averiguarlo.

—¿Sobre qué? —murmuro.

Él me mira con aire solemne y dice lentamente:

—El capitán Ikeda de *Después del monzón* es un antepasado mío. Mi tatarabuelo.

Tengo que contenerme para no soltar un bufido.

—Y el agua moja.

Sora parece molesto.

—¿Qué tiene que ver el agua con esto?

—Nada, que ya sospechaba que el capitán Ikeda y tú estabais relacionados de alguna manera —digo suavizando la expresión de mi rostro—. Aun así, gracias por decírmelo.

—Tú también me dijiste lo de Amelia. —Él también se relaja un poco—. De hecho, esa fue una de las razones por las que decidí traducirte su diario. La historia de mi familia también es importante para mí.

—Pero si yo no te dije que Amelia era mi tatarabuela hasta que me llevaste a cenar...

—Si una española se presenta en mi despacho mintiendo ridículamente para conseguir el diario de otra española, es lógico sospechar —dice Sora con paciencia.

—Gracias por recordarme que mi mentira fue ridícula —suspiro, pero entonces caigo en la cuenta de algo—: Un momento, ¿esto quiere decir que tenemos antepasados comunes? Ya sabes, me refiero a que Amelia y el capitán Ikeda tal vez...

—Si respondo a esa pregunta, te estaré desvelando el final del libro.

—Pues no respondas, sigue leyendo.

—¿Ahora me vienes con exigencias? —Sora cierra el libro de golpe y se cruza de brazos, pero hay un brillo pícaro en su mirada.

Yo me incorporo, me pongo de rodillas y le dedico mi mejor reverencia.

—¿Sería usted tan amable, profesor Ikeda, de seguir

traduciendo *Después del monzón* en voz alta para que esta española que miente ridículamente averigüe si su tatarabuela se benefició a un atractivo capitán del Shinsengumi?

Sora me dirige una mirada indescriptible.

—Anda, vámonos. —Guarda el libro y se pone en pie sacudiendo la cabeza.

Yo me aguanto la risa y me incorporo como puedo.

—¿Te has enfadado?

—No. —Él me mira con indulgencia—. Pero antes me has prometido un café y aún tenemos que comer.

—Y comprar *dorayaki* —le recuerdo.

—Y comprar *dorayaki*.

Entonces, sin previo aviso, Sora se detiene con cierta brusquedad y se lleva la mano al pecho. ¿Habrá olvidado algo? Estoy a punto de preguntarle, pero, antes de que pueda hacerlo, él respira hondo y reanuda la marcha.

—¿Va todo bien? —digo con cautela.

Una ráfaga de viento sacude nuestras ropas, tiene pinta de que va a empezar a llover nuevamente. Sora se abrocha el abrigo sin mirarme.

—Tápate bien por si acaso.

Eso es todo lo que me dice y entiendo que no quiere responder a mi pregunta. En vez de insistir, me acerco a él todo lo que puedo sin que resulte extraño. Desprende un ligero perfume a colonia masculina que se mezcla con el de la hierba húmeda que hay bajo nuestros pies. Mientras caminamos entre las tiendas de recuerdos que rodean el Pabellón Dorado, ya en dirección a la salida, volvemos a cruzarnos con los turistas americanos y observo que algunos nos miran sorprendidos, aunque el que nos ha hecho una foto antes sonríe de nuevo. No puedo evitar compararnos mentalmente a Sora y a mí con Amelia y el capitán. Han pasado ciento cincuenta años desde que sus caminos se cruzaron, pero el hecho de que una europea y un japonés paseen juntos aún parece sorprender a algunas personas.

Aunque, por supuesto, no es lo mismo. Entre Amelia y el capitán siempre hubo algo, una chispa que acabaría convirtiéndose en llamas de pasión, al menos por parte de mi tatarabuela; en lo que a Sora y a mí respecta, no nos imagino enzarzados en besos ardientes. Sería como besar a la esfinge de Guiza, me digo para animarme, pero hay algo en ese pensamiento que me provoca una decepción en cuyo origen prefiero no ahondar.

VII

Edo, capital del shogunato
Mayo de 1865

Es difícil explicar todo lo que sucedió durante los días siguientes a que yo tomara la decisión de salvar al capitán a costa de mi propia reputación.

La mañana de mi boda soplaba un viento salado que se colaba a través de las ventanas abiertas de par en par. Yo contemplaba la bahía desde mi dormitorio, ataviada con mi mejor vestido, de color crema con rosas bordadas en el cuello y las mangas, mientras el aire estropeaba el primoroso recogido que me había hecho Akiko hacía tan solo unos minutos. Hacía calor, pero yo estaba cubierta de sudor frío. La compañía de mi doncella y amiga había servido para consolarme hasta ese momento, pero ella también debía arreglarse para la boda, que fuese una ceremonia íntima no impedía que yo quisiera que Akiko estuviese presente, y debía arreglarse con esmero. Si todos nosotros íbamos a caer en desgracia, lo haríamos adecuadamente vestidos y peinados.

Cerré los ojos y me concentré en los chillidos de las gaviotas. Una parte de mí las envidiaba, me hubiese encantado echar a volar junto a ellas, perderme en el horizonte brumoso y no regresar jamás. Como si de un mal augurio se tratase, el día había amanecido gris; apenas se veía nada entre la niebla, solo un puñado de tejados oscuros y cerezos descoloridos, como si el mundo entero hubiese decidido acomodarse a mi estado de ánimo.

Las palabras tristes o crueles que había escuchado durante los últimos días resonaban sin cesar en mi memoria. Mis padres habían cedido antes de lo que esperaba, quizá porque ambos sabían la verdad: que, si no me casaba con el capitán Ikeda, quedaría deshonrada igualmente excepto que Guillermo quisiera salvar mi buen nombre. Debieron de verme tan angustiada ante la perspectiva de verme completamente sometida a él que, tras conversar encerrados en el despacho de mi padre durante tres interminables horas, mi padre me dijo que me daría su bendición. Cuando hablamos con el padre Seamus, pues era preciso bautizar al capitán Ikeda para que la boda pudiera llevarse a cabo, él mismo nos sugirió convertir aquel enlace en una muestra de buena voluntad por parte de los europeos afincados en Japón. No solo consideraban a los japoneses sus iguales a la hora de establecer relaciones comerciales, sino que estaban dispuestos a favorecer una mezcla de sangre.

Yo no quería ni pensar en la reacción de los imperialistas. Si antes ya era un objetivo del *ishin shishi*, ahora sería también su enemiga. Pero el hipotético rechazo de los hombres del crisantemo, si bien me quitaba el sueño algunas noches, no era comparable a las amenazas que había recibido por parte del hombre que fue mi prometido.

«¿Qué es esta pantomima?», dijo mientras irrumpía en nuestra casa, apartando a Osamu de un empujón y dirigiéndose a mí con un aire amenazador que, pese a todo, no estaba libre de la burla que siempre encerraban sus palabras. «¿Quieres humillarme públicamente por lo de Yoshiwara o realmente piensas cambiarme por un salvaje con dos espadas? Sea como sea, Amelia, no creas que puedes deshacerte de mí. Vendrás conmigo al altar si no quieres lamentarlo».

Fue mi madre quien, finalmente, echó a Guillermo de casa con poca elegancia. Pero sus amenazas seguían atormentándome cuando estaba sola, y más aún desde que me enteré de que había comenzado a difamarme en los mismos círculos en los que se movían mis padres. Por lo que sabía, hablaba de mi carácter voluble, mi actitud irritante y mi apetito sexual. No quería enterarme de lo que decía de mí, prefería vivir en la ignorancia, pero siempre había alguien dispuesto a hacerme llegar sus crueles palabras. Durante aquellos días, aprendí a odiar a los mensajeros y me preparé para lo que probablemente sería una vida escondiéndome de todo y de todos.

Mi único consuelo era que, después de todo, prefería que Guillermo fuese mi enemigo que mi esposo. Y es que, por débiles que sean las murallas que uno erige en torno a sí mismo para protegerse, el enemigo al menos está al otro lado y no dentro.

En cuanto al capitán Ikeda...

«Si lo piensa, es la mejor solución», le había dicho yo en el sótano del consulado, donde seguía retenido cuando fui a visitarlo por segunda vez. «No podemos acusar a los verdaderos culpables de mi secuestro sin provocar un conflicto, pero podemos contar nuestra propia versión de la historia. Que nadie me raptó aquella noche, que yo me enamoré de usted nada más conocerlo en la casa de té y me escapé de mi habitación para acudir a su encuentro, con la esperanza de que me recibiera como un cariñoso amante. Usted, sin embargo, hizo lo correcto, que fue llevarme de vuelta junto a mis padres, pero entonces lo sorprendieron conmigo y se produjo el escándalo. Así que ha hecho lo que haría cualquier hombre decente en su situación: pedirme matrimonio. Si hacemos eso, si nos casamos, el shogun ya no tendrá motivos para ejecutarlo y el cónsul británico no podrá reclamarle nada. Su vida estará a salvo y evitaremos esa guerra que tanto le preocupa».

Mientras yo hablaba, él permanecía sumido en un extraño silencio. Solo cuando yo hube pronunciado la última palabra, con el rostro arrebolado y el corazón en un puño, caminó lentamente hacia mí y levantó mi barbilla con los dedos.

«¿Y qué será de usted, señorita Caldwell, casada con un bárbaro sin linaje ni riquezas?», me preguntó. «No puedo ofrecerle nada que no sean mis espadas y mi devoción, pero dudo que sea suficiente para una joven como usted».

Ahora, frente al panorama gris que se podía ver desde mi ventana, recordaba esas palabras con el corazón encogido. Dos espadas y la devoción de un hombre recto eran mucho mejores que una plantación en Ceilán, o lo hubiesen sido en otras circunstancias, si yo no me hubiese sentido tan angustiada por los recientes acontecimientos.

Deseaba al capitán desde hacía tiempo, mucho más de lo que había deseado a Guillermo, pero convertirme en su esposa me había obligado a pagar un precio muy alto, uno casi insoportable para mí. Nunca antes había imaginado siquiera lo que podrían dolerme las habladurías de los demás, ya no solo por mí, sino también por mis padres y por aquellos que me apreciaban. ¿Mis actos los conducirían a todos al ostracismo social? En ese caso, no podría perdonármelo.

—¿Señorita?

La voz de Akiko me trajo de vuelta a la realidad. Por una vez, había escogido un atuendo occidental, un vestido de color lavanda con bordados blancos en el escote que contrastaba con su piel tostada. También se había peinado con un moño al estilo europeo y se había calzado un par de zapatos que yo misma le había prestado, de tacón bajo, que apenas le permitían dar tres pasos seguidos. Aun así, parecía satisfecha.

Yo extendí mis manos para tomar las suyas y suspiré.

—Es la hora, ¿verdad?

—El *rickshaw* está esperando abajo. —Mi doncella asintió con timidez—. Su madre, usted y yo iremos juntas.

El padre Seamus nos esperaría en su pequeña iglesia. No queríamos llamar la atención, por lo que realizaríamos una ceremonia privada, solo con mis padres y Akiko. Para entonces, si mis cálculos no fallaban, mi futuro esposo ya habría recibido el bautismo. Mi padre era anglicano, pero no era muy creyente, por lo que había accedido a que yo me criara en la fe católica, como deseaba mi madre.

—¿Crees que me lo reprochará? —le pregunté a Akiko en voz baja mientras las dos bajábamos las escaleras. Ella me miró sorprendida, por lo que aclaré—: Me refiero al capitán. ¿Crees que me reprochará el hecho de haber tenido que convertirse al cristianismo?

—No habrá sido el primer japonés en hacerlo, señorita —respondió mi amiga—. Ha habido conversiones desde que los primeros monjes cristianos llegaron a la isla hace siglos. Es cierto que el shogun Tokugawa Ieyasu cerró las fronteras de Japón para evitar la influencia extranjera, pero las cosas han cambiado mucho desde entonces. Nuestro país debe adaptarse a los nuevos tiempos.

Sus palabras me sosegaron, pero solo en parte. Al fin y al cabo, Akiko era mi amiga y trabajaba para mis padres, ella nos conocía y apreciaba. Pero ¿qué dirán sus compatriotas? ¿Qué dirían aquellos que estuviesen a favor del *ishin shishi*?

Me obligué a no pensar en ello mientras mi madre, Akiko y yo nos apretujábamos en el *rickshaw*. El conductor esbozó una sonrisa desdentada, se inclinó hacia delante y echó a correr a toda velocidad; mientras el vehículo traqueteaba y las gaviotas volaban en círculos sobre nuestras cabezas, yo me sentía como si caminara en sueños.

La iglesia del padre Seamus era diminuta, no tenía nada que ver con la de San Andrés de Madrid, donde yo había recibido el bautismo y la primera comunión. Pensar en Madrid me hizo sentir una punzada de nostalgia, se suponía que Martina iba a venir a mi boda con Guillermo, o esos eran los planes que habíamos hecho antes de que todo cambiara de la noche a la mañana. Ahora iba a casarme con un japonés al que hacía tan solo un año que conocía y mi hermana mayor ni siquiera estaría presente.

Y, a pesar de todo, se me aceleró el corazón nada más ver al capitán.

Estaba junto al altar, flanqueado por mi padre y por el padre Seamus, que se pasaba las manos por sus cuatro pelos pelirrojos con nerviosismo. Aun así, me sonrió al verme de un modo que me reconfortó. Aunque pronto volví a contemplar a mi futuro esposo, que me observaba con un amago de sonrisa en los labios.

No era la primera vez que lo veía vestido a la europea, pero estaba imponente con aquel traje. Se había recogido el cabello en una coleta baja que caía por su espalda sujeta con una cinta y, por una vez, había dejado sus espadas, aunque me fijé en que ambas descansaban en un soporte de madera lacada que se hallaba en la entrada de la capilla. No se podían llevar armas en una iglesia, recordé. Al contrario que la de San Andrés, llena de imágenes religiosas, la que el padre Seamus había instalado junto a la bahía de Edo no era más que una habitación con el suelo de tatami, las paredes pintadas de blanco y un diminuto altar con un pequeño retablo traído de Europa. También había un crucifijo enorme de madera oscura colgado de la pared y bancos corridos a ambos lados de la estancia.

Miré también a mi padre, que había escogido un traje sobrio, pero elegante. No me sonrió, aunque tampoco parecía enfadado, lo cual ya era un avance. Me dije a mí misma que debía darle tiempo para perdonarme y, cuando llegué junto a él, besé su mejilla afectuosamente.

—¿Está lista, señorita Caldwell? —El padre Seamus tosió con nerviosismo.

Me di cuenta de que me había quedado absorta y acudí al encuentro de mi padre, que me ofreció su brazo para acompañarme hasta el altar. Oí los pasitos de Akiko detrás de mí y sentí que iban al compás de mi pulso acelerado.

Traté de concentrarme en los ojillos azules del padre Seamus, que me miraba con una sonrisa alentadora, pero entonces capté un olor que me hizo girarme velozmente hacia mi prometido. Cuando lo miré, él terminó de dibujar una sonrisa en su rostro y me tendió un ramo de lirios rosados atados con una cinta de raso.

Me temblaban los dedos cuando lo acepté. En ese momento, y a pesar de toda la angustia y el miedo que sentía, tuve la certeza de que había hecho lo correcto.

—Ikeda Hiroshi —dijo el padre Seamus con voz engolada— ha sido bautizado y ya es un miembro de nuestra Iglesia, por lo que puede recibir también el sacramento del matrimonio. Su nombre católico es Isaías.

Pero yo no estaba repitiendo Isaías para mis adentros, sino Hiroshi. Ahora sabía cuál era el verdadero nombre de mi capitán, de mi prometido, del hombre que iba a convertirse en mi esposo. Ikeda Hiroshi.

—Queridos hermanos... —empezó a recitar el padre Seamus.

Su voz resonaba en la iglesia prácticamente vacía. Yo me quedé mirando el crucifijo sin verlo realmente y dejé que el aroma de los lirios me transportara lejos de allí, tal vez a otra noche estrellada en la ciudad imperial.

Capítulo 8

Kioto, centro de la ciudad
Febrero de 2018

—¡Sabía que se casarían!

Miro a Sora con aire triunfal. Estamos sentados en una cafetería muy diferente a la que había junto al Pabellón Dorado, esta se encuentra en pleno centro de Kioto, cerca del Museo Nacional, y está abarrotada de familias, estudiantes y turistas. Hay bebés regordetes haciendo ruiditos adorables, ancianas minúsculas poniéndose moradas de *dorayaki* y un grupo de adolescentes disfrazadas de personajes de *anime*. Sora y yo ya vamos por el segundo capuchino y sospecho que aún vendrán unos cuantos más antes de la cena, pero no podría importarme menos, las horas pasan sin que yo sea consciente de ello.

—Tampoco era difícil suponerlo. —Sora me mira con una ceja enarcada. Tiene una miga de bizcocho en la comisura del labio, pero me da vergüenza decírselo—. Amelia no hubiese perdido el tiempo hablando del capitán si no hubiese habido algo entre ellos.

—O tal vez sí. —Cruzo los brazos sobre el pecho—. ¿Es que nunca has tenido un amor no correspondido?

—¿Tú sí?

—Yo he preguntado primero.

Él me mira fijamente, pero solo durante unos segundos. Luego se concentra en lo que queda de su café.

—Puede. No estoy seguro. —Se encoge de hombros—. ¿Y tú?

—Posiblemente —suspiro.

—La cuestión es que Amelia y el capitán se casaron. —Sora vuelve a mirarme—. Y entonces...

Deja de hablar cuando se oye un zumbido proveniente de su abrigo. Tras hacerme una señal de disculpa, saca su móvil del bolsillo derecho y mira la pantalla con cara de extrañeza.

—Es mi vecino, el señor Yamada —murmura—. No sé qué querrá, ¿te importa si...?

Le hago un gesto para que no se preocupe y él responde a la llamada. Aunque no entiendo una palabra de lo que dice, noto que, conforme habla con el señor Yamada, su expresión pasa del asombro a la contrariedad.

—Tengo malas noticias —dice nada más despedirse de su vecino—. Ha habido algún tipo de fuga de agua que afecta a mi apartamento, debo volver a casa lo antes posible.

Sus palabras me provocan una decepción tan amarga que casi me asusta, pero trato de ignorarla para centrarme en el problema de Sora:

—Vaya, lo siento. ¿Crees que es muy grave?

—No lo sé, pero confío en llegar antes de que el señor Yamada tenga que salir en bote de su apartamento.

Los dos sonreímos, aunque con poco entusiasmo. Después nos levantamos de la mesa al mismo tiempo; ya hemos pagado, así que podemos marcharnos inmediatamente.

—¿Nos vemos mañana, entonces? —digo para romper el silencio incómodo.

—Sí, claro. Si quieres.

—Quiero, quiero.

—Vale. —Sora está abrochándose el abrigo ya, pero se detiene y me mira—. A no ser…

—¿Sí?

—Puede que termine pronto hoy, depende de lo que me encuentre al llegar a casa. —Parece dudar; a mí se me ha acelerado el pulso de repente—. Si quieres esperarme en algún sitio o…

—¿Y si te acompaño? —digo impulsivamente.

—¿A mi casa? —Sora me mira perplejo. Casi me arrepiento de haber preguntado.

—Puedo ayudarte. Si te parece bien, si no…

—Eh… Vale. De acuerdo.

Sora me da la espalda rápidamente y casi se le cae el paraguas al recogerlo. ¿Es cosa mía o está nervioso? En ese caso, ya somos dos, porque yo casi no atino a meter los brazos en las mangas de la cazadora.

La casa de Sora no está muy lejos, pero vamos a ir en metro de todas maneras. Aprovecho la espera para responder a los mensajes de WhatsApp que me han ido llegando a lo largo del día; empiezo por los de la familia, como de costumbre, y luego abro el chat que tengo con Marta.

Llevo todo el día con Sora y ahora vamos a ir a su casa, digo retomando nuestra última conversación, *pero no es lo que parece.*

¿Ah, no? Casi puedo ver la expresión divertida de mi amiga. *¿Para qué vas a su casa, entonces?*

Para echarle una mano.

¿Una mano dónde?

Se me escapa una risilla y Sora me dirige una mirada interrogante. Maldita Marta.

Creo que su casa se ha inundado o algo así, pero no te hagas ilusiones. No le intereso.

Dejo de sonreír mientras tecleo ese último mensaje.

¿Por qué dices eso? Habéis estado juntos desde ayer. Eso ya demuestra algo de interés.

Está siendo encantador conmigo y me está ayudando a conocer la historia de Amelia, pero no le intereso de esa manera, créeme.

¿Y cómo lo sabes? ¿Se lo has preguntado?

¡No!

¿Entonces?

Ya llega el metro, tengo que dejarte.

Guardo el móvil otra vez y Sora me mira de reojo.

—¿Te has montado alguna vez en un metro japonés?

—No, pero me he montado en el de Madrid en hora punta. No creo que me impresione.

Se abren las puertas del vagón más cercano y decido que sí me impresiona. ¿Cómo puede haber tanta gente por metro cuadrado? Lo más llamativo es que, a pesar de todo, hay bastante silencio. Y todo está limpio, para variar, tanto que casi temo ensuciar el suelo con mis botas.

Sora ocupa un rincón del vagón y me deja a mí el espacio que hay entre su cuerpo y la pared. Sé que intenta respetar mi espacio vital, pero es materialmente imposible. Pronto mi barbilla está rozando su abrigo a la altura del hombro y vuelvo a oler su colonia. Cierro los ojos un momento y me maldigo por mi debilidad por los buenos olores.

—Todo el mundo sale de trabajar ahora. —Sora gira la cara para hablarme, pero entonces se da cuenta de lo cerca que estamos y ladea el rostro—. Por eso está tan lleno.

—Ya veo. —Me sale una voz absurdamente aguda.

Me quedo mirando el cartel que hay sobre las puertas del vagón como si fuese lo más apasionante del mundo. Aun así, soy consciente de la proximidad de Sora cada vez que un giro hace que nuestros cuerpos choquen suavemente. Solo tendría que apoyar mi mejilla en su hombro para que se considerara que viajamos abrazados. ¿Por qué él está tan tranquilo? Lo envidio, ojalá yo fuese tan inexpresiva como él. Porque estoy segura de que me he puesto roja.

Pienso en la conversación que estábamos teniendo antes, en la cafetería. ¿He tenido yo un amor no correspondido? Bueno, quizá sea excesivo llamarlo amor. O no. Al fin y al cabo, Kate Winslet y Leonardo DiCaprio se enamoraron en cuestión de días cuando coincidieron en el *Titanic* (los personajes, no los actores, aunque me quiere sonar que los actores también tuvieron algo). Un momento, Ana, ¿estás comparando tu vida sentimental con el *Titanic*? Esto no puede acabar bien.

Que alguien me ayude.

—¿Estás bien? —La voz aterciopelada de Sora interrumpe mis pensamientos—. ¿Te agobia la gente?

No, me agobian su colonia y esa voz tan sexy susurrándome al oído. Y lo peor de todo es que el tío lo hace sin darse cuenta. Ay, madre, ¿quién me mandaba a mí meterme en todo este lío?

—Estoy bien —digo sin mentir.

—Ya bajamos, no te preocupes.

Que no me preocupe, dice.

No tengo ni idea de cuál es nuestra parada, pero, cuando salimos del metro, nos encontramos en lo que parece un barrio residencial. Los edificios son más altos que en la zona universitaria, aunque no llegan a ser rascacielos, y las calles están limpias y bien iluminadas. No puedo evitar pensar que es un lugar muy apropiado para Sora. Puedo imaginármelo perfectamente haciendo la compra en el supermercado, yendo a la oficina de correos o haciendo gestiones en el banco. Seguro que también ayuda a los niños a cruzar la calle y a las ancianitas a llevar las bolsas de la compra.

—Gracias por venir —me dice cuando nos detenemos en el portal de un edificio. Hay un anuncio de Pokémon justo al lado, pero a él debe de parecerle lo más normal del mundo, porque ni siquiera lo mira dos veces. Yo sí que le echo un vistazo disimulado al Pikachu sonriente, pero no hago ningún comentario.

—Solo espero que hayamos llegado a tiempo. —Me pongo la mano sobre la frente a modo de visera y finjo otear el horizonte—. ¿Tú ves la barca del señor Yamada por algún sitio?

Sora me sonríe brevemente y luego entramos en el ascensor. Aquí no vamos tan pegados como en el metro, pero estamos los dos solos en un espacio reducido, lo cual es suficiente para ponerme de los nervios *otra vez*. ¿Puede venir alguien a rescatarme, aunque sea el Pikachu del anuncio?

—¿De qué te ríes? —pregunta Sora frunciendo el ceño.

—De nada, de nada...

Me miro las puntas de las botas y entonces veo algo entre ellas: una especie de cromo. Es un *cupcake* con ojos y boca que parece mucho más feliz de lo que yo he sido nunca. Me agacho para recogerlo y Sora resopla:

—Debe de ser de la nieta del señor Yamada.

—Luego se lo doy. —Me lo guardo en el bolsillo.

Sora vive en la novena planta del edificio, enfrente del señor Yamada. Se detiene delante de la puerta de su apartamento y me mira con aire de disculpa.

—Puede que esté hecho un desastre.

—No pasa nada.
—¿Seguro?
—Claro.

Sora abre la puerta y lo maldigo interiormente. *¿Eso es un desastre?* El apartamento no es muy grande y los muebles son austeros, pero todo se encuentra escrupulosamente ordenado. Por lo menos, lo que veo desde la entrada, que es un pequeño salón decorado con muebles funcionales.

Nada más entrar, Sora se quita los zapatos y los cambia por unas zapatillas azules de andar por casa. Luego me ofrece otras blancas a mí.

—Son para las visitas. No te preocupes, están sin estrenar.

Hago lo que me pide sin dejar de darle vueltas a esa última frase. La puerta de la calle da directamente al salón, que tiene un sofá y una estantería de madera beis repleta de libros, revistas y, sorprendentemente, barcos en miniatura. Hay tres puertas allí: una da a una cocina *office*, otra está cerrada y la más pequeña, corredera, es la del baño. Cuando Sora la abre, descubrimos que el suelo está cubierto por una pátina de agua.

—Debe de haberse roto alguna tubería. —Con un suspiro, Sora deja su abrigo en el sofá—. Vamos a ver qué nos cuenta el señor Yamada.

Yo también dejo mi cazadora y mi bolso y voy tras él. Aunque intento no ser cotilla, no puedo evitar fijarme en una foto enmarcada que hay frente a la primera hilera de libros: es el retrato de una mujer japonesa, joven y bastante guapa, que le sonríe tímidamente al fotógrafo. Lleva el pelo negro recogido en un moño tirante y un collar de perlas con los pendientes a juego. No sé muy bien por qué, pero siento cierta incomodidad al verlo y me apresuro a dejarlo atrás.

Cuando salgo al rellano, Sora ya está hablando con un hombre que supongo que es el señor Yamada. Es bajo y ancho, tiene la cabeza redonda y monda como una naranja, y sus ojos son tan rasgados que casi ni se le ven, pero parece amistoso cuando se vuelve hacia mí. Él también lleva zapatillas de andar por casa y una especie de albornoz esponjoso de color azul celeste.

—Dile hola de mi parte, por favor —le pido a Sora.

—Díselo tú, no es tan complicado. —Él me mira de reojo—. Repite conmigo: *Kore kara osewa ni narimasu*.

¿Que no es tan complicado? Siento el impulso de zarandear a Sora por ponerme en semejante compromiso, pero el señor Yamada continúa observándonos con la misma expresión afable, por lo que trato de hacerlo lo mejor posible:

—*Kore kara narimasu* —digo sin mucha convicción.

—Te has comido una parte. —Sora alza las cejas.

—¡Ni siquiera sé qué le he dicho! —protesto.

—Es un saludo de cortesía para los vecinos. —Sora chasquea la lengua, pero el señor Yamada sonríe ampliamente y me dice algo con tono jovial—. Él también está encantado de conocerte, pero ahora tenemos que seguir hablando de inundaciones.

—No os cortéis por mí, por favor —digo mostrándoles las palmas de las manos.

Sora y el señor Yamada siguen hablando en japonés y yo doy un paso atrás para dejarles espacio (aunque, en realidad, podría meter mi cabeza entre los dos y seguiría sin enterarme de lo que dicen). Entonces veo un par de ojos enormes observándome desde detrás del señor Yamada.

La niña debe de tener cinco o seis años y, por cómo se aferra al albornoz del señor Yamada, deduzco que será su nieta. Tiene la cara redonda, los ojos vivaces y el pelo cortado en forma de tazón. Cuando se asoma un poco más, descubro que lleva un pijama de Hello Kitty.

Me mira con curiosidad; yo le sonrío y ella, tras un instante de vacilación, también lo hace. Ampliamente.

—Creo que tengo algo que te pertenece —le susurro en español—. Mira.

Saco la pegatina del *cupcake* de mi bolsillo y se la enseño. La niña abre los ojos un poco más y, por fin, abandona su escondite con las manitas estiradas hacia mí. Le devuelvo la pegatina y ella la aprieta dentro de su puñito, pero no se aleja de mi lado.

Me agacho para que las dos estemos a la misma altura, pero no me sale bien porque ella se agacha imitando mi gesto. La situación me hace tanta gracia que me echo a reír y la pequeña me imita tapándose la boca con sus dedos regordetes.

—Oye, Sora, ¿cómo se llama? —digo tirándole del jersey. Como si yo también tuviese cinco años.

—Midori —contesta él. Luego sigue hablando con su abuelo.

—Midori —repito en voz alta. De nuevo, la niña se tapa la boca con las manos y ríe—. ¿Cómo puedes ser tan adorable?

—El señor Yamada ya lo ha arreglado todo —me dice Sora entonces—. Ya solo hace falta fregar los baños. Yo fregaré los dos, el suyo y el mío.

—Deja que yo me ocupe de uno de ellos.

—El señor Yamada no dejará que friegues su casa.

—Puedo fregar la tuya.

—¿Qué te hace pensar que yo sí voy a dejarte?

—Que puedo ser muy persuasiva. —Me levanto del suelo, pero entonces Midori se agarra a mis vaqueros y hace un puchero—. Houston, tenemos un problema.

—Quédate jugando con Midori, le has caído bien.

Dudo, pero solo un momento; luego decido que jugar con una niña pequeña suena más divertido que fregar un baño y le doy la mano a la nieta del señor Yamada.

Una hora después, Sora y yo estamos sentados en su sofá, desde donde podemos oír los lloros de Midori.

—Lo siento —murmuro un poco avergonzada.

—Es solo un berrinche, se le pasará. —Sora no parece preocupado—. La pobre no ve mucho a su madre y le habrá gustado que le hicieses caso, pero tiene que acostarse temprano.

—¿Qué le pasa a la madre, trabaja mucho? —Me recuesto en el sofá. Hace calor ahí dentro y me estoy quedando amodorrada por momentos.

—Es madre soltera, por eso el señor Yamada suele cuidar de la pequeña.

—Parece un hombre encantador.

—Lo es. —Sora se frota la cara con las manos—. Gracias por haber venido conmigo, Ana.

—Pero si no he hecho nada.

—Me has acompañado. —Se levanta del sofá—. Deja que te prepare algo de cenar. Por las molestias.

—En serio, no ha sido ninguna molestia. —De hecho, casi preferiría que se quedara conmigo en el sofá, pero, naturalmente, no expreso ese deseo en voz alta.

No debería sentirme tan a gusto aquí. Es más, ni siquiera debería estar aquí. Sora estará cansado, lo más prudente sería excusarme ahora y no seguir invadiendo su intimidad. Pero yo nunca escojo la opción más prudente, por eso, cuando él se levanta para ir a la cocina, lo que hago es seguirlo alegremente.

—Si me preparas la cena hoy, mañana te invitaré a comer —digo apoyándome en el marco de la puerta.

Él me mira de reojo mientras se lava las manos.

—No es necesario.

—Pero me apetece.

—¿Te gusta el pollo *teriyaki*?

—Nunca lo he probado, pero adelante.

Me quedo mirando a Sora mientras prepara los ingredientes: tiras de pechuga de pollo, brotes de soja y brócoli. Le pregunto si puedo echarle una mano y me dice que no, por lo que me entretengo mirando alrededor. La cocina es diminuta, pero me fijo en que hay dos taburetes junto a la barra y no puedo evitar pensar en la mujer de la fotografía del salón.

Finalmente, me armo de valor y saco el tema:

—La chica de la foto es muy guapa.

La mano de Sora se detiene un instante, pero luego sigue cortando el brócoli con cuidado.

—Muy observadora.

Vaya, parece que no tiene ganas de hablar del tema.

—Perdona si te he molestado —digo rápidamente—. ¿Seguro que no quieres que te ayude?

—Pásame la salsa de soja, está ahí mismo. —Sora señala con la barbilla un frasco transparente lleno de líquido oscuro—. No me has molestado, es solo que no me gusta hablar de ella. Me entristece.

No quiero seguir metiendo la pata, por lo que no digo nada más. Sora unta la sartén con mantequilla, echa el pollo, los brotes de soja y el brócoli y lo adereza todo con la salsa.

—Soy viudo.

Lo dice de pronto, sin preámbulos, y yo me quedo helada. Durante unos segundos, no sé ni qué decirle.

—Lo siento —murmuro al cabo de un momento.

—Haruka murió hace tres años. Nos llevábamos bien. —Continúa dándome la espalda—. He aprendido a vivir con ello, pero no siempre es fácil.

—Ya me lo imagino.

—Me siento... culpable. —Por fin, apaga el fuego y se da la vuelta para mirarme. Lo hace de un modo tan extraño que no puedo evitar contener la respiración—. Porque yo sigo viviendo, haciendo lo mismo de siempre, aunque ella no esté.

—Seguro que Haruka se alegraría de que siguieses adelante —digo de corazón.

No puedo evitar pensar en mi abuela, siempre tan optimista, y en la última vez que hablé con ella. Fue la víspera de su muerte; la encontró mi tía al día siguiente, cuando se preocupó al ver que no respondía al teléfono ni al timbre y entró en su casa con la llave de emergencia. Estaba sentada en su sillón favorito, con el móvil en el regazo, y llegamos a la conclusión de que había fallecido después de despedirse de mí con un «Buenas noches, cariño, cuídate mucho y sé feliz». Siempre se despedía de la misma manera.

—Tal vez. —Sora desvía la mirada—. Esto ya está listo.

Mientras él pasa el contenido de la sartén a una fuente, yo pongo la mesa. No me lleva demasiado tiempo, solo necesitamos dos platos, dos vasos, dos pares de palillos y servilletas.

—¿Puedo preguntarte algo, Ana? —dice Sora mientras nos sirve a los dos.

—Claro.

—¿Tú estás casada?

¿Por qué me mira así y por qué me estoy emocionando como una tonta? Seguro que solo me lo pregunta por pura curiosidad.

—Tuve pareja durante seis años, pero cortamos hace unos meses.

—Vaya.

—Fue lo mejor para las dos. Adri sigue pareciéndome una chica maravillosa, pero queríamos cosas diferentes de la vida: ella tenía muchas ganas de viajar y ver mundo, mientras que yo siempre he preferido la tranquilidad.

—Nadie lo diría al verte aquí. —Sora esboza una pequeña sonrisa.

—Este viaje ha sido algo excepcional, te aseguro que no suelo hacer cosas tan emocionantes. —Río suavemente—. Por cierto, la cena está buenísima.

—Gracias.

—No, gracias a ti por hacerla. Y por... todo.

Los dos nos quedamos callados. Hemos dejado los palillos sobre nuestros platos y tan solo nos miramos por encima de los últimos trozos de brócoli. Soy consciente de lo deprisa que me late el corazón, y también del ligero temblor de mis manos cuando trato inútilmente de mantenerlas ocupadas doblando la servilleta y desdoblándola de nuevo.

Podría decirle la verdad, que le agradezco algo más que el simple hecho de que me haya ayudado a descubrir la historia de Amelia, que el día de hoy ha sido uno de los mejores de mi vida porque estaba con él. Que es el hombre más interesante que he conocido y que podría conversar con él durante horas, aunque a veces me cueste arrancarle las palabras de los labios. Que me encanta cómo huele y que, en realidad, sospecho que el mérito ni siquiera es de la colonia. Que no puedo evitar quedarme embobada cuando sonríe y que me gustaría que lo hiciese más a menudo.

Pero no le digo nada de eso, lo que hago es huir cobardemente y de la única manera que se me ocurre:

—¿Te importa si voy al baño un momento?

—En absoluto, ya sabes dónde está.

En cuanto cierro la puerta corredera detrás de mí, me apoyo en la pared y me llevo las manos a la cara. No necesito mirarme al espejo para saber que tengo las mejillas sonrosadas.

«Tienes que parar esto, Ana», me digo. «Mañana será tu último día con él, después te marcharás de Japón y ya no volverás a verlo».

Podría tomármelo como una aventura para animar mi alocado viaje a Japón, una anécdota que contar a los amigos cuando vuelva («¿Os he hablado de aquella vez que le tiré los trastos a un profesor de universidad japonés...?»). Pero sé que no voy a ser capaz de verlo así; sé que, si pasa algo con Sora, luego me costará decirle adiós.

Vuelvo a abrir los ojos y me echo agua fría en la cara para despejarme. Observo que el baño también está bastante ordenado, aunque se ha acabado el papel higiénico. Deduzco que habrá rollos de repuesto en el diminuto armario y, al abrirlo para buscar uno, descubro que está lleno de cajas de medicamentos.

Obviamente, no puedo leer nada de lo que pone en las cajas, pero esa visión me provoca cierta inquietud. Sora no me ha contado de qué murió Haruka, ¿y si estaba enferma? Sea como fuere, no voy a preguntárselo. Saco el nuevo rollo de papel higiénico y cierro el armario rápidamente. Después salgo tratando de aparentar normalidad.

Para cuando llego a la cocina, Sora ya ha fregado los platos.

—¿Por qué eres tan eficiente? —resoplo—. Tendrías que habérmelo dejado a mí.

—Así podemos seguir leyendo —contesta él secándose las manos con un trapo—. Si quieres.

—¿No es muy tarde para ti?
—¿Tienes que madrugar mañana?
—La verdad es que no.
—Yo tampoco.

Sora se sienta en el sofá. Yo hago lo propio, aunque me sitúo en el otro extremo, en parte para calmar mi pobre corazón, que no está para muchos trotes ya.

—¿Estás lista? —dice Sora abriendo el libro. Si ha notado mi turbación, lo disimula bien.

—Sí.

Él se aclara la garganta y retoma la lectura donde la habíamos dejado.

VIII

Edo, capital del shogunato
Mayo de 1865

Hiroshi esbozó una tibia sonrisa y deslizó la puerta corredera de nuestros aposentos privados. Por llamarlos de alguna manera, ya que tras el biombo que había al fondo se adivinaban las siluetas de varios criados, que permanecían expectantes.

—Los criados del castillo son muy solícitos. —Mi esposo comenzó a hablar en inglés—: Ahora no entenderán lo que digamos, pero seguirán atentos a todos nuestros movimientos.

Yo era consciente de ello, no esperaba otra cosa. Desde que habíamos cruzado los muros del castillo de Edo, sentía todas las miradas clavadas en nosotros.

Cuando me planteaba la perspectiva de casarme con Ikeda Hiroshi, capitán del Shinsengumi de Kioto, y ligar mi destino al de un bárbaro para siempre, me preguntaba cuál sería la reacción de mis compatriotas, de los extranjeros afincados en Japón que comentarían y, sobre todo, criticarían durante años mi arrebato de osadía. Incluso había barajado, atemorizada, la posibilidad de que semejante desafío enfureciese al *ishin shishi* todavía más. Pero no me había parado a pensar en la respuesta del resto de los japoneses, aquellos que respetaban el orden tradicional, los que obedecían tanto al shogun como al emperador y consideraban que los extranjeros éramos simplemente extraños a los que no convenía acercarse demasiado.

Por lo pronto, mi esposo y yo nos habíamos convertido en invitados del shogun, aunque de baja categoría. Aquellos que lo servían se instalaban en el castillo cuando estaban en Edo, pero su estatus se medía en función de la proximidad de sus aposentos a la residencia del propio shogun, y nosotros dos nos encontrábamos alojados cerca del muro exterior, en el *ninomaru* o segundo círculo de defensa. Tokugawa Iemochi, de quien se decía que era un joven hermoso que estimaba a quienes le eran fieles, tenía sus habitaciones privadas en el círculo principal, el *honmaru*, donde se hallaba a salvo de posibles ataques y solo recibía a sus amigos íntimos. Por lo que me había contado el propio Hiroshi, sus esposas y sus numerosas concubinas recibían instrucción militar por si el castillo sufría un asedio y no había hombres en el *honmaru* para defenderlo.

Mientras cruzábamos los jardines del *ninomaru*, una mujer se nos había acercado con aire sombrío, como un cuervo negro con las alas desplegadas. La seguía un tropel de muchachas cabizbajas que apenas se atrevían a respirar demasiado fuerte; nada más vernos, la mujer se había dirigido a Hiroshi y le había hablado en un japonés tan rápido y peculiar que me había costado seguir la conversación. Él había respondido: «Gracias, pero mi esposa está bien así», y se había alejado dejando a la airada mujer murmurando por lo bajo.

—¿Qué quería la mujer de antes? —le pregunté en

inglés mientras me sentaba en el futón, sobre el que había una repisa con un soporte para espadas. Hiroshi se arrodilló para colocar las suyas en él. Evitando mirarme directamente.

—Convertirte en una esposa japonesa.

—¿Cómo? —Fruncí el ceño.

—¿Has visto una boda japonesa alguna vez? —Mi marido, que aún llevaba puesto el traje de corte occidental, empezó a quitarse la chaqueta él solo; casi pude ver cómo los criados se removían incómodos tras el biombo, pero ninguno de ellos hizo ademán de asomarse—. A las novias les arrancan todos los pelos de las cejas con unas pinzas, les dibujan otras falsas y les pintan la cara de blanco. También les manchan los dientes de negro y les ponen kimonos tan pesados que apenas pueden moverse. De hecho —añadió con cierto aire burlón—, las mujeres de alta cuna ni siquiera caminan cuando están en sus casas, sino que se desplazan de rodillas.

Yo no dije lo que pensaba realmente: que todo aquello me parecía una sarta de tonterías.

—Se habrá sentido muy decepcionada —comenté con ligereza.

El aspecto de la mujer me había parecido intimidante y, pese a todo, me sentía a salvo allí, en el castillo de Edo, como si las ponzoñosas mentiras de Guillermo no pudiesen alcanzarme tras sus muros. En aquella fortaleza, centro administrativo de la capital del shogunato, se encontraban en ese momento alrededor de cien señores feudales o *daimios* de las provincias con sus respectivos séquitos y unos cincuenta mil soldados; era imposible que un europeo pudiese cruzar sus puertas sin haber sido invitado previamente, lo cual me suponía un alivio.

—¿Los criados pasarán la noche con nosotros? —quise saber entonces.

—Si lo deseas, puedo decirles que se vayan.

—Por favor. —Akiko se había quedado en casa de mis padres porque no tenía permitido acceder al castillo y yo no deseaba reemplazarla de ningún modo—. Prefiero estar a solas contigo.

Hiroshi se irguió y me dirigió una mirada llena de curiosidad, pero después les ordenó a los criados que se retiraran. Oí cómo se deslizaba una segunda puerta corredera, que probablemente también se hallaba detrás del biombo, y pasos suaves alejándose de nosotros, pero dejé de oírlos demasiado pronto.

—¿Van a estar montando guardia al otro lado de la puerta? —pregunté, divertida y nerviosa al mismo tiempo.

—La idea de intimidad no está muy extendida en el castillo. —Hiroshi, que ya se había quedado en camisa, se soltó el cabello. Me quedé observando cómo caía en cascada por su espalda y reprimí un suspiro—. Debemos de ser los primeros.

—¿Los primeros... en romper las reglas del juego? —murmuré acercándome a él.

—Sabes que sí. —Se dio la vuelta y me miró enarcando una ceja—. ¿Dejo mi cuchillo bajo la almohada o puedo confiar en que mi esposa no me asesine a traición mientras duermo?

—Asesinarte no entraba en mis planes. ¿Siempre duermes con el cuchillo bajo la almohada?

—Y, si estoy viajando, también dejo la katana al alcance de mi mano. —Él ladeó el rostro—. Recibí mi primera espada al nacer, mis propios padres la colocaron sobre mi cuna. La había forjado el herrero de Minodake especialmente para mí, porque mi destino era crecer y morir como samurái.

—Siento que las cosas no salieran bien —murmuré.

—Tampoco salieron tan mal. —Hiroshi parpadeó y, por fin, me miró directamente—. ¿Vas a dormir con el vestido puesto?

Ligeramente turbada, me llevé las manos a la espalda y empecé a luchar contra los lazos del corsé. Solía desvestirme Akiko, por lo que yo no estaba muy familiarizada con el asunto, y mi esposo, al notar mi apuro, se situó detrás de mí y apartó mis manos con gentileza.

—¿Echas de menos a tu amiga? —preguntó. Yo ya notaba el suave tirón de los lazos.

—No solemos separarnos —admití.

—No tendréis que hacerlo si no lo deseas. —El corsé cedió, pero yo aún no podía respirar con normalidad—. No hemos hablado de lo que haremos a partir de ahora...

Contuve el aliento. No, no lo habíamos hecho. Yo estaba tan preocupada por salvar la vida del que ahora era mi marido que ni siquiera me había planteado cómo cambiarían las cosas desde entonces, cuáles serían mis nuevos derechos y obligaciones como mujer casada y, por encima de todo, cómo sería vivir junto a Ikeda Hiroshi. ¿Dónde nos instalaríamos, para empezar? Yo no quería alejarme de Edo, pues allí vivían mis padres, pero los cuarteles del Shinsengumi se hallaban en las proximidades de Kioto, en una aldea llamada Mibu de la que yo solo había oído hablar. ¿Cómo íbamos a llegar a un acuerdo? ¿Mi esposo escucharía siquiera mi opinión al respecto?

Hiroshi debió de notar mi inquietud, porque dio un paso atrás.

—Bien pensado, tampoco tenemos que decidirlo esta noche —dijo suavemente—. En cualquier caso, Amelia, puedes estar tranquila, no te obligaré a hacer nada, ni mucho menos te separaré de tus seres queridos a la fuerza.

Sentí que mi corazón se estremecía al escuchar esas palabras. A mi memoria regresaron, perversas, las palabras de Guillermo: «Te haré cambiar de opinión con respecto a Ceilán». Guillermo estaba dispuesto a arrastrarme a la India en contra de mi voluntad; Hiroshi había decidido respetar mis decisiones.

¿O simplemente no le importaba separarse de mí? ¿Por qué me asaltaba de pronto ese pensamiento tan injusto?

—Sin embargo —prosiguió él—, hay algo que me gustaría pedirte.

—¿De qué se trata? —me obligué a contestar.

—Me he convertido al catolicismo para casarme contigo y he conocido a tus padres, a quienes creo haber mostrado el debido respeto —dijo inclinando la cabeza. No mentía, desde luego. A pesar de que mi padre apenas le había dirigido una sola mirada durante la boda, Hiroshi había hecho gala de una exquisita cortesía en su presencia. Yo se lo agradecía de corazón—. Me gustaría que tú también conocieses a mi familia.

—Claro. —Me sentía aliviada, ese era un deseo fácil de satisfacer.

—Perdí a mis padres, pero están mi hermana y mi abuela. Sayaka vive aquí, en Edo, pero desearía que nos encontráramos todos en Minodake, nuestra aldea natal. Desearía que conocieses el lugar en el que me crié para que pudieses entender mejor de dónde vengo y cómo son las cosas aquí, en mi país..., o cómo eran cuando me trajeron a este mundo. ¿Lo harías por mí, Amelia?

Cuando me miró, dejé de ver al temible capitán al que había contemplado por primera vez en un callejón de Kioto y me encontré con un hombre preocupado por el inminente choque de dos mundos opuestos: el que había conocido al nacer y al que iba a tener que enfrentarse conmigo, una forastera, en un Japón que cambiaba rápidamente y sin remedio. Ese hombre, por algún motivo, me inspiraba compasión.

—Por supuesto que lo haré.

—Te lo agradezco.

Se llevó mis manos a los labios y las besó con un fervor que no había demostrado hasta entonces. Dejé de respirar durante unos segundos y después murmuré:

—A propósito...

—¿Umm?

—Esta es nuestra noche de bodas.

Lo dije sin pensar, sin saber siquiera qué pretendía con esas palabras. Quizá simplemente necesitaba compartir mi incertidumbre con él. Sea como fuere, sucedió algo extraño en cuanto las pronuncié: los altos pómulos de Hiroshi se tiñeron de un suave color rosado.

Sentí el tonto impulso de echarme a reír, no podía creer que al Demonio Blanco, famoso en todo Japón, le avergonzara la idea de acostarse con su propia esposa.

—Lo sé —dijo secamente.

—¿Nunca has estado con una mujer?

—Demonios, no. —Él me miró resignado—. Jamás he estado casado. —Desvió la mirada—. No tengo experiencia en complacer a las mujeres, mi hermana siempre se jacta de que sabe hacerlo mucho mejor que yo.

Mientras el rubor se extendía por sus mejillas y le bajaba por el cuello blanco, decidí dos cosas: la primera, que Sayaka debía de ser una joven de lo más interesante; la segunda, que el imponente capitán Ikeda empezaba a parecerme tierno en ciertos momentos.

—He estado con algún hombre —dijo instantes después. Debí de poner cara de sobresalto, porque añadió rápidamente—: Sé que no es algo que esté bien visto en Europa ni en América, pero aquí es diferente, aunque hay quienes comienzan a ocultarlo en presencia de extranjeros para evitar problemas. Pero yo no quiero tener secretos contigo, Amelia.

—¿Has amado a alguno de esos hombres? —pregunté con cautela.

—No. —Hiroshi fue rotundo—. Eran compañeros de armas con los que aliviar la tensión de los entrenamientos.

—Comprendo. —Quizá otra mujer se hubiese escandalizado, pero su explicación me pareció tan sencilla, tan natural, que la acepté sin más—. Pero ¿te atraen las mujeres de ese modo?

«¿Te atraigo yo?», quería preguntarle realmente. Solo entonces sentí un peso desagradable en el estómago. Si a Hiroshi no le gustaban las mujeres, si no me deseaba de ese modo, me costaría hacerme a la idea.

Él se inclinó hacia delante y me miró desde arriba. Estábamos tan cerca que podía apoyarle las manos en el pecho, pero no lo hice, me quedé completamente quieta. Esperando.

—El perfume de los lirios me ha atormentado desde que me besaste aquella noche. —Su mano se posó en mi mejilla y me rozó el labio inferior con la yema del dedo pulgar en una caricia áspera y lenta—. Nada de lo que pueda decir a partir de ahora será considerado propio de un caballero.

Todo mi cuerpo pareció incendiarse bajo la camisa y las enaguas. A él debió de sucederle lo mismo, porque, cuando bajé la mirada, me fijé en el bulto duro de su entrepierna. Tensó la comisura del labio y yo mordí el interior del mío para contenerme, tan fuerte que pronto noté el sabor de la sangre inundando mi boca.

—Pero yo no me he casado con un caballero —dije en voz baja—, sino con un demonio.

Hiroshi jadeó y, momentos después, su boca conquistaba la mía con ferocidad. Pasó la lengua por mi labio inferior, llevándose la sangre y dejando tras de sí una estela de fuego, y sus manos se metieron bajo mis enaguas con imperio. Yo respondí con la misma ansia que él, tironeando de su camisa hasta que oí cómo se rasgaba la tela, y entreabrí los ojos solo para contemplar el tatuaje que recorría su piel desnuda. Deseaba llenarlo de besos y mordiscos hasta enrojecerlo.

—¿Puedo seguir? —gimió entonces, muy cerca de mi oído.

Su voz ronca me provocó un estremecimiento. Dije que sí con la cabeza y él aferró la tela de mi camisa y tiró de ella con rudeza hasta dejar mis pechos descubiertos. Estaban erguidos de pura excitación. Inclinó la cabeza para lamer uno de ellos muy despacio y a mí se me escapó un gemido.

—¡Hiroshi! —pronuncié su nombre en voz alta por primera vez.

Él me miró con media sonrisa en los labios y, sin dejar de contemplarme, mordisqueó la punta rosada con delicadeza. Volví a morderme el labio con fuerza y me pregunté si los criados seguirían apostados al otro lado de la puerta y qué pensarían de una joven esposa que armaba un escándalo antes incluso de que hubiesen terminado de quitarle las enaguas.

Hiroshi no era el primer hombre que me besaba, ni siquiera era el primero que me metía las manos bajo la ropa, pero jamás me habían hecho sentir nada tan intenso con unos roces tan suaves. Temblorosa, me pregunté si me habría casado con un demonio de verdad y me dije que, en ese caso, no podía lamentarlo. Cerrando los ojos con fuerza, le eché los brazos al cuello y suspiré.

—¿Estás bien? —murmuró él contra la piel de mi hombro. Sus dedos largos acariciaron mi cabello y me provocaron un escalofrío—. ¿He sido muy rápido, prefieres que vaya más despacio o... que me detenga?

En vez de responder, respiré con fuerza un par de veces, tomé su rostro con mis manos y me apoderé de sus labios con un fervor que no creía posible. Él emitió un gruñido casi animal y, al cabo de un momento, se agachó para alzarme en vilo y me hizo abrazarle las caderas con los muslos. Cuando me tumbó en el futón, yo ya estaba gimiendo en voz alta.

Terminó de quitarnos la ropa a los dos sin ningún cuidado, y a mí me temblaban las piernas cuando vi las prendas amontonadas a los pies del futón y nuestros cuerpos desnudos y enredados. Pero no tenía miedo, al contrario, lo único que temía era que todo fuese un sueño, despertar entre sábanas frías y con la piel ardiendo. Con un deseo frustrado entre las piernas y otro más violento aún dentro del pecho.

—No puedo controlarme más, Amelia —me dijo Hiroshi con voz oscura. Sus ojos rasgados se posaron en los míos con tanta intensidad que me sentí desfallecer—. Apártame ya, hazlo si no quieres que continúe...

No llegó a terminar la frase, antes de que pudiese hacerlo, yo recorrí con la palma de mi mano el camino de su vientre hasta encontrar su miembro viril, duro y húmedo para mí, y lo rodeé con mis dedos. Hiroshi cerró los ojos, murmuró algo entre dientes que podría haber sido una plegaria o una maldición y me separó las piernas con ambas manos.

Observé su cuerpo pálido y desnudo, más aristocrático que atlético, que estaba cubierto de vello negro en el pecho, el vientre y el pubis, y envuelto en una telaraña de cicatrices que hablaban de entrenamientos extenuantes y batallas vencidas. Aunque ninguna huella era tan profunda como aquel tajo que surcaba su rostro, marcándolo para siempre como guerrero sanguinario.

Yo no podía pensar en él de ese modo, jamás había podido. Ni siquiera al encontrarlo en aquel callejón, herido y con las manos manchadas de sangre, había visto en él al Demonio Blanco al que tantos temían. Para mí, siempre había sido el hombre que me traía lirios en el momento más inesperado.

Cuando sorprendió mi mirada, el brillo de sus ojos se volvió cálido. Luego los entornó con aire concentrado y, tras un instante de vacilación, deslizó dos dedos entre mis muslos, haciendo que tensara los músculos de todo mi cuerpo.

—¿Duele?

La timidez con la que me preguntó aquello me hizo desearlo todavía más.

—Sí —dije a pesar de todo.

Él retiró los dedos y estuve a punto de protestar, pero entonces se arrodilló en el futón, entre mis piernas, y se inclinó ante mí como si estuviese dedicándome una reverencia. Sus manos tomaron mis caderas con autoridad e inclinó el rostro, y solo cuando su aliento cálido erizó la cara interna de mis muslos comprendí lo que se proponía.

La primera caricia de su lengua en mis partes íntimas me hizo gemir en voz alta.

No sé cuánto rato pasé retorciéndome de placer en el futón, pero, cuando Hiroshi terminó conmigo, apenas podía respirar. ¿Eso era lo que hacían los hombres con sus esposas? Lo dudaba, la mayor parte de las mujeres casadas que conocía no parecían demasiado entusiasmadas con la idea de visitar el lecho conyugal. No, tenía que ser el Demonio Blanco, él sabía cómo hechizarme.

—¿Puedo? —preguntó entonces, quedamente, mientras sus manos se posaban en mis rodillas con una suavidad no exenta de firmeza.

Yo separé las piernas dócilmente, mirándolo fascinada. Y, cuando se deslizó en mi interior con delicadeza, como si todo mi cuerpo estuviese ansioso por recibirlo, se me escapó un suspiro de puro gozo.

Capítulo 9

Kioto, apartamento de Sora
Febrero de 2018

Me estoy muriendo de vergüenza.

Pensaba que Sora dejaría de leer en algún momento, pero no lo ha hecho. Tampoco se ha puesto nervioso ni se ha reído, ha vacilado en un par de ocasiones y un ligero rubor se ha extendido por su rostro cuando le ha tocado traducir al español las expresiones más gráficas, pero, por lo demás, se ha comportado como un adulto capaz de asumir sin armar ningún escándalo que dos personas hicieron el amor hace más de un siglo y lo disfrutaron.

No es mi caso, desde luego, yo apenas me atrevo a respirar. No es la primera vez que leo algo erótico, pero siempre lo había hecho en solitario, no con esa voz grave y dulce acariciando mis oídos. Creo que he llegado a estremecerme en un par de ocasiones, y ahora no puedo dejar de preguntarme si Sora lo habrá notado.

—Aquí se termina el capítulo —murmura.

—Ha sido intenso —suspiro yo.

«No lo mires, Ana», me digo a mí misma. Y me concentro en mis propias manos, que hace un buen rato que no sé ni dónde poner.

—Ana.

El sonido de mi propio nombre parece llenar el pequeño salón. Haciendo acopio de todo mi aplomo, levanto la vista de nuevo.

Sora me observa con el ceño ligeramente fruncido.

—¿Te sientes incómoda? —pregunta lentamente—. ¿Prefieres que no te lea estas partes?

Tras parpadear durante unos instantes, sacudo la cabeza con vigor.

—¡No! Es decir, no me incomoda el sexo mientras sea deseado por ambas partes, no vivo en la Edad Media. —Me froto el cuello—. ¿Por qué lo preguntas?

—Porque acabas de ponerte roja.

—¿Y qué? Tú también te has puesto rojo mientras leías.

—No, yo no. —Sora cierra el libro de golpe.

—Te digo que te has puesto rojo —contraataco. Definitivamente, hoy no voy a comportarme como la mujer adulta que se supone que soy.

Por toda respuesta, Sora se levanta y se dirige hacia la cocina. Ya no puedo verle la cara desde el sofá y eso me molesta, me deja sin argumentos. Momentos después, decido seguir sus pasos.

—¿Sora?

Me asomo y veo que está abriendo la nevera.

—¿Quieres un vaso de agua? —me pregunta sin volverse hacia mí.

—¿Estás acalorado?

Ahora sí que se da la vuelta y me fulmina con la mirada. Yo le sonrío con aire travieso, pero él bufa:

—¿Puedes dejar de reírte a mi costa?

Mi sonrisa empieza a vacilar.

—¿Reírme? —Frunzo el ceño—. No me estoy riendo de ti.

—Ya.

—¿Por qué dices eso? Solo estaba bromeando, te lo aseguro. —Doy un paso hacia él y me cruzo de brazos—. Pensaba que tú también lo estabas haciendo.

—No, yo solo quería asegurarme de que estuvieses cómoda. —Sirve dos vasos de agua sin mirarme, pone uno en mis manos y se lleva el otro a los labios—. Pero ya me ha quedado claro que no.

Me siento culpable, Sora quería ahorrarme un momento incómodo y yo, en cambio, le he hecho pasar vergüenza a él. Cuando pasa de largo hacia el salón, me quedo mirándolo en silencio, casi esperando que diga algo más, pero no lo hace. Solo vuelve a sentarse en el sofá mientras yo lo observo desde el umbral de la puerta.

No llego a sentarme a su lado. Me quedo de pie, apoyada en la pared, contemplándolo con el corazón en un puño.

—Lo siento —digo con sinceridad—. No pretendía hacerte pasar un mal rato, ni mucho menos reírme de ti.

Sora cabecea en señal de asentimiento, pero no dice nada más. ¿Eso significa que me perdona o solo que quiere dejar el tema de una vez? No sé qué hacer y lo peor de todo es que tengo la sensación de que he estropeado un momento de cierta intimidad, puede que uno de los pocos de los que podremos disfrutar antes de que esta historia, nuestra historia, se acabe con un vuelo de regreso a España.

Un momento, ¿existe realmente una historia que podamos considerar nuestra? ¿Estoy aquí, en casa de Sora, solo porque quiere hacerme el favor de leerme el diario de Amelia? ¿O hay algo más?

¿Puedo albergar alguna esperanza, por remota que sea, de que él sienta lo mismo que yo ahora?

Hace una hora, desde luego, me hubiese negado rotundamente a confesarle lo que bulle en mi interior. Pero ahora, mientras él permanece mudo en el sofá, con los ojos fijos en el suelo y ese halo de tristeza rodeándolo, comprendo que merece saber la verdad. Merece saber por qué me estoy comportando de este modo.

Porque no es culpa suya.

—Sora. —Cuando empiezo a hablar, comprendo que he tomado una decisión: no voy a echarme atrás, ya no—. La única razón por la que he actuado como una idiota hace unos minutos es que... —Dios mío, voy a hacerlo—: Me gustas, Sora. Puede que nos hayamos conocido hace un par de días y puede que no lo sepa todo sobre ti, ni siquiera una pequeña parte, pero sé que eres un hombre educado, atento y generoso, y que, por encima de todo, tienes buen corazón. Por eso quiero besarte desde que estábamos en el metro. —Se me ha secado la garganta, pero me humedezco los labios y continúo—: Si no lo he hecho ya, sinceramente, es porque tengo bastante claro que tú no sientes lo mismo por mí. Y no pasa nada, estás portándote muy bien conmigo y te lo agradezco, no tienes ninguna obligación de corresponder mis sentimientos. Así que olvida lo que te he dicho, por favor, y sigamos como si nada hubiese ocurrido.

Me tiemblan las rodillas. Quizá mañana me arrepienta de lo que acabo de hacer, cuando rememore una y otra vez las calabazas que voy a llevarme en menos de cinco segundos, pero ahora mismo me siento extrañamente liberada.

Sora, que se ha quedado inmóvil en el sofá mientras yo hablaba, con el vaso de agua en la mano y los ojos clavados en los míos, responde con suavidad:

—¿Has terminado?

—Eh... Sí, supongo que sí. —¿Qué otra cosa puedo responder a eso?

Sora se pone en pie lentamente y deja el vaso sobre el mueble del salón. Después se afloja el cuello de la camisa y baja la vista un instante. Todo parece guardar silencio, desde las esquinas de la habitación hasta la noche que, a través del cristal, nos ilumina con sus miles de estrellas artificiales.

Hasta que, por fin, la voz suave de Sora vibra en las paredes:

—Pensé que nunca tendría el valor de hacerlo, pero has vuelto a conseguir que me sorprenda a mí mismo, Ana.

Antes de que pueda preguntarle qué quiere decir con eso, él avanza hacia mí con una decisión que no le había visto demostrar hasta entonces, dando zancadas, con los músculos tensos y los ojos entrecerrados. Cuando me alcanza, envuelve mi rostro con sus manos y entreabre los labios.

Y me besa en la boca.

El contacto es firme, cálido y gentil. Un temblor nace de mi espalda y se pierde en todos los rincones de mi piel, incluso aquellos que aún permanecen ocultos. Cuando la lengua de ese hombre se abre paso, tentativa, en busca de la mía, respondo con un ansia que nace de la incredulidad. No puedo creer que esté ocurriendo, que Sora me esté besando de ese modo, mientras me empuja con suavidad hasta que mi espalda choca contra la pared del salón.

Solo entonces se detiene, respirando con fuerza, y observo que se lleva la mano al pecho. No me mira ya, tiene los ojos clavados en el suelo y parece estar librando una batalla interna.

—¿Estás bien? —murmuro.

—Perdona. —Él alza la vista nuevamente y, de nuevo, regresa esa nube de tristeza a la que ya me estoy acostumbrando—. ¿Prefieres que me aparte?

Empieza a separarse de mí, pero yo no se lo permito: sin pensarlo dos veces, agarro el cuello de su camisa para atraerlo hacia mí y ataco sus labios casi con furia. Él se deja hacer, suspirando, pero disfrutando claramente de mi arrebato. Al cabo de un momento, me rodea la cintura con un brazo y me acaricia la mejilla con los nudillos de la mano que tiene libre, trazando en ella un camino de seda que me deja sin aliento.

—¿De dónde has salido, Ana? —susurra observándome fijamente.

En cualquier otra situación, conociéndome, le hubiese respondido que del aeropuerto de Kansai o alguna tontería por el estilo, pero no es el momento de bromear. Es el momento de asumir que me he enamorado del mismo profesor japonés al que pretendía robarle un libro cuando me presenté en su despacho de la universidad, del hombre serio y educado que me ha descubierto las maravillas de Kioto y me ha ayudado a abrir una puerta al pasado.

Yo también extiendo los dedos para acariciarle el rostro.

—Podría hacerte la misma pregunta —digo finalmente.

La mirada que compartimos se vuelve interminable. Puedo reconocer el brillo que hay en los ojos de Sora: me desea, me desea de un modo que no me hubiese atrevido a imaginar siquiera hace tan solo un par de horas.

Entonces me tiende la mano. Con lentitud. Y yo la acepto al instante.

Apenas puedo creerlo mientras cruzamos el salón y entramos en el dormitorio. Sin encender la luz siquiera, Sora comienza a besarme de nuevo, esta vez con cierto comedimiento, y sus manos se deslizan con cautela bajo mi jersey, pidiéndome permiso sin palabras. Sus palmas desprenden un calor tan agradable que no puedo reprimir un pequeño gemido de satisfacción.

—Sí —murmuro.

Luego soy consciente de lo que acabo de decir en voz alta y me aparto un poco de él para buscar su rostro en la oscuridad de la habitación. Cuando nos quedamos en silencio, o lo intentamos, me doy cuenta de que los dos respiramos pesadamente.

—Me gustas tú, me gusta que me beses y me toques —confieso en voz baja—. Puedes seguir, si te apetece, porque yo lo estoy deseando, pero también podemos dejarlo aquí.

Por toda respuesta, Sora ríe contra mi boca y me besa al mismo tiempo. Yo también sonrío irremediablemente.

Mi jersey acaba en el suelo. Empujo suavemente a Sora para que se siente en el futón y me acomodo en su regazo, con más prisa que sensualidad, mientras él continúa sonriéndome. La ropa me molesta, la suya y la mía, pero prefiero tantear el terreno antes de arrancársela. Aunque sé que él quiere continuar, noto que vacila en algunos momentos, y lo último que quiero es que haga algo de lo que tenga que arrepentirse después.

Pruebo a inclinarme para besarle el cuello con delicadeza. El recorrido de mis labios le eriza la piel y oigo cómo deja escapar un gemido ahogado; aunque la tentación de devorarlo es enorme, me contengo y comienzo a repartir pequeños besos por debajo de su mandíbula. Cada temblor de Sora me enciende más, y estoy a punto de arruinarlo todo cuando me doy cuenta de que la tela tirante de sus pantalones no puede ocultar su deseo.

Empiezo desabrochándole la camisa. Mis dedos rozan a propósito su pecho, bastante moreno y casi sin vello, y se deslizan hasta su vientre suave. Por primera vez, me atrevo a morder su cuello y disfruto percibiendo cómo se estremece.

—Ana —jadea mientras le abro la camisa—. ¿Quieres acostarte conmigo?

Durante unos instantes, me quedo perpleja. El hecho de que me lo pregunte así, con naturalidad y sin trucos sucios, me desarma por completo. Echo la cabeza hacia atrás para contemplarlo de nuevo. No es el chico más atlético con el que he estado, las formas de su cuerpo son suaves, pero creo que jamás he visto nada que me pareciese tan perfecto. Nada que deseara tanto.

—Absolutamente —digo con fervor—. ¿Y tú?

—Absolutamente —repite sonriéndome con nerviosismo—, pero hace mucho que no...

—Podemos ir despacio.

Dice que sí con la cabeza, casi con timidez, y yo me pregunto cuánto podré aguantar sin abalanzarme sobre él. La camisa se desliza por sus hombros hasta caer al suelo y después, Sora, en un arranque de audacia, me levanta la camiseta a mí. Al ver que no llevo sujetador, entreabre los labios sorprendido.

—No lo necesito —digo encogiéndome de hombros.

—Eres perfecta.

Su voz suena ronca. Cuando miro hacia abajo, veo la sed en sus labios antes de que comience a llenar mi pecho de besos y mordiscos suaves, cada vez más húmedos, hasta que yo no puedo contenerme más y empiezo a restregarme contra el bulto de sus pantalones.

Estoy empezando a desabrocharme los vaqueros con impaciencia cuando Sora, al ver mi cara, se tapa la suya con las manos y se echa a reír de una forma que me parece adorable. Aunque sigue sin ser lo bastante adorable como para que yo no le baje los pantalones hasta los tobillos.

Cuando nuestras pieles desnudas entran en contacto, los dos nos abrazamos con fuerza y suspiramos al mismo tiempo.

Después, como si despertara de pronto, Sora me empuja con cuidado para tumbarme en la cama y colocarse encima de mí. Como yo sigo aferrada a su espalda, me roza el cuello con la nariz con aire travieso.

—No voy a ir a ninguna parte.

—No lo hagas, por favor.

—No lo haré. —Esconde la cara en mi cuello y me habla al oído—. Eres lo mejor que me ha pasado en mucho tiempo, Ana.

Algo dentro de mí se remueve al escuchar eso. ¿Por qué yo siento lo mismo? ¡Por Dios, si no hace ni una semana que conozco a este hombre! ¿Es posible enamorarse tan deprisa, con tanta intensidad? Lo cierto es que no lo sé; lo único que sé es que ahora mismo no querría estar en ninguna parte excepto aquí. En sus brazos.

—Espera. —La voz de Sora interrumpe mis pensamientos. Echa la cabeza hacia atrás para mirarme y me doy cuenta de que parece apurado—. ¿Tienes preservativos?

—Puede que lleve alguno en la cartera. —Cuando Adri y yo cortamos, compré una caja por si acaso—. Espérame un momento.

Hago ademán de levantarme, pero Sora me sujeta la muñeca.

—El salón está demasiado lejos.

Estoy a punto de contestarle que está literalmente a unos metros de distancia, pero entonces me rodea la cintura con los brazos y sus besos comienzan a descender desde mi vientre hacia el pubis. Yo sigo de pie, mirando hacia abajo con una mezcla de incredulidad y deseo, hasta que su cabeza oscura se detiene justo entre mis piernas.

Abro los ojos cuando aún no ha amanecido.

Me froto la cara con las manos y me acurruco contra el cuerpo caliente de Sora. Sigue dormido. Le rodeo la cintura con el brazo, con cuidado de no despertarlo y, durante unos segundos, me quedo quieta, con la nariz rozando su espalda y una sonrisa en los labios, disfrutando de su agradable cercanía.

Las imágenes de esa noche vuelven a mi memoria y me provocan un agradable vértigo en el estómago. No me acostaba con un hombre desde antes de empezar a salir con Adri, pero estoy segura de que nunca había estado con ninguno como Sora, tan apasionado y cuidadoso al mismo tiempo. Además, admito que hay algo excitante en el hecho de ver a un hombre serio y tranquilo descontrolarse en la cama.

Ahora mismo, sin embargo, tengo más ganas de acurrucarme contra él que de repetir lo de hace unas horas. O no, igual podemos hacer las dos cosas. En cualquier caso, mi problema más urgente es que necesito ir al baño.

Intentando hacer el menor ruido posible, salgo de entre las sábanas y me dirijo hacia el baño de puntillas. No hace frío en el apartamento, pero, aun así, me tomo la libertad de imitar al señor Yamada y usar el albornoz de Sora a modo de bata. Las protagonistas de las comedias románticas suelen recurrir a las camisas de sus galanes, pero ¿quién en su sano juicio se pondría una camisa rígida y helada para entrar en calor?

Ya que estoy en el baño, aprovecho para lavarme un poco. Después voy al salón y rescato mi teléfono móvil, que dejé abandonado cuando Sora y yo nos fuimos a la cama.

Son las cinco de la mañana. Tengo varios mensajes de Marta, así que me siento en el sofá para responderlos todos, pero después cambio de idea y lo que hago es grabar un audio:

—Hola, guapa. Perdona que hable en voz baja, pero es que no quiero despertar a Sora. —Hago una pausa para asegurarme de que la casa continúa en silencio—. Anoche lo hicimos y, antes de que hagas alguna broma sobre *yakuzas*, samuráis o fideos calientes, que te conozco, quiero decirte que no fue solo sexo. Por lo menos, yo no lo viví así. —Me encojo en el albornoz—. Sora me gusta, me gusta muchísimo. Cualquier persona sensata me diría que me olvidara de él por cien razones: la distancia, las diferencias culturales, el hecho de que nos hayamos conocido hace días... Pero sé que tú no me juzgarás por ello, por eso te lo cuento y espero tus sabios consejos, como siempre.

Vuelvo a dejar el móvil. Entonces oigo el susurro de las sábanas y, momentos después, Sora aparece en el umbral de la puerta.

—¿No podías dormir? —me pregunta.

Observo que se ha puesto unos pantalones de pijama de color azul marino. Casi lo lamento, pero supongo que así me distraigo menos.

—Me he desvelado. —Es una verdad a medias—. ¿Vienes al sofá?

Él se sienta a mi lado y, tras dudar un instante, me

rodea los hombros con el brazo. Yo le apoyo la mejilla en el pecho y hago un ruidito de satisfacción.

—Eres muy cómodo —digo sin pensar.

—Vaya, me alegra oír eso. Creo. —Sora se recoloca en el sofá y empieza a acariciarme el pelo—. ¿Has descansado algo, al menos?

—Algo. —Entrecierro los ojos—. Oye, ¿por qué tu salón está lleno de barquitos? ¿Te gustan las maquetas?

—Me relajan. Cuando Haruka murió, me ayudaban a mantenerme ocupado.

—Oh.

—¿Qué te gusta hacer a ti en tu tiempo libre?

—Viajar a Japón y seducir a profesores sexys.

—Ana... —Él chasquea la lengua con impaciencia.

—Me gusta leer, aunque soy de lecturas ligeras, no de tochos. También me encanta ver series e ir al cine. Y los museos, puedes hacerme feliz llevándome a un museo de lo que sea.

—¿De lo que sea?

—De arte, de arqueología, de historia natural... O de muñecos de cera, a mí me da lo mismo. —Bostezo—. Bueno, admito que una vez tuve que irme de un museo porque estaba lleno de aparatos de tortura medievales y empecé a marearme. Se suponía que era un museo sobre la Inquisición, ¿sabes? Yo me esperaba algo más histórico, pero me encontré con un montón de cacharros con cosas puntiagudas que no quiero ni imaginar para qué servían...

Mientras hablo, me fijo en que Sora sonríe con disimulo.

—Sabes lo que era la Inquisición, ¿no? —carraspeo—. Como eres filólogo y todo eso...

—Y todo eso. —Él asiente sin perder la sonrisa—. Si te sirve de consuelo, yo tampoco querría ver aparatos de tortura inquisitoriales. —Entrecierra los ojos—. Pero mañana puedo llevarte a algún museo de Kioto, ¿te apetece?

—¡Claro! —Me hace mucha ilusión que me lo proponga—. Aunque me imagino que ahora mismo estarán cerrados.

—Ana, quiero hacerte feliz, pero no voy a llevarte a ningún sitio a las cinco de la mañana.

—Vale, vale. Ya lo he pillado.

Respondo con tono juguetón, pero lo primero que me ha dicho sigue repitiéndose dentro de mi cabeza: que quiere hacerme feliz. Puede que solo haya sido una forma de hablar, pero esas palabras me han acelerado el corazón sin remedio.

—Lo que sí puedo hacer es leer para ti. —Sora señala con la cabeza *Después del monzón*, que reposa en el mueble del salón—. ¿Te apetece?

—Sí, pero antes quiero hacer otra cosa.

—¿Qué?

Por un momento, siento tentaciones de pedirle que volvamos a la cama. La idea de arrancarle esos pantalones de pijama y lamerlo entero me parece de lo más tentadora, y estoy segura de que mi respetable tatarabuela Amelia me daría la razón. Pero luego decido no forzar la situación y le sonrío con aire inocente.

—Desayunar. Tengo un poco de hambre.

IX

Ruta Tokaido
Junio de 1865

Tres semanas después de nuestra boda, mi esposo y yo tomamos la Ruta Tokaido, llamada la Ruta del Mar del Este por los extranjeros, que unía Edo con Kioto y conectaba entre sí un sinfín de enclaves estratégicos, entre los que se encontraban lugares como Yokohama, Ozaka y Kobe. A lo largo de la Tokaido había cincuenta y cinco estaciones con sus respectivas posadas, restaurantes y postas en las que los viajeros se detenían a descansar; mis padres y yo nos habíamos alojado en varias de ellas el año anterior, con motivo de nuestro viaje a Kioto, pero esta vez yo iba en calidad de joven esposa de un capitán del Shinsengumi. La gente se inclinaba respetuosamente al vernos pasar con los caballos y algunas personas incluso se apartaban del camino, pero quienes se atrevían a mirarnos furtivamente contemplaban fascinados mis rasgos europeos. Yo ya empezaba a acostumbrarme.

—¿Siempre van a mirarnos así? —le dije a Hiroshi la primera noche que pasamos en el camino, cuando nos detuvimos en la estación de Totsuka, la quinta de la Tokaido.

La estación estaba cerca de un puñado de casas rurales, con la techumbre de paja, que se apiñaban al otro lado de un puente de madera. El puente lo cruzaban viajeros que iban a pie, con pesados sacos a las espaldas o tirando de burros tan cargados que no dejaban de detenerse y protestar escandalosamente. Uno de ellos estuvo a punto de comerse la *yukata* de Akiko, pero su dueño lo golpeó con una vara y después se deshizo en reverencias de disculpa. Se inclinaba tanto que no podíamos verle la cara, pues casi todos los que recorrían la Ruta del Mar del Este lo hacían tocados con sombreros de paja para protegerse del sol.

—¿Esperabas otra cosa? —contestó mi marido mientras dejaba la katana preparada junto al futón.

La posada era sencilla, pero Hiroshi y yo gozábamos de la intimidad de un cuarto diminuto, mientras que Akiko dormía fuera, con otros viajeros. Hiroshi también había dispuesto un caballo para ella, pero estaba tan agotada después de todo el día cabalgando que ya podía oír sus ronquidos a través de la puerta entornada. Aun así, no se había quejado de nada excepto de «los dichosos comerciantes, señora, que están en todas partes intentando vendernos sus porquerías».

El calor era bochornoso y, aunque yo llevaba puesta una de mis *yukatas* más livianas, la tenía pegada a la piel por culpa del sudor.

—Tú misma lo dijiste —prosiguió Hiroshi mientras se desprendía de su propia chaqueta, de algodón ligero, y se quedaba solo con los holgados pantalones puestos—: hemos roto las reglas del juego.

Se masajeó el cuello y me gustó ver que se relajaba un poco. Además de Akiko, viajaban con nosotros dos guerreros del Shinsengumi, de rango inferior que mi esposo, que permanecían inmóviles y mudos excepto cuando recibían órdenes de él, y Hiroshi se ponía muy serio cada vez que se dirigía a ellos. Yo ya había renunciado a darles conversación, pues solo recibía un desquiciante silencio por toda respuesta, pero no dejaba de preguntarme si Akiko se habría fijado en el más joven, un muchacho alto y de aspecto severo, que me recordaba a mi esposo en cierto modo. Mi amiga no lo había mencionado en ningún momento, pero yo no descartaba sacarle el tema en el futuro. Al fin y al cabo, Akiko también tendría que casarse algún día y sería mejor que lo hiciese con un hombre de armas que con uno de esos mercaderes a los que aborrecía.

Mis padres le habían ofrecido quedarse en Edo con ellos para estar cerca de su madre, a quien visitaba a menudo, pero Akiko había rehusado la oferta: no quería separarse de mí de ninguna manera y, por desgracia, yo ni siquiera sabía cuándo regresaría a la capital del shogunato. Hiroshi había enviado una carta al comandante Kondo del Shinsengumi explicándole que se había casado y asegurándole que acompañaría a sus hombres hasta la estación de Kioto y ellos le transmitirían las noticias de lo ocurrido en la capital del shogunato, pero después tomaría el camino del sur para dirigirse a Minodake y que su esposa pudiese conocer a su familia. A mí no me inquietaba tanto la perspectiva de visitar la aldea natal de Hiroshi como la incertidumbre de lo que sucedería a continuación. Después de todo, mi esposo no podía huir de su deber, tendría que regresar a Mibu para seguir desempeñando sus tareas como capitán del Shinsengumi. Pero, por razones obvias, yo no podía vivir en un cuartel militar.

—¿No les parecerá mal que te hayas convertido al catolicismo? —pregunté mientras me tumbaba boca arriba en un intento de sentirme menos acalorada.

—Lo interpretarán como una muestra de buena voluntad hacia los extranjeros.

—¿Y eso les gustará?

—Los imperialistas son nuestros enemigos. —Hiroshi se incorporó sobre los codos para observarme—. Si el shogun quiere mantener relaciones amistosas con los extranjeros, que uno de sus hombres se convierta a su religión es una jugada política bastante hábil.

—Pero tú no lo has hecho por eso —dije con tono acusador.

Él sonrió ampliamente.

—No.

—¿Y no te molesta? —Lo miré intrigada—. ¿Qué eras antes de convertirte al catolicismo?

—Budista, como mi *senséi*. —Se encogió de hombros—. Pero tampoco es algo que me importe demasiado. Antes, mi religión, por llamarla de alguna manera, era el Bushido.

—Pero el Bushido es solo para los samuráis, ¿cierto? —pregunté con cautela.

—Así es. —Mi esposo no perdió el buen humor—. Por eso ahora mi única religión es el cumplimiento del deber.

Parecía tan satisfecho que no quise hacerle más preguntas por esa noche.

Mis dudas sobre el futuro se despejaron en parte mientras pasábamos junto a la estación de Hara.

El camino discurría entre arrozales, serpenteando, con el monte Fuji como telón de fondo. La imagen majestuosa del monte me tenía atrapada desde que habíamos empezado a vislumbrarlo en el horizonte; ahora, envuelto en jirones de niebla, me parecía un lugar salido de un sueño.

O de una pesadilla, porque Akiko no había dejado de contarme historias de *yurei* desde que nos habíamos acercado a la estación de Hara. No contenta con atormentarme con sus tenebrosos cuentos, parecía obstinada en hacerme aprender todas las clases de fantasmas que existían.

—¿Y le he hablado ya de las *ubume*, señora? —dijo mientras una bandada de pájaros pasaba volando por encima de nuestras cabezas—. Son los espíritus de madres que murieron dando a luz o cuando sus retoños aún eran muy pequeños. A sus hijos se les aparecen para cuidar de ellos y a veces hasta les ofrecen dulces, pero, si se cruzan con algún incauto en plena noche, con sus ropajes blancos y sus cabellos negros, pueden llegar a matarlo de miedo…

—¿Puedes contarnos algo más agradable, querida? —la interrumpí con un suspiro.

Ella no se dio por aludida:

—¡Por supuesto, señora! Hay otros *yurei*, los *zasiki-warashi*, que son los espíritus de niños fallecidos a una edad temprana. Son más traviesos que peligrosos, así que no debe temerlos, aunque a veces dejan pequeñas huellas de ceniza a su paso…

—¿No es esa la posada? —dije en voz alta e hice que mi caballo se acercara al de Hiroshi rápidamente.

No quería desairar a mi amiga, pero ella y yo no veíamos la muerte de la misma manera. Akiko consideraba que el fantasma de un niño podía protagonizar una anécdota para amenizar el camino, mientras que yo me sentía acongojada solo de pensar en la pobre criatura. Me hubiese gustado saber qué pensaba mi esposo al respecto, pero él no solía intervenir en nuestras conversaciones, no sé si por prudencia o por simple desinterés.

—Sí, pero aún no vamos a detenernos —respondió sin mirarme—. Quizá cuando te acompañe de vuelta a Edo.

—¿De vuelta a Edo? —pregunté con lentitud.

—Tendré que volver a Kioto después de visitar Minodake, pero no me importa demorarme unos días si prefieres que te escolte personalmente de vuelta a casa.

Me quedé observándolo mientras el viento agitaba su pelo y su chaqueta azul. Tenía un aspecto magnífico cabalgando entre campos verdes, con la bruma como telón de fondo, pero yo solo podía repetir para mis adentros sus últimas palabras.

Iba a llevarme de vuelta a casa, a *mi* casa. Con mis padres, no con él.

No dijo nada más, pero tampoco era necesario, yo ya sabía que el nuestro era un matrimonio forzado, lo había sabido desde el principio. Entonces, ¿por qué me sentía tan decepcionada? ¿Acaso creía que las cosas cambiarían después de haberme acostado con él? Desde la noche de bodas, nos reencontrábamos en el lecho cada noche, por agotadora que hubiese sido la jornada y sin importar el calor que hiciese, y el placer que sentía cuando nuestros cuerpos se unían me hacía olvidar todo lo demás. Pero luego llegaba el amanecer y comprendía que todo aquello eran fantasías que se desvanecerían como el humo en cuanto mi esposo regresara a Kioto. «Mi única religión es el cumplimiento del deber», me había dicho cuando estábamos en Totsuka, pero yo no había querido asimilar el significado de sus palabras hasta ese momento.

Me consolé pensando que tampoco era un mal arreglo. Cuando creía que iba a tener que casarme con Guillermo, me lamentaba por no poder seguir viviendo con mis padres, tranquila y feliz, y tener que entregarme a los caprichos de un hombre que no me tenía en cuenta para nada. Si el capitán Ikeda me concedía la libertad de volver a Edo, si se conformaba con un matrimonio verbal en el que los esposos se hallaran separados por unos cuantos días de viaje a caballo, yo podría hacer mi voluntad. ¿No era más de lo que muchas mujeres podían decir, no era algo que yo hubiese anhelado hacía tan solo unas semanas?

No tenía motivos para sentirme desgraciada y, sin embargo, pasé el resto del viaje contemplando a mi esposo furtivamente mientras cabalgaba durante el día, gozando de su cuerpo cada noche con toda mi pasión y preguntándome cómo sería despedirme de él y que fuese desdibujándose en mi memoria como el recuerdo de un sueño dulce y triste.

El sur de Japón se extendía como una colcha de retales de colores: verdes los prados, gris el cielo, oscuras las montañas. Y, de vez en cuando, la mancha blanca y negra de una grulla deteniéndose a orillas de un arroyo serpenteante. Mientras que la Ruta Tokaido discurría por la gran isla de Honshu, el dominio de Satsuma, donde se encontraba la aldea natal de Hiroshi, se hallaba en la de Kyushu, la tercera más grande del archipiélago y considerada la cuna de la civilización japonesa. Habíamos tenido que llegar hasta ella en barco y me había quedado prendada de sus costas floridas.

—Cuando se prohibió el cristianismo en Japón —me explicó Hiroshi mientras el viento salino agitaba nuestras ropas—, los misioneros fueron expulsados junto con los comerciantes chinos y holandeses, y muchos tuvieron que llevarse a sus hijos medio japoneses con ellos. —El barco zozobró, pero él ni siquiera movió un músculo—. Se fueron a Jayakarta, en Indonesia, y los que se quedaron permanecieron en la clandestinidad, pero se dice que nunca han dejado de practicar su religión en secreto.

Yo lo escuchaba conmovida, en parte porque, por primera vez, sentía que no estábamos solos en el mundo, que otros antes que nosotros se habían atrevido a desafiar la tradición.

Cuando arribamos a la costa y tomamos el camino que conducía a la aldea, mi esposo me señaló el monte Aso, que se avistaba desde todos los rincones de la isla, y me contó que, en realidad, se trataba de un volcán rodeado de aguas termales. Akiko también lo escuchaba con disimulo, con los ojos muy abiertos, pues ella tampoco conocía aquel rincón remoto de su propio país.

Tardamos días en llegar a Minodake y lo hicimos prácticamente solos. Atrás había quedado el bullicio de la Tokaido, siempre transitada por guerreros, mercaderes y vagabundos; tan solo nos cruzamos con un par de vendedores ambulantes, y a uno de ellos le compró Hiroshi un hermoso cuenco de porcelana con grullas dibujadas.

—Toma —dijo entregándomelo con ambas manos—. No es un regalo, no para ti, es para que tú obsequies con él a Ikeda-sama.

—¿Ikeda-sama?

—Mi abuela.

No dijo nada más, pero algo en su expresión me provocó cierta inquietud. Guardé el tazón cuidadosamente envuelto en un pañuelo de seda y me pregunté cómo sería ese primer encuentro con Ikeda-sama y con la famosa Ikeda Sayaka, guerrera al servicio de la gran Nakano Takeko y hermana mayor de mi marido.

Llegamos a Minodake en una tarde cargada de nubes. El calor era tan denso que mi *yukata* de repuesto, que había lavado con esmero para darle una buena impresión a Ikeda-sama, ya estaba empapada de sudor. Junto a mí, a lomos de su caballo, Akiko me abanicaba con más energía que éxito. Yo le di las gracias con un gesto y le indiqué con otro que podía descansar.

Los primeros tejados de paja de la aldea se adivinaban entre dos cerros coronados de bruma blanca. Minodake se hallaba al pie de una ladera, entre altos bambúes; aunque no se veía el mar desde el camino, podía olerlo en cada soplo de brisa.

—Kagoshima no está lejos de aquí —me explicó Hiroshi mientras desmontaba del caballo y nos ayudaba a Akiko y a mí a hacer lo propio—. La ciudad está junto a la bahía y tiene un jardín maravilloso, el Senganen, fundado por el clan Shimazu en el que mis padres y yo disfrutamos del *hanami* en una ocasión. —Sus ojos se perdieron en el horizonte, pero yo sabía que no estaba viendo la aldea, sino imágenes de un pasado que yo no podía alcanzar—. Si no estuviese todo tan reciente, te hubiese llevado a verlo.

—¿A qué te refieres con eso? —quise saber, pero Hiroshi se limitó a sacudir la cabeza.

—No importa. Sigamos.

—¿El clan Shimazu era aquel al que servía tu familia?

—A él pertenecía nuestro señor, sí.

Me pareció que mi esposo no tenía ganas de hablar y me resigné a seguirlo camino abajo. Él tiraba de los caballos, que lo seguían como si también reconociesen su autoridad, y Akiko y yo caminábamos un tanto rezagadas. Yo ya había preparado el cuenco, mi regalo de cortesía para la abuela Ikeda, pues no sabía si vendría a recibirnos a las puertas de su casa.

No pude evitar preguntarme si la casa de la familia Ikeda sería una de esas estructuras de paja desvencijadas, pero pronto salí de dudas: pasamos junto a las primeras sin detenernos y, entonces, tras una pequeña plantación de té flanqueada por sauces llorones, vi una casa muy diferente erigiéndose entre ciruelos blancos y camelias rosadas.

—¡Mire, señora! —susurró Akiko emocionada—. ¡Cuántas plantas! ¿Cuáles son sus favoritas?

—Depende —contesté en el mismo tono—, los sauces son útiles, pues su corteza tiene propiedades medicinales, pero las camelias son tan hermosas...

En cualquier otro momento, hubiese anhelado cortar una para incluirla en mi herbario, pero la casa me tenía demasiado hipnotizada como para apartar los ojos de ella. Era grande, de dos plantas, y una parte de ella, que más adelante descubriría que se trataba de la cocina, estaba construida sobre una plataforma de madera para evitar que la humedad se colara en el interior. Aunque la estructura debía de ser de bambú, las paredes de la primera planta estaban recubiertas de yeso blanco, y la techumbre no era de paja, sino de hermosas tejas de cerámica oscura.

Lo primero que vi fue un corredor abierto al exterior, pues alguien había deslizado la puerta enrejada para dejar entrar la luz.

—Esto es el *genkan* —me explicó Hiroshi, que había dejado los caballos atados a uno de los postes de la cerca que rodeaba la plantación de té—. Aquí debemos descalzarnos.

—¿Dónde está tu abuela? —le pregunté impulsivamente.

Pero él sacudió la cabeza, tal vez porque no lo sabía o tal vez porque quería que me callara. Inquieta, me apresuré a hacer lo que me decía y me quité los zapatos. Entonces accedimos a la parte elevada de la casa, la que se hallaba construida sobre la plataforma, y comprobé que el suelo era de tatami de buena calidad. Si la familia Ikeda había caído en desgracia al perder a su señor, Ikeda-sama se esforzaba en disimularlo.

—No le tengas miedo a Ikeda-sama. —Como si me hubiese leído el pensamiento, Hiroshi me miró de reojo—. No será amable contigo, ninguna suegra lo es con su nuera y, como mi madre no está, ella debe desempeñar ese papel. Pero no te lo tomes demasiado a pecho, recuerda que a mí me dijo que todos los *ronin* acababan borrachos y apuñalados.

Sabía que intentaba tranquilizarme, pero estaba consiguiendo justo lo contrario.

—¿Por qué las suegras japonesas no son amables con sus nueras? —inquirí.

—Porque deben corregir sus errores para convertirlas en buenas esposas.

Yo no estaba de acuerdo con eso, pero no tenía ganas de discutir, y menos ahora.

Accedimos al interior de la casa y vi que toda ella estaba compuesta por paneles de madera que podían correrse a voluntad, muchos de los cuales poseían un enrejado alternado con papel *washi* para dejar que se filtrara la luz. También me fijé en que la casa estaba preparada para soportar las grandes lluvias, que debían de ser torrenciales durante el monzón.

El salón principal tenía un inconfundible toque rústico y, sin embargo, estaba decorado con gusto. Las paredes también eran de madera, pero en la que se veía mejor desde la puerta había una hornacina en la que reposaba un adorno floral. De esa misma pared colgaba un rollo desplegado de caligrafía cuyo significado yo ignoraba, por lo que deduje que estaría escrito en algún tipo de dialecto del sur; también había una mesita baja de madera lacada, cojines de seda colocados en un orden meticuloso y todo un arsenal de antiguas espadas reposando en soportes dobles y triples.

Pero allí no había nadie. O eso creía yo hasta que un susurro de seda me puso sobre aviso.

Me volví hacia una puerta lateral y descubrí que había alguien en el umbral: se trataba de una muchacha más joven que yo, que vestía un kimono azul de varias capas de seda a pesar del calor sofocante y tenía la cabeza modestamente inclinada. Se desplazaba arrodillada, como me había contado Hiroshi que hacían algunas damas japonesas, y el frufrú de la tela era el único sonido que emitía. Su cabello, una larguísima y sedosa cortina negra, caía suelto sobre sus hombros y estaba adornado por un sinfín de cuentas azules que se balanceaban al ritmo de sus movimientos. Tenía la cara completamente maquillada de blanco y rojo y las cejas pintadas sobre la frente.

No nos miró a ninguno de los tres, pero dirigió una profunda reverencia a Hiroshi. Por un momento, yo creí que me encontraba en presencia de la famosa Ikeda Sayaka y me sentí desconcertada, no era en modo alguno como esperaba.

Pero mi esposo me sacó de dudas cuando pronunció su nombre:

—Saki-chan. —Hablaba con calma, pero había una nota interrogante en su voz—. Ha pasado mucho tiempo.

Por toda respuesta, Saki-chan inclinó la cabeza nuevamente.

—Esta es mi esposa, Ikeda Amelia. —Hiroshi extendió las manos hacia mí, como queriendo mostrarle quién era yo—. Ella es Saki-chan, Amelia, una vieja amiga de la infancia.

Entonces sí, la muchacha alzó ligerísimamente la barbilla y me dirigió una mirada fugaz. En sus ojos no había rechazo, pero sí una especie de temor que no supe cómo interpretar. Sea como fuere, pronto agachó la cabeza otra vez.

Yo no entendía qué hacía allí esa joven, pero no quise ser descortés con ella, por lo que aguardé.

—Me pregunto dónde estará Ikeda-sama —dijo entonces Hiroshi empleando el mismo tono sosegado.

Por fin, Saki-chan habló con voz aguda:

—Está esperando a su nieto para llevar a cabo la ceremonia del té.

Interrogué a mi esposo con la mirada, pero él tan solo ladeó el rostro y suspiró:

—Entiendo.

Yo, en cambio, no entendía nada. Pero Hiroshi nos hizo una seña a Akiko y a mí para que fuésemos detrás de Saki-chan, quien, siempre cabizbaja y de rodillas, nos guio a través de la misma puerta por la que había aparecido. Me resultaba muy incómodo seguir a una persona que no caminaba sobre sus pies, pero mi esposo pareció tomárselo con naturalidad, por lo que no hice ningún comentario al respecto. Cada vez me costaba más esfuerzo guardar silencio.

Mi asombro fue en aumento cuando Saki-chan nos guio fuera de la casa, al jardín trasero, donde había una choza diminuta. El techo de paja era tan bajo que nos vimos obligados a agacharnos para entrar y, cuando me vi desplazándome sobre mis propias rodillas y ensuciando mi *yukata*, me sentí completamente ridícula.

La choza era circular, con las paredes de bambú y el suelo de tatami. No tenía ventanas más allá de la diminuta entrada, pero la luz se colaba a través de las fibras vegetales.

Ahí dentro había alguien esperándonos.

Se trataba de una mujer mayor, baja y recia, como una tortuga que apenas podía asomar el cuello por su enorme caparazón, pero llevaba un moño tan alto que le hacía crecer casi un palmo de altura. Su rostro, desprovisto de maquillaje, estaba surcado por arrugas que me recordaron a las terrazas horizontales que se disponían en las colinas para plantar el arroz. Llevaba una *yukata* sencilla, ligera y de tonos oscuros, y se encontraba arrodillada frente a un juego de té de porcelana verde.

—Mi nieto ha venido a cumplir con su deber —graznó sin mirarnos siquiera—. Es una buena noticia. Pero ¿quiénes son las dos personas que te acompañan?

—Ikeda-sama. —Hiroshi se situó junto a ella y le dedicó una inclinación que Akiko imitó enseguida y yo un poco más tarde—. He venido a presentarte a mi esposa, Ikeda Amelia. La acompaña su doncella, Akiko-chan. —Se inclinó por segunda vez y se apartó para que su abuela pudiera verme bien—. Mi esposa te ha traído un presente.

Tal y como Hiroshi me había enseñado, le ofrecí a su abuela el cuenco cuidadosamente envuelto en seda con las dos manos, manteniendo la cabeza prudentemente agachada.

Pero ella ni siquiera se dignó a echarme un vistazo.

—Mi nieto debería sentarse con su prometida —dijo mientras tomaba un pañuelo blanco para limpiar el interior de una de las tazas vacías que tenía enfrente—. Vamos a honrarla con la ceremonia del té.

Pude ver cómo una arruga surcaba la frente de Hiroshi. Me hizo un gesto para que dejara mi regalo en el suelo y se situó frente a mí.

—Podemos honrar a Saki-chan, Ikeda-sama —dijo respetuosamente—, pero, tal y como os escribí en mi carta, ella ya no es mi prometida.

Sus palabras me dejaron helada. Ni siquiera fui capaz de reaccionar, solo me volví rápidamente hacia Saki-chan, que había escondido la cara a propósito tras su interminable melena.

Ikeda-sama no respondió, siguió limpiando los utensilios que había extendido frente a ella con parsimonia. Durante unos desquiciantes minutos, todos permanecimos en silencio mientras hacía hervir el agua y la vertía en cuatro tazas, obviando la mía deliberadamente. Hiroshi tuvo que empujarla hasta situarla frente a ella para que me sirviese y, por lo poco que sabía de las jerarquías familiares japonesas, aquello era un desafío equiparable al hecho de que yo le gritase a mi abuela en presencia de invitados. Pero Ikeda-sama no cedió, por lo que mi esposo acabó ofreciéndome su propia taza y se quedó mirando a su abuela inmóvil como una estatua y con los brazos cruzados sobre el pecho.

—Ikeda-sama no puede pretender que las cosas sean como ella desea —rompió el silencio finalmente—. Las cosas son como son.

Su abuela apretó los labios, pero no dijo nada. Yo me volví hacia Akiko, casi esperando que interviniese a mi favor, pero mi amiga parecía haberse quedado muda. Ni siquiera me devolvió la mirada.

La ceremonia del té japonesa siempre me había parecido tediosa, pero aquella tarde hubiese querido estrellar la tetera contra la pared de la choza. ¿A qué venía semejante recibimiento, qué le había hecho yo a la abuela

Ikeda? Esperaba cierto recelo, incluso cierta hostilidad, pero no que me ignorara abiertamente.

Y menos aún que trajese a otra mujer para reemplazarme con ella. Mi marido, me dije sintiendo cómo la rabia se apoderaba de mí, me había elegido libremente.

¿O no? ¿Acaso no se había visto obligado a casarse conmigo para salvar su vida? ¿Acaso nuestro matrimonio no había sido una anomalía para los dos? ¿Y si Ikeda-sama era consciente de ello y lo único que pretendía era devolver las cosas a su orden natural, hacer que cada cual ocupase el lugar que le correspondía? Ese pensamiento, por alguna razón, me hizo tener ganas de llorar.

Pero no pensaba derramar ni una sola lágrima, ni marcharme antes de tiempo. A mí me correspondía sentarme junto a Ikeda Hiroshi, no a Saki-chan ni a ninguna otra persona.

—¿Cuánto tiempo más vamos a aferrarnos al pasado, Ikeda-sama? —suspiró mi esposo al ver que su abuela no decía nada—. Ya no llevamos los colores del clan Shimazu, ya no poseemos diez *koku* de arroz y tres espadas forjadas por Masamune. Ahora somos *ronin*, respetables y honrados, y pronto el mundo cambiará y el pasado glorioso del que tanto nos enorgullecíamos ya no será importante.

—Si hubiese sabido que te convertirías en esto, Hiroshi-kun, no te hubiese enviado a Kioto —graznó la abuela Ikeda. El hecho de que se refiriese a su nieto adulto como «Hiroshi-kun», un tratamiento reservado a los muchachos, revelaba lo furiosa que se hallaba realmente—. No somos *gono*, sucios labriegos que se jactan de haber medrado; somos guerreros, desde los tiempos del gran Oda Nobunaga, y guerreros moriremos.

Entonces, por primera vez, me miró directamente. Con tanta rabia que me provocó un ligero sobresalto.

—El shogun Tokugawa cerró nuestras fronteras a los extranjeros y mi nieto ha traído a una forastera a la casa de sus ancestros —escupió dirigiéndose a su nieto, pero atravesándome a mí con la mirada—. Todos nuestros antepasados están llorando de vergüenza.

—Nadie está llorando. —Mi marido empezaba a perder la paciencia, podía notarlo; en cuanto a mí, me había quedado sin palabras por primera vez en toda mi vida—. Ikeda-sama debería dejar de ahogarse en su propia nostalgia y aceptar que el mundo ha cambiado y que los hombres toman sus propias decisiones.

—¿Hiroshi-kun quiere tomar decisiones? Muy bien, hablemos de sus esponsales con Saki-chan. Por lo pronto, su familia me ha prometido una dote de...

Me rendí. Ya no podía soportar más aquello, no podía quedarme de brazos cruzados mientras esa mujer me humillaba una y otra vez. Por eso me abrí paso hacia la salida de la choza, apartando a Akiko con un empujón del que más tarde me arrepentiría, y salí al jardín con los ojos ardiendo de lágrimas contenidas.

Cuando salí, había empezado a caer una lluvia ligera, pero seguía haciendo un calor espantoso. Me oculté entre los sauces, me senté en el suelo embarrado y me abracé las rodillas sin preocuparme por arruinar la *yukata*.

Pensé en mis padres, que estaban tan lejos de allí en ese momento, y mis ojos se llenaron de lágrimas por fin. ¿Qué dirían al verme humillada de ese modo por el hombre por el que lo había arriesgado todo? Por alguna razón, había creído que todo el sufrimiento que me había causado Guillermo de Andújar se curaría con el tiempo, que poner tierra de por medio entre él y yo me permitiría recuperarme poco a poco. Porque Ikeda Hiroshi me parecía un hombre de honor, uno que jamás permitiría que me ofendiesen en su presencia.

Qué equivocada había estado, qué ingenua había sido durante todo ese tiempo.

No me dolía tanto que Ikeda-sama rechazara nuestro matrimonio como el hecho de que Hiroshi no fuese más vehemente defendiéndolo. Además, me recordé amargamente, me había ocultado la existencia de un compromiso anterior. Me sentía traicionada y, al mismo tiempo, me compadecía de esa otra muchacha, Saki-chan, que tal vez creyese que yo era la intrusa, la extranjera que le había arrebatado lo que debía ser suyo.

Pero Hiroshi no era de nadie, ni ella ni yo podíamos considerarlo nuestro. Hiroshi era un hombre libre... o eso creía yo hasta ese triste día. Por desgracia, él mismo acababa de demostrarme que sobre él aún pesaba el yugo de la jerarquía familiar.

Oí pasos cerca de mí y me giré velozmente, pero solo era Akiko. Creo que fue la primera vez en mi vida que me sentí decepcionada al verla.

—No puedo creer que me hayan insultado de este modo —murmuré.

Pero mi amiga, lejos de darme la razón, se sentó a mi lado y exhaló un suspiro.

—Esto no es fácil para nadie, señora.

—¿Qué quieres decir con eso? —repliqué con cierta aspereza.

—El capitán Ikeda y Saki-chan llevaban prometidos desde antes de que ella naciese.

—Yo no tengo la culpa de eso.

—No, señora. —Akiko volvió a suspirar—. Pero es lógico que la culpen a usted. No es justo —aclaró rápidamente—, pero sí lógico: Ikeda-sama vive en un mundo que ya no existe, y ese mundo lo representa usted más que nadie. Ha venido a quitarle lo poco que le quedaba de un pasado glorioso como hija, esposa y madre de samuráis: el último guerrero varón de su familia.

—¡Por el amor de Dios! —salté sin poder contenerme—. ¡Hiroshi es un hombre adulto!

—Esto no es como España, Inglaterra o América. —La frialdad de Akiko me pilló desprevenida. La contemplé perpleja, pero ella rehuía mi mirada—. Aquí los hombres no piensan solo en sí mismos, se deben a su familia y a sus señores. Lo que ha hecho el capitán por usted ha sido muy valiente.

—¿Valiente? —me indigné—. ¡Ha permitido que me humillaran en su presencia!

—Ha desafiado siglos de tradición por usted.

—¿Tengo que recordarte que le salvé la vida?

—Hay cosas que un samurái valora más que su propia vida.

—Es un *ronin* —escupí—, y todos deberíais asumirlo de una vez.

Lo dije con toda mi rabia, con todo mi rencor, y ni siquiera pude lamentarlo. Después me marché sin mirar atrás.

No lo comprendía, ese era el problema. No comprendía el verdadero significado de lo que había hecho mi esposo, de lo que había supuesto nuestra boda ya no solo en su vida, sino en la de todos los que lo rodeaban. Tal vez todo hubiese sido distinto si hubiese sido capaz de entenderlo; sea como fuere, esa noche, cuando volví a casa, ni siquiera le dirigí la palabra.

Nos habían reservado un cuarto oscuro en el que había desplegado un futón. Las paredes también estaban recubiertas de paneles enrejados, y casi temí que Saki-chan se hallara oculta detrás de alguno de ellos, lista para ocupar mi lugar. Sabía que la joven no tenía la culpa de mi situación, pero no podía evitar sentir rechazo por ella de todos modos.

Hiroshi, que ya se estaba desvistiendo, me miró de reojo. La melena le caía suelta por encima de un solo hombro, dejando a la vista el recorrido completo de su tatuaje.

No dijo nada y, por una vez, yo tampoco lo hice. Tras unos instantes de incómodo silencio, él volvió el rostro y yo también le di la espalda para desnudarme. Y, por primera vez desde que nos habíamos casado, yacimos en el más absoluto silencio.

Ahora que ha pasado el tiempo, estoy convencida de que no hubiese soportado aquellos primeros días en Minodake de no haber sido por Nobu-senséi.

Lo conocí durante mi primer paseo en solitario. La mañana siguiente a nuestra llegada a la aldea, cuando desperté y vi que Hiroshi ya se había levantado, me sentí traicionada de nuevo; abatida, me vestí pesadamente y fui a ver si Akiko estaba en el salón.

La encontré conversando con Saki-chan, quien reía encantada con las manitas en la boca mientras mi amiga le susurraba alguna broma. Me quedé mirándolas hasta que Akiko me vio; hizo ademán de levantarse, pero, para cuando se incorporó del todo, yo ya había abandonado aquella condenada casa y me había adentrado en la aldea.

Si los viajeros que recorrían la Tokaido me habían observado con curiosidad o con recelo, los habitantes de Minodake directamente se detenían y abrían la boca nada más verme. Algunos se llamaban a gritos y me señalaban con grandes aspavientos, como si yo fuese una especie de atracción de feria, y los niños empezaron a perseguirme con gritos de júbilo. Como los pequeños no eran hostiles, les permití aferrarse a mi *yukata* y los guie como a un séquito por los alrededores de la aldea, entre los cerezos rosados y las camelias que parecían florecer en cualquier lugar. Uno de ellos me ofreció una lagartija y una niña con trenzas me mostró, orgullosa, una mariposa blanca que se había posado en su dedo índice. Yo apenas les prestaba atención, pero parecían encantados de todas maneras.

—Un recibimiento digno de una emperatriz, ¿no le parece?

Oí una voz masculina y me sobresalté, sobre todo, porque no había nadie en el camino, ni enfrente de mí ni detrás. Me costó unos segundos darme cuenta de que la voz provenía de algún punto situado sobre mi cabeza, y entonces alcé la vista y me encontré con lo más parecido a un macaco con bigotes que había visto nunca.

Se trataba de un hombrecillo diminuto y arrugado, que se hallaba encogido sobre la rama de un arce, ligeramente inclinado hacia mí. Vestía ropas holgadas y sucias y portaba un bastón de madera llamado *bo*; cuando lo miré, exhibió una sonrisa desdentada y, usando el *bo* a modo de pértiga, cogió impulso para aterrizar frente a mí, levantando una nube de polvo que hizo toser a los niños.

Luego me hizo una reverencia. Los niños, alarmados, se miraron entre ellos y se apresuraron a imitarlo; eso me hizo comprender que me encontraba frente a alguien importante en la aldea.

—En Minodake, la esposa de un capitán es casi como una emperatriz —siguió diciendo mientras se incorporaba sin perder la sonrisa—. Y usted hasta tiene su propia corte. —Señaló a los niños con el *bo*, pero luego hizo ademán de golpearlos con él y todos huyeron despavoridos, chillando y correteando en círculos con sus pies descalzos—. Solo le falta un ejército.

—¿Es usted Nobu-senséi? —pregunté con cierta cautela mientras yo también me inclinaba ante él.

—El viejo maestro de su esposo y un dolor de cabeza para Ikeda-sama.

Emitió un gorjeo que interpreté como una risa maliciosa. Yo no supe si reírme o no, por lo que me limité a sonreír con nerviosismo.

—¿Cómo ha sabido quién era?

—No nos visitan muchos extranjeros. —Nobu-senséi echó a andar por el camino y yo lo seguí por pura inercia. Cojeaba y, sin embargo, se movía mucho más rápido que yo, por lo que pronto tuve que apretar el paso—. Después de lo que sucedió en Kagoshima, no suelen ser bienvenidos. Pero usted es diferente —dijo mirándome de reojo—, es nada más y nada menos que la esposa de Ikeda Hiroshi. No hay muchacha en la aldea que no haya suspirado por él.

—¿Qué sucedió en Kagoshima? —pregunté recordando que Hiroshi había mencionado algo ya en mi presencia.

Pero Nobu-senséi no respondió. Durante unos segundos, seguimos caminando en silencio, pero yo no me sentía tan incómoda como cuando me hallaba en presencia de Ikeda-sama. El silencio de Nobu-senséi era distinto, parecía estar reflexionando acerca de mi pregunta.

—¿No ha oído hablar del Incidente de Namamugi? —contestó finalmente.

Siempre valiéndose del *bo*, saltó a lo alto de una piedra cubierta de musgo que había a orillas del sendero y se acuclilló sobre ella. Yo me quedé observándolo desde abajo.

—¿Se refiere al asesinato de Richardson?

—Asesinato, ejecución... —Nobu-senséi agitó la mano como si estuviera espantando moscas—. Puede llamarse de muchas maneras.

—Tengo entendido que cuatro mercaderes británicos viajaban por la Tokaido cuando se cruzaron con un grupo de samuráis y, al no mostrarles el debido respeto, los mataron —murmuré cautelosa—. ¿Fue eso lo que ocurrió realmente?

—¿Quién sabe? Yo no estaba allí para verlo con mis propios ojos. —Nobu-senséi se rascó la coronilla—. Tampoco estaba en Kagoshima cuando Gran Bretaña decidió bombardear la bahía como represalia.

—¿Cómo? —repetí sorprendida—. ¿Los ingleses bombardearon la ciudad por un incidente aislado?

—¿No conoce a sus compatriotas? —graznó el hombrecillo. Parecía divertido, lo cual me resultaba vagamente turbador—. Los samuráis dejaron vivir a la dama inglesa que acompañaba a Richardson, pero las bombas no distinguen a los inocentes de los culpables ni a los hombres de los niños. Solo han pasado dos años desde entonces. —Se encogió de hombros—. Ikeda-sama aún no ha obtenido su venganza, por eso está de mal humor. Quienes conocemos algo el mundo que hay ahí fuera le hemos explicado que no puede vengarse de los barcos ingleses, pero Ikeda-sama no quiere escuchar.

—¿Por qué Ikeda-sama quiere vengarse? —Se me había secado la garganta, pues intuía lo que Nobu-senséi me diría a continuación.

Y mis peores temores se cumplieron:

—¿El capitán Ikeda no te ha contado cómo murieron sus padres? —Mi expresión de angustia debió de hablar por mí—. Estaban en Kagoshima durante el bombardeo, visitando a unos parientes. La casa se incendió y encontraron sus cuerpos calcinados.

Me cubrí la boca con la mano y ahogué un gemido de espanto. Ahora comprendía muchas cosas, empezando por la actitud de la abuela de Hiroshi. Por mucho que yo no fuese la responsable de lo sucedido en Kagoshima dos años atrás, formaba parte del bando enemigo, de aquellos que le habían arrebatado a su hijo y a su nuera.

Nobu-senséi esperó, paciente, a que yo me recuperara de la impresión. Después se descolgó de lo alto de la piedra y, balanceándose cabeza abajo, volvió a sonreírme amablemente.

—¿Juega usted al *shogi*?

—¿Al *shogi*? —repetí confundida—. De vez en cuando. Es parecido al ajedrez.

—Yo no dejo que nadie entre en mi *dojo* si no aprende a jugar al *shogi* en primer lugar —dijo llevándose un dedo huesudo a la sien—. La mente del guerrero es más importante que su brazo.

—Yo no soy una guerrera.

—¿Y por qué se está enfrentando al mundo entero?

No supe qué responder a eso. Por fin, Nobu-senséi saltó al suelo haciendo una voltereta en el aire y levantó la barbilla para encararse conmigo. Yo no era alta, pero le sacaba un palmo de altura.

—Ikeda Hiroshi y Saki-chan no fueron prometidos por amor, fue un pacto entre sus familias —dijo sin rodeos—. Pero usted, como tantas otras, está enamorada del capitán, ¿me equivoco?

—¿Qué importa eso? —murmuré con cierta amargura.

—Es su esposa. —Nobu-senséi me señaló con el dedo índice—. Usted y solo usted, no Ikeda-sama, Saki-chan ni ninguna de las otras. Usted es su esposa, él la ha escogido y, si conozco a ese muchacho, le será fiel hasta el día de su muerte. Así que haga el favor de no abandonarlo, por difícil que le resulte permanecer a su lado. Ikeda-sama no será la única que tratará de separarlos —añadió susurrando—, pero ustedes dos deben ser más fuertes que los prejuicios y la envidia de los demás, ¿de acuerdo?

Por algún motivo, esas palabras me reconfortaron de un modo que no creía posible después de lo ocurrido la tarde anterior. Era como si Nobu-senséi me hubiese quitado una piedra que me aplastaba el pecho y me impedía respirar con normalidad. Mi alivio debió de reflejarse en mi rostro, porque el hombrecillo sonrió nuevamente y exclamó:

—Venga conmigo, debe aprender las mejores jugadas del *shogi* si quiere adelantarse a sus adversarios. —Comenzó a trotar ladera arriba, hacia una pradera en la que había una desvencijada cabaña de bambú, y me miró una sola vez por encima del hombro con aire travieso—. Pero jugaremos fuera, como le he dicho, nadie entra en mi *dojo* sin saber jugar al *shogi* como es debido.

Capítulo 10

Kioto, centro de la ciudad
Febrero de 2018

Son las diez de la mañana, pero tengo la sensación de que han pasado horas desde que nos hemos levantado.

Sora ha cumplido su palabra y me ha llevado a visitar algunos de los museos de Kioto. Primero hemos ido al Museo de las Costumbres, fundado en los años 70 del siglo xx, en el que se exhiben figuras humanas, algunas de ellas de tamaño real, vestidas al estilo tradicional japonés y portando accesorios utilizados a lo largo de toda la historia de Japón. No he podido evitar detenerme en las que me recordaban más a Amelia y Hiroshi, y Sora prácticamente ha tenido que arrastrarme a la zona más reciente del museo, el Palacio de Primavera del Rokujyo-in, donde hemos podido ver una maqueta en la que se representaban la vida y las costumbres de la aristocracia en el periodo Heian.

Después, para cambiar de ambiente, hemos ido al Museo Internacional del Manga. Otras opciones eran el Museo Nacional o el de Arte Moderno, pero yo le he pedido a Sora que escogiese sus museos preferidos y he descubierto que es fan de varios *animes* japoneses.

—Si hubiésemos tenido más tiempo, te hubiese llevado al parque temático del estudio Toei —comenta mientras nos dirigimos hacia la cafetería del Museo de Manga cuando ya nos hemos cansado de visitar la exposición—. Toei es un estudio de animación famoso en todo el mundo, es probable que hayas visto alguna de sus creaciones: *Candy Candy*, *Bola de dragón*, *Las Tortugas Ninja*...

—¡*Candy Candy* era mi serie favorita cuando era pequeña! Mi padre me prohibió verla porque decía que era un dramón, pero, cuando cumplí dieciséis años, me la bajé de Internet y me la tragué entera, ¡entera! Y, efectivamente —concluyo riendo—, era un dramón. Menos mal que mi padre es un hombre sensato.

—Hablando de dramones —dice Sora mirándome fijamente—, ¿qué te ha parecido lo último que hemos leído esta mañana? Aún no lo hemos comentado.

Hemos encontrado una mesa libre y yo aprovecho el momento para dejar mi abrigo y mi bolso en una de las sillas y ganar algo de tiempo. Como no hemos pasado por mi hotel, sigo llevando el jersey de punto verde, los vaqueros y las deportivas que me puse ayer, pero creo que todo huele bien todavía. Solo siento perderme la experiencia del *ryokan* y los *onsen*, pero una noche con Sora bien vale todo eso y más.

Me obligo a concentrarme en su pregunta mientras él se sienta a mi lado. Los pantalones que se ha puesto hoy son tan ajustados que me cuesta concentrarme cuando camina por delante de mí.

—Me ha parecido triste —digo finalmente, con sinceridad.

—A mí también me lo pareció la primera vez que leí *Después del monzón*. —Sora continúa observándome—. ¿Qué piensas de lo que hizo Hiroshi?

—Creo que la situación era difícil para él, sobre todo, habiendo perdido a sus padres por culpa de los ingleses. —Resoplo—. Los europeos fuimos unos auténticos criminales cuando llegamos aquí... y a tantos otros países, por desgracia. Hubieseis estado mucho mejor sin nosotros.

—Tal vez. O tal vez no. —Sora se encoge de hombros—. No podemos saber cómo hubiesen sido las cosas, ni debemos hacer elucubraciones. Volviendo a nuestros antepasados...

—Pienso que Hiroshi no quiso decirle la verdad a Amelia para no hacerla sentir mal. —Suspiro—. Pero se equivocó. Amelia estaba completamente enamorada de él, hubiese intentado ponerle las cosas fáciles si hubiese sabido lo que sucedía realmente. Pero no lo sabía, no entendía por qué Hiroshi se comportaba así, y esa falta de comunicación solo complicó la situación todavía más.

—Entonces, ¿tú piensas que es mejor ser sincero?

A Sora le tiembla ligeramente la voz cuando formula esa pregunta, lo cual me sorprende. Hoy llevo todo el día atenta a cada palabra, cada gesto y cada movimiento suyo, no lo puedo evitar; tengo entendido que la sociedad japonesa no ve con buenos ojos que las parejas se pongan demasiado cariñosas en público, así que apenas le he rozado la mano un par de veces mientras visitábamos los dos museos, pero me temo que me lo estoy comiendo con los ojos sin darme cuenta. Ahora que ha abandonado ese aire de severo profesor de universidad, me parece un hombre mucho más cercano, uno que me hace sentir a gusto y me transmite calma con su mera presencia.

Uno del que temo estar enamorándome por momentos. Y eso no me conviene.

—Sí —digo convencida—. Si tienes un problema y

no pides ayuda, si tratas de resolverlo tú solo y no eres capaz, acabas haciéndote daño a ti mismo y a las personas que te importan. No pasa nada por pedir ayuda —añado mirándolo a los ojos—, y menos a la gente que sabes que se preocupa por ti.

Me parece que Sora va a responder algo, pero no le da tiempo. En ese instante, un sonriente camarero se acerca a nosotros para preguntarnos qué queremos comer. Sora intercambia unas palabras con él y después me mira de nuevo, tan serio como de costumbre.

—He pedido dos menús diferentes, así puedes elegir el que te guste más.

—¿Puedo comerte a ti?

Se lo pregunto en un arrebato, quizá porque estoy deseando que sonría otra vez. Tras mirarme con incredulidad durante unos segundos, exhala un profundo suspiro y se tapa la boca con la mano.

Sí, está sonriendo. De hecho, está riéndose con disimulo.

—Ana, por favor —suspira. Cuando deja caer la mano, observo que tiene las mejillas ligeramente sonrosadas.

Yo adopto un aire cándido.

—Anoche te comí y no te dio vergüenza.

—¡Ana! —Sora me mira entre divertido y exasperado. El hecho de que le brillen los ojos gracias a mis tonterías me provoca una felicidad irracional.

Nuestra comida llega al cabo de unos minutos. Mientras picoteo *edamame*, *gyozas* y hasta unas tiras de *sashimi* de salmón (que es como el sushi, pero sin arroz para endulzar el sabor fuerte del pescado), le doy vueltas a la pregunta que me ha hecho antes: si creo que la sinceridad es tan importante.

Entonces, sin previo aviso, Sora deja de comer y se lleva la mano al pecho. Tose un par de veces, evitando mirarme a los ojos, y después me hace un gesto de disculpa y se pone en pie murmurando la palabra «baño».

Ver cómo se aleja me provoca cierta inquietud. ¿Se encontrará mal? Los segundos pasan con una lentitud insoportable y apenas puedo reprimir el impulso de ir tras él, pero no quiero armar un escándalo en pleno restaurante. Intento entretenerme con los dibujos de las paredes, algunos de los cuales incluso reconozco (es difícil no reconocer a las Tortugas Ninja, otra cosa es distinguirlas), pero no consigo concentrarme.

Suspiro de alivio cuando Sora regresa. Está un poco pálido, pero trata de actuar con normalidad.

—¿Nos vamos ya? —pregunta antes de que yo pueda decir nada—. Aún hay un sitio al que quiero llevarte antes de que terminemos la ruta turística por Kioto.

Me siento absurdamente decepcionada al escuchar esas palabras. No quiero terminar la ruta turística por Kioto porque no sé si Sora volverá a invitarme a pasar la noche en su apartamento y yo no quiero despedirme de él, ni esta noche ni mañana, cuando despega el avión que debe llevarme de vuelta a España.

Es extraño porque, aunque he logrado exactamente lo que me proponía, que era averiguar qué fue de Amelia Caldwell en Japón y poder contárselo a mi madre, cerrando así un capítulo de nuestra historia familiar, no puedo sentirme dichosa. La idea de decirle adiós a Sora, quizá para siempre, me provoca una angustia indescriptible.

No quiero marcharme de Japón, no sin él. Quiero quedarme aquí, a su lado, y que me lleve a visitar museos y deje que le compre sus *dorayaki* favoritos. ¿Por qué no habremos podido nacer en la misma ciudad, en la misma calle? ¿Por qué no habremos sido compañeros de pupitre o de trabajo? ¿Por qué tenemos que vivir a miles de kilómetros de distancia?

No es justo. Pero, si algo me ha demostrado el diario de Amelia Caldwell, es que la vida no suele serlo, mal que nos pese.

—No me has preguntado a dónde quiero llevarte. —Sora me mira de reojo mientras salimos del museo caminando despacio.

—Sé que me gustará —digo sin mentirle.

—¿Te apetece dar un paseo hasta allí?

—Claro.

Nuestras manos se rozan de pronto y, por un momento, pienso que Sora va a entrelazar sus dedos con los míos, pero tan solo me dedica una brevísima caricia con los nudillos, cuyo rastro desaparece tan rápido de mi piel como una estrella fugaz.

—¿Otro templo? —pregunto al ver que nos detenemos frente a un arco de madera del que cuelgan cintas de seda. Tiene un cartel justo en el centro, pero no soy capaz de leer lo que pone en él.

El paseo hasta allí se me ha hecho corto, aunque creo que hemos caminado cerca de una hora mientras hablábamos de temas variados: las diferencias culturales entre Japón y España en lo que respecta a la limpieza y la educación (los españoles salimos perdiendo), nuestros museos favoritos (el mío es el Prado y el de Sora, el del Manga), cómo éramos cuando íbamos al instituto (yo era una rebelde y Sora, un alumno muy aplicado, algo que no me ha sorprendido en exceso) y cuál ha sido nuestra trastada infantil más sonada (la de Sora, inundar el baño para fabricarse su propia piscina; la mía, pintar a mi perro Pancho de azul con el mismo tinte de juguete que usaba para hacerme mechas en el pelo). Estábamos tan entretenidos que apenas me he dado cuenta de que

Sora se detenía frente al enorme arco, tras el que hay una escalera zigzagueante que se pierde ente árboles y pequeñas tiendas de *souvenirs*.

—Es un santuario sintoísta —me corrige—, a los turistas os cuesta diferenciarlos de los budistas. —Empieza a subir las escaleras que se adentran en el recinto y yo voy tras él—. Este está consagrado a cinco dioses.

Yo no puedo evitar curiosear los tenderetes. Al tratarse de un lugar turístico, algunos carteles están en inglés, cosa que agradezco. Me fijo en un puesto en el que venden una especie de amuletos y me detengo a examinarlos; la dueña me sonríe y luego nos señala a Sora y a mí. Yo no entiendo lo que trata de darme a entender, pero Sora murmura una respuesta azorada y ella cloquea divertida.

—¿Sora? —Lo miro con suspicacia.

—Así me llamo. —Él hace ademán de reanudar la marcha—. ¿Quieres algo de comer?

—Quiero que me digas qué le ha parecido tan gracioso a esa señora.

—La verdad es que te he traído a un sitio especial. —Baja la vista, pero también sonríe como si hubiese cometido una travesura—. Se llama Jishu y, además de a cinco dioses, está consagrado al amor. Pero yo te he traído por las vistas —añade mirándome de reojo, con cierta timidez.

Estoy a punto de decirle que no me importaría que me hubiese traído por algo más que las vistas, pero entonces dejamos atrás los tenderetes y comprendo a qué se refiere: el santuario está situado en lo alto de una colina desde la que se puede contemplar una fabulosa panorámica de Kioto, con sus elegantes pagodas, sus parques y sus modernos rascacielos. Durante unos segundos, me quedo mirando cómo el atardecer se arrastra perezosamente sobre ese mosaico de pasado legendario y futuro tecnológico.

Pero después vuelvo a mirar a Sora. Y descubro que él también me está observando a mí, de un modo extraño, intenso, no sé exactamente cómo describirlo.

Por un momento, me pregunto si va a besarme ahí mismo, delante de todo el mundo; tengo la sensación de que se está conteniendo para no hacerlo y esa certeza es suficiente para que mi corazón comience a aletear como un pajarillo enjaulado. Pero, al cabo de un momento, desvía la mirada y me habla con voz queda:

—Hay algo que quiero contarte. —Suspira—. Y creo que *Después del monzón* me ayudará a hacerlo.

—¿Quieres que sigamos leyendo? —digo señalando con la cabeza el murete más próximo, donde hay varias parejas sentadas cuchicheando y riéndose por lo bajo.

Sora asiente, pero él no se ríe, ni siquiera está sonriendo ya. Se sienta en el murete, saca el libro y lo apoya en sus rodillas; yo me instalo junto a él, sin tocarlo, y espero.

—Ana —dice mi nombre en vez de ponerse a leer. Yo le dirijo una mirada interrogante—. Dime que no te irás después de esto.

—¿Irme? —Parpadeo confundida y estoy a punto de preguntarle por qué iba a hacerlo, pero cambio de idea en el último momento—: No, no me iré. Me quedaré contigo, me cuentes lo que me cuentes.

Siguiendo un impulso, estiro la mano para rozar la suya. Sora me sorprende atrapando mis dedos con fuerza; durante unos segundos, los dos permanecemos así, conteniendo el aliento.

Luego él agacha la cabeza y se refugia nuevamente en el libro que nos ha unido a los dos. Y, mientras el crepúsculo tiñe de ámbar el santuario de Jishu, dejo que su voz me lleve de vuelta al pasado.

X

Aldea de Minodake, dominio de Satsuma
Julio de 1865

Los días siguientes transcurrieron de la misma manera: yo me despertaba sola en la cama, me dirigía a la cocina para engullir un miserable desayuno consistente en arroz frío y algas secas, pues nadie me ofrecía nada mejor, y me marchaba con los ojos tristes de Akiko clavados en mi espalda. Esperaba que mi amiga me dijese algo, que se disculpara o incluso que discutiese conmigo, pero todo cuanto parecía reservarme era un pesado silencio que yo no podía comprender. Ni siquiera le había contado lo que había descubierto gracias a Nobu-senséi, ella estaba demasiado ocupada con Saki-chan como para prestarme atención.

¿Sería porque Saki-chan era japonesa y yo no? No dejaba de preguntármelo cada vez que me cruzaba con Akiko. En cuanto a Ikeda-sama, la evitaba siempre que podía y ella fingía no verme, por lo que no tenía que soportar sus comentarios ponzoñosos excepto cuando me la cruzaba en presencia de su nieto. Entonces se aseguraba de recordarle en voz alta que aún estaba prometido con Saki-chan, y yo me marchaba antes de poder escuchar siquiera las excusas de mi marido. Sin mirarlos a ninguno de los dos.

Nobu-senséi era la única compañía que soportaba, junto con la de los niños de la aldea. El hombrecillo me enseñó algunas jugadas de *shogi* y también a blandir el *bo*, lo cual resultó ser una excelente manera de desahogarme. Cualquier europeo se hubiese escandalizado al verme realizar aquellos movimientos con el bastón, como si me enfrentara a un enemigo invisible, pero, por lo que me contó Nobu-senséi, toda japonesa de alta cuna era instruida en el arte de la *naginata*, una especie de lanza curva lo suficientemente larga como para mantener a raya a un samurái armado hasta los dientes. Yo prefería el *bo* porque no estaba afilado y, mal que me pesara, aún no confiaba en exceso en mi habilidad.

—¡Siga golpeándolo! —me indicaba Nobu-senséi mientras yo, jadeante, ejecutaba los movimientos que me había enseñado a lo largo y lo ancho de la pradera que había frente al *dojo*—. ¡No deje escapar a ese marido que no la defiende!

Sus palabras me hicieron detenerme con sobresalto. Nobu-senséi me observaba, encogido como siempre, con un brillo burlón en sus ojillos como ranuras. Yo alcé la barbilla con dignidad.

—No estaba pensando en el capitán Ikeda.

—Piensa en el capitán Ikeda a todas horas —sonrió él— y desearía golpearlo así de fuerte en la cabeza. —Hizo un gesto firme con el brazo—. Pero prefiere yacer con él por las noches, por muy enfadada que esté. Es su esposo.

«Es su esposo» era una frase que me repetía a menudo, como si supiese lo que me atormentaban interiormente la presencia de Saki-chan, el distanciamiento de

Akiko y el odio de Ikeda-sama. Durante aquellos días, llegué a pensar que todo estaba en mi contra.

Hasta que apareció Ikeda Sayaka y las cosas cambiaron.

Llegó una tarde en la que yo regresaba, sudorosa, a la casa de los Ikeda. Había estado entrenando con el bastón, pero eso no había calmado del todo mi angustia; opté por bordear deliberadamente la plantación de té y tomé el camino que discurría junto al *onsen* de la aldea, donde todos se reunían a bañarse durante el crepúsculo. Tanto la zona de los hombres como la de las mujeres se llenarían pronto, pero yo no pensaba unirme, prefería lavarme el sudor con un paño húmedo en la intimidad de mi habitación. No quería hablar con nadie.

El sol poniente arrancaba destellos de los charcos que salpicaban el sendero que conducía hacia el norte, hacia Honshu y el mundo que yo había dejado atrás. Y, cuando alcé la barbilla para contemplar las nubes anaranjadas, protegiéndome los ojos del sol usando la mano a modo de visera, vi la figura de un jinete acercándose al galope.

Los niños seguramente hubiesen huido dando alaridos, pero yo me quedé donde estaba, con los talones anclados a la tierra embarrada y la mano sobre la frente, hasta que el jinete se acercó y detuvo su caballo con un potente «¡*kyah!*»; llevaba ropas de guerrero, y también dos espadas samuráis introducidas en vainas azules.

Cuando el caballo se calmó un poco, el jinete se arrancó el casco y sacudió la cabeza para liberar una larga y sucia melena oscura. Luego descabalgó de un salto, salpicando barro por todas partes, y solo entonces sus ojos rasgados se clavaron en los míos.

Yo me quedé sin habla. Ella sonrió.

—Así que aquí estás —fue su saludo.

Tenía la voz grave, pero indudablemente femenina. Rio para sus adentros, como si mi presencia le resultara divertida por alguna razón, pero a continuación se inclinó ante mí, todavía con el casco bajo el brazo, con más respeto del que nadie me había demostrado desde mi llegada a Minodake.

Cuando volvió a erguirse, observé que era casi tan alta como mi marido, de hombros anchos y espalda recta, aunque sus rasgos eran más suaves que los de Hiroshi. También tenía dos cicatrices en el rostro, una a la altura del mentón y otra con forma de equis en el pómulo derecho que parecía hecha a propósito. Por lo demás, caminaba con la arrolladora seguridad de un general del ejército.

Finalmente, yo también le dediqué una reverencia, pero ella se acercó a mí dando zancadas y me levantó la barbilla para observarme.

—Muy bonita —apreció en voz alta—. Mi hermano es un hipócrita.

—¿Un hipócrita? —balbuceé por fin, no sabía cómo conducirme en presencia de aquella formidable mujer, aunque ya tenía la certeza de quién era en realidad—. ¿Por qué?

—Me escribió aquella carta —dijo ella mirándome con exasperación, como si buscara mi complicidad—: el honor, el deber, la extranjera que lo había arriesgado todo por él... ¡Ja! —Sacudió la mano, como queriendo desechar todo aquello—. Solo se ha prendado de una mujer hermosa. Es lo mismo que me reprocha a mí, pero ¿cómo resistirse al aroma de una joven y hermosa flor? —Soltó una carcajada—. ¡Pero el muy tonto incluso se ha casado! Pobre hermano...

No podía sentirme ofendida por sus palabras, me

sentía demasiado fascinada por lo que estaba viendo. Aquella mujer, que parecía un hombre excepcionalmente hermoso y jovial, me tenía hipnotizada.

—Creo que está enamorado —concluyó con un suspiro y, tras unos instantes de silencio, se inclinó hacia mí y parpadeó—. Vamos a saludar a la abuela Ikeda. Estará de un humor espantoso.

Cuando Hiroshi regresó a casa, despeinado, vestido únicamente con unos pantalones holgados y con el pecho desnudo cubierto por una pátina de sudor, encontró a Sayaka-san arrellanada en varios cojines y a su abuela observándola de pie, pálida de ira, mientras yo las miraba a las dos sin saber qué hacer.

—Si tus antepasados te viesen ahora, ¿qué dirían? —estaba lamentándose Ikeda-sama.

—Que peleo tan bien como el abuelo Ikeda —respondió Sayaka-san sin perder la calma.

—Tu abuelo era un samurái, él jamás se hubiese jactado de esa manera. —Su abuela temblaba de ira—. Si te niegas a cumplir con tu deber, acabarás como cualquier *ronin*: borracha y...

—Apuñalada en algún callejón, lo sé. —La joven parecía tranquila; al ver llegar a su hermano, se puso en pie velozmente y le hizo una reverencia tan formal que casi me pareció burlona—. Ikeda-Hiroshi, es un honor.

Definitivamente, se estaba burlando de su propio hermano. Si yo no hubiese estado tan nerviosa en ese momento, me hubiese reído con gusto de la indignación de Ikeda-sama.

—Bienvenida. —Mi marido, mesurado como siempre, le devolvió el saludo—. Espero que hayas tenido un viaje tranquilo.

—¿Con tantas muchachas dispuestas a distraerme en las cincuenta y tres estaciones de la Tokaido? Esperas demasiado.

—Hermana... —Hiroshi parecía incómodo.

—Ya he conocido a tu encantadora esposa —dijo Sayaka-san ignorando su mirada de reproche—. Así que te casabas con ella por honor, ¿eh? Olvidaste mencionarme que era preciosa...

—¡Fuera! —El grito de Ikeda-sama nos sobresaltó a todos, empezando por mí, que incluso di un respingo—. ¡Fuera de mi casa, todos!

Por una vez, Sakaya-san no se mostró divertida ni desafiante, ni siquiera ella se atrevía a contravenir una orden directa de su abuela. Mientras mi esposo, mi cuñada y yo abandonábamos el salón en tropel, pensé en lo absurda que se había vuelto aquella situación de repente, y una oscura parte de mí lo disfrutó enormemente.

Una vez fuera, junto a la plantación de té, Sakaya-san volvió a dirigirme una mirada apreciativa.

—Deja de mirar así a mi esposa —dijo Hiroshi con firmeza—. No es una *maiko* a la que puedas seducir en Yoshiwara.

—Tengo prohibido entrar en Yoshiwara, ¿recuerdas? —Sayaka-san adoptó un aire grave, pero mi marido resopló enérgicamente.

—Y pretendes que crea que respetas esa prohibición...

—El peligro lo hace todo mucho más emocionante. —Mi cuñada se encogió de hombros y se volvió hacia mí—. ¿Por qué no vamos al *onsen*? Quiero quitarme de encima todo este barro.

—Amelia... —empezó a decir Hiroshi.

Experimenté el perverso placer de dejarlo con la palabra en la boca y caminar detrás de Sayaka-san. ¿No me había ignorado mi esposo durante los últimos días, no me había tomado por las noches sin pronunciar palabra? Si ahora tenía ganas de hablar conmigo, tendría que esperar a que yo también quisiera. Sí, iba a castigarlo por lo sola que me había sentido en aquel lugar extraño para mí.

Una parte de mí casi esperaba que intentara retenerme, pero no lo hizo. Aquello me provocó cierta decepción, pero Sayaka-san pronto hizo que lo olvidara todo.

—No hay nada como un buen baño a estas horas —dijo mientras empezaba a quitarse la ropa y la dejaba cuidadosamente doblada en el suelo.

Yo comencé a imitarla con torpeza, un poco avergonzada. Había algunas mujeres en el *onsen*, que consistía en una pequeña laguna rodeada de piedras cubiertas de musgo y coronada de nubes de vapor, pero algunas de ellas se apartaron respetuosamente al vernos llegar. Otras, las más jóvenes, miraron a Sayaka-san con mal disimulado interés, y sus madres y abuelas las sacaron del agua con malos modos. Mi cuñada no dejó de sonreír en ningún momento.

—¡Ah, esto es otra cosa! —exclamó mientras se sumergía en el agua caliente. Luego me salpicó unas gotas—. ¿Vienes o no, pequeño lirio?

—¿«Pequeño lirio»? —repetí sorprendida, pero me metí en la laguna con ella. Su presencia me resultaba vagamente excitante, quizá por el parecido con mi esposo, y me abracé a mí misma en un intento de disimularlo.

Sayaka-san se volvió hacia mí y me observó con las cejas enarcadas. Incluso en el agua, aún desprendía un ligero olor a sudor.

—Si fueses japonesa, deberías llamarte Sayuri, «pequeño lirio». Sayuri-chan.

—Sayuri se parece a Sayaka —comenté con ligereza.

—Me pusieron Sayaka porque significa «seda» —explicó ella recostándose en una de las piedras mullidas—, pero también puede significar «arena», y a mí me gusta más.

Entonces, sin previo aviso, miró alrededor y frunció el ceño.

—¿Y Saki-chan? Siempre se baña a estas horas.

No me gustó que mencionara a esa joven, pero me obligué a mí misma a responder:

—Estará con Akiko, mi doncella.

—Akiko —repitió Sayaka-san con aire pensativo—. ¿Ha viajado contigo desde Edo? —Dije que sí con la cabeza—. Tal vez la conozca.

—Lo dudo —dije sorprendida.

—Había una Akiko que visitaba el *dojo* de Nakano-sama hace tiempo. —Mi cuñada me miró con aire pensativo—. Trabajaba para una dama extranjera.

—Akiko solo porta un cuchillo y ni siquiera sabe usarlo —repliqué recordando nuestro primer encuentro con los imperialistas en Kioto—. No creo que haya recibido instrucción militar a escondidas.

—La Akiko de la que yo te hablo no venía a entrenar —dijo Sayaka-san como si fuese lo más obvio del mundo, aunque yo no entendía muy bien a dónde quería ir a parar—. No importa, probablemente no sea la misma persona. —Me salpicó agua de nuevo y volvió a adoptar aquel aire juguetón—. Háblame de mi hermano. ¿Es un buen esposo?

—Es un hombre honorable.

—No te he preguntado eso. —Sayaka-san chasqueó la lengua con impaciencia—. ¿Te satisface?

—Solo en el lecho —respondí con una sinceridad abrumadora.

Pensé que Sayaka-san iba a recibir mi comentario con otra carcajada, pero no lo hizo. Se quedó mirándome muy seria, aunque sin reproche.

—Mi país ha cambiado mucho, Sayuri-chan —dijo lentamente—. Pero no tanto como para que los hombres puedan guiarse por el deseo de su corazón.

Ya había anochecido y oímos el primer trueno que anunciaba una tormenta de verano. Sayaka-san comenzó a salir del agua, pero yo me quedé donde estaba, abrazándome a mí misma, con la verdad quemándome la punta de la lengua.

—No creo que yo sea el deseo del corazón de Hiroshi —confesé finalmente. Hacerlo me provocó una mezcla de dolor y alivio. Dolor porque no quería admitirlo y alivio porque sabía que, tarde o temprano, tendría que hacerlo—. No creo que me ame de verdad.

Esperaba que mi cuñada hiciese algún comentario ligero, pero no fue así. Desnuda entre las piedras, se volvió para mirarme con la frente arrugada.

—¿Estás ciega, Sayuri-chan?

Eso fue todo lo que me dijo antes de recoger su ropa y marcharse dejando tras de sí una ristra de huellas mojadas. Sus pies eran casi el doble de grandes que los míos.

Despacio, sin preocuparme por la lluvia que comenzaba a agitar la superficie del baño, me vestí con la ropa sucia y abandoné el *onsen* silenciosamente. ¿Estaba ciega de verdad, había algo que los demás eran capaces de ver y yo no? Mientras tomaba el camino de vuelta a la casa de los Ikeda, no dejaba de preguntármelo. Y empezaba a sentir remordimientos por no haber escuchado a mi marido antes.

No tenía ni idea de lo que iba a encontrarme.

La pequeña plantación de té estaba rodeada de altos bambúes. Tuve que apartarlos con las manos para poder acceder a ella y, cuando lo hice, vi que había dos personas justo enfrente de mí, bajo la lluvia. Abrazadas.

La cabeza de Saki-chan reposaba en el pecho descubierto de mi marido, que le murmuraba algo que yo no podía oír. Las manitas de la joven se aferraban a su espalda y él no la rechazaba, parecía estar consolándola por algún motivo. Durante unos segundos, me torturé contemplando aquella imagen, íntima y hermosa, que parecía salida de una acuarela que ilustrara la vida de algún guerrero legendario. Hiroshi y Saki-chan formaban una estampa magnífica, armoniosa, correcta; yo era la única nota discordante en aquel bello cuadro, la intrusa que nunca había encajado en él. La que jamás encajaría.

Ahora lo comprendía, lo comprendía todo.

No recuerdo haber hecho ningún ruido y, sin embargo, mi esposo levantó la cabeza y me miró de pronto. Incluso en la penumbra, pude ver cómo me contemplaba angustiado.

—Amelia... —comenzó a hablar.

—Vete al infierno, odioso *ronin* —repliqué yo con toda mi rabia, como si «*ronin*» fuese el peor insulto imaginable—, y llévatela a ella —añadí señalando a Saki-chan—. ¡Llévatelas a todas y dejadme en paz!

Sin darle tiempo a responder, salí corriendo hacia el camino, ignorando la lluvia y los truenos cada vez más cercanos. Mi corazón acababa de romperse en pedazos y me sentía capaz de correr hasta Edo, hasta la casa de mis padres, y encerrarme allí para siempre, o quizá perderme a lo largo de la Ruta Tokaido y acabar sirviendo en una casa de té. Cualquier vida sería mejor que representar el papel de forastera para siempre.

Entonces lo comprendí: quería un hogar, siempre lo había querido. Uno que pudiese competir con las palabras cariñosas de mi hermana y las hortensias de mi abuela, uno en el que nadie me mirara con extrañeza al pasar. Y había creído encontrarlo en los brazos del Demonio Blanco, pero todo había sido un sueño, una ilusión que ahora engullía la tormenta que se desataba en mi cabeza, a juego con lo que sentía dentro del pecho. Ikeda Hiroshi no era mi hogar ni yo era el suyo, pertenecíamos a mundos opuestos. Con la única salvedad de que él no había perdido el que le correspondía por derecho, o no del todo.

Yo estaba sola, por eso corría.

Pero no tardé en oír pisadas detrás de mí. Firmes, rítmicas y veloces. No las acompañaban gritos, no era necesario; yo ya sabía que me estaban persiguiendo. Y no tardaron ni un minuto en alcanzarme.

Los brazos de mi esposo me rodearon la cintura, haciéndome tropezar y arrastrarlo conmigo por el suelo encharcado. Pataleé para librarme de él, pero fue inútil: sujetándome con fuerza, aunque sin hacerme daño, me dio la vuelta y aferró mis muñecas, obligándome a mirarlo.

—¿Por qué huyes de mí?

La lluvia resbalaba por su cara y su cabello y me mojaba las mejillas, que ya estaban húmedas de lágrimas. Verlo ahí, recortado contra el cielo gris, con el rostro oculto entre las sombras y los relámpagos alumbrando su silueta a intervalos, me hacía pensar en el demonio al que todos creían ver en él. De nuevo, forcejeé para librarme de su agarre, pero sus dedos solo me apretaron más.

—¡Suéltame, bárbaro! —le grité irritada.

Él aflojó la presión que estaba ejerciendo, pero no lo suficiente.

—No —dijo en voz baja, como si tratara de contrarrestar mi furia con su calma. Parecíamos el viento del norte y un junco meciéndose con él, pero sin llegar a quebrarse en ningún momento—. Si quieres dejarme, Amelia, lo harás mañana, a lomos del mejor de mis caballos, con una escolta y suficiente dinero para llegar hasta Edo. Grítame, insúltame o aráñame, si lo deseas, pero no permitiré que te marches en plena noche y bajo esta tormenta.

La lluvia estaba helada en contraste con mis lágrimas calientes. La amabilidad de Hiroshi era lo último que necesitaba en ese momento.

—¿Si quiero dejarte? —repetí con voz temblorosa—. ¡Tú quieres dejarme a mí! ¡Estabas con ella...!

—¡Esto no es por Saki-chan y lo sabes perfectamente! —Hiroshi alzó la voz por primera vez, pero lo hizo solo para hacerse oír por encima del bramido de la tormenta, que arreciaba por momentos. Su cuerpo me protegía del golpeteo de la lluvia, pero mi *yukata* se hundía cada vez más en el fango—. Me convertí al catolicismo por ti, honré a tus padres en todo momento y solo te pedí una cosa a cambio. —Dejó de rodear mis muñecas con las manos y entrelazó sus dedos con los míos—. Tu mundo es hostil para mí, pero he intentado adaptarme a él; tú has detestado el mío desde el principio.

Apenas podía moverme, pero mi pecho lo hacía por mí, subiendo y bajando frenéticamente. Era consciente de todas y cada una de las sensaciones que me rodeaban: el frío que se colaba bajo mi ropa empapada, la humedad que me provocaba escalofríos, el roce de los dedos helados de mi esposo apretando los míos. El retumbar del cielo y los violentos latidos de mi corazón.

—Aquí es donde me he criado, y no me refiero solo a Minodake —prosiguió Hiroshi. Su voz sonaba ronca e insegura por primera vez desde que lo conocía, pero era todo cuanto podía escuchar, como si el aguacero nos hubiese trasladado a un mundo helado y estruendoso en el que solo existíamos nosotros dos—. He nacido samurái, me he convertido en *ronin* y siglos de tradición corren por mis venas. No puedo luchar contra eso, ni quiero hacerlo.

Se llevó una de mis manos a los labios y la besó con devoción, cerrando los ojos con fuerza mientras lo hacía.

Aquel gesto me dolió más incluso que lo que había presenciado en la plantación de té. Se parecía demasiado a una despedida.

—Entonces, ¿es un adiós? —pregunté débilmente—. ¿Aquí se acaba todo?

—¿Quieres que se acabe, Amelia? —Hablaba deprisa, más que nunca, y soltó mis manos para envolver mi rostro en ellas—. ¿Quieres que te devuelva con tus padres y que renuncie a ti para siempre, que este sea nuestro final? —No dije nada y él tragó saliva y habló entre dientes—: Yo no. ¡Yo no quiero!

Su voz se quebró al pronunciar esa última frase y después atacó mis labios con rabia. Los atrapó entre los suyos una y otra vez, incansable, hasta que a los dos comenzó a faltarnos el aliento; me besó como no me había besado nunca, como un completo salvaje. Su aliento ardía contra mi piel fría y su miembro viril, duro a través de sus pantalones mojados, apretaba mi vientre con fuerza. Jamás un simple beso me había excitado de ese modo, jamás había deseado tan fervientemente que me arrancaran la ropa y conquistaran cada rincón de mi piel.

Cuando se separó de mí y se incorporó, yo también lo hice. Un relámpago alumbró el cielo en ese instante, arrojando luz blanca sobre el rostro de mi esposo, y entonces descubrí que lloraba lágrimas amargas.

—No quiero —repitió en voz baja—, pero te hice una promesa, Amelia, te prometí no obligarte a nada y soy un hombre de palabra. Dime qué es lo que quieres y te lo daré, he querido dártelo todo desde que me besaste aquella noche.

¿Por qué me hablaba de ese modo, por qué me hacía sentir tanto con tan pocas palabras? Yo lo amaba, estaba completamente loca por él, pero no podía pedirle lo que tanto anhelaba. No podía pedirle que correspondiera a mis sentimientos.

—¿Por qué no puedes amarme? —pregunté sacudiendo la cabeza. Me sentía perdida y desgraciada, y no había un lugar en el mundo en el que pudiera ocultarme.

Entonces mi esposo respiró con fuerza.

—Piensas que no te amo. —Parecía incrédulo.

—Jamás me has dicho otra cosa.

—Jamás pensé que necesitaras escucharlo. —Volvió a enmarcar mi rostro con sus manos, esta vez con más suavidad—. Podría decírtelo y que fuese mentira, pensé que mis actos hablarían por mí.

—Quiero escucharlo. —Tenía un sollozo atascado en la garganta desde hacía un rato y, finalmente, lo dejé salir. Hundí los hombros, agaché la cabeza y confesé—: Si es verdad, Hiroshi, quiero que me lo digas.

—Te amo, Ikeda Amelia. —Aquellas palabras parecieron rasgar la noche y mi maltrecho corazón—. Nunca he amado a nadie más, hombre o mujer, solo a ti y desde el principio. Ni el deber ni la sangre pueden matar lo que siento cada vez que me miras a los ojos, no hay siglos de tradición que puedan impedir que me ahogue en mi propio deseo cuando me rozas la mano.

Levanté la cabeza y volví a mirarlo. Ahí sentados, empapados y vulnerables, habíamos vuelto al principio de nuestra historia, a ese primer momento en el que ambos, de algún modo, supimos que nada volvería a ser lo mismo. Que nuestros destinos ya estaban irremediablemente unidos.

Suspiré y, rendida, me arrojé sobre él para besarlo, con tanto ímpetu que lo derribé y esta vez le tocó a él hundirse en el barro. No pareció importarle cuando se bajó los pantalones a puntapiés, ni cuando me rompió la *yukata* para abrírmela más deprisa y liberar mis pechos, erizados de frío y de deseo. Los devoró con sus labios, con su lengua, mientras yo gemía en voz alta, sin temor a que hubiese oídos extraños al acecho, dispuestos a romper lo que Hiroshi y yo teníamos a pesar de todo. Fue tan apasionado y gentil al mismo tiempo que, finalmente, yo misma tomé su miembro para guiarlo hacia mi interior, donde se introdujo con un solo golpe de cadera. Yo estaba tan excitada que no me molestó la brusquedad de aquella invasión, tan solo me estremecí y levanté las piernas para entregarme a él por completo.

También era la primera vez que lo oía gemir en voz alta, con unos gruñidos roncos que me provocaban temblores deliciosos cada vez que los escuchaba. Siempre teníamos que gozar en silencio, temerosos, pero esa noche nada podía hacernos daño, no después de que Hiroshi me hubiese confesado que me quería, que me amaba de verdad.

Comprendí, asombrada, que había tenido miedo, muchísimo miedo de que aquella felicidad fuese efímera, de que el mundo me arrebatara lo que había encontrado en los brazos de mi esposo. Y ese miedo me había convertido en una persona que no quería ser, no realmente.

Aunque la aldea de Minodake estaba lejos del mar, aquel encuentro fue como nadar en un mar embravecido. Cada embestida de cadera de Hiroshi era una ola que me arrastraba hacia las profundidades y cada beso que me daba sabía a agua salada. La espuma y la marea se mezclaban en los charcos del camino, y los rayos nos iluminaban como hubiesen hecho con un islote solitario golpeado por la tempestad.

Cuando derramó su semilla en mi vientre, yo ya estaba desfallecida. Me aferré a su cuerpo desnudo con brazos y piernas, sintiendo todavía los temblores del orgasmo recorriendo mi propio cuerpo, y solo entonces me di cuenta de dos cosas: la lluvia había amainado y la piel de mi amor ardía.

—¿Querido? —pregunté sin resuello.

Pero él había cerrado los ojos. Aunque lo llamé varias veces, no respondió.

Capítulo 11

Kioto, santuario Jishu
Febrero de 2018

—Dime que no ha muerto.

Las palabras salen de mi boca sin que yo recuerde haberles dado permiso para ello.

Sora me mira. Está anocheciendo en el santuario y ya casi no queda nadie, pero él y yo seguimos sentados en el mismo murete, con las cabezas muy juntas, mientras la luz se va extinguiendo poco a poco. La mujer de antes, que acaba de cerrar su tienda, aún se acerca a agitar sus tintineantes amuletos frente a nosotros, pero Sora la rechaza con un gesto amable y ella se marcha riendo entre dientes.

Sé que Sora está meditando su respuesta, es algo que hace a menudo. Espero, paciente, a que se decida:

—Siempre te preocupas por lo que sucederá a continuación —murmura finalmente, sin alzar la vista del todo—. ¿Tan difícil te resulta concentrarte únicamente en la página que estamos leyendo, sin pensar en lo que ocurrirá en la siguiente?

Sus palabras me impactan más de lo que me gustaría. Siguiendo un impulso, pongo mi mano sobre la suya para que cierre el libro y busco sus ojos con insistencia hasta que me mira.

—No sé si te refieres a *Después del monzón* o a nosotros, Sora.

Veo el cambio que se produce en su expresión, pero ya es tarde para retractarme. Antes de que pueda decir nada más, él se levanta y me da la espalda.

—¿Te vas? —le pregunto con cierta aprensión.

—No. —Sora ladea el rostro para mirarme de reojo—. Pero no entiendo a qué ha venido eso.

—Solo intentaba decirte que…

—Sé lo que intentabas decirme. —Sus dedos aprietan las ajadas tapas del libro—. Si piensas que soy un cobarde que no sabe expresarse claramente cuando están en juego los sentimientos de otra persona, creo que será mejor que acabemos con esto.

—No pienso que seas un cobarde, es solo que tú y yo nos hemos educado de manera distinta y…

—¿Y qué, Amelia? —Sora gira sobre sus talones y se encara conmigo, parece realmente enfadado—. ¿Los japoneses somos tan educados que no sabemos rechazar a alguien sin usar un libro del siglo XIX como pretexto, es eso? ¿Te he dado la impresión de estar jugando contigo a lo largo de los últimos días? ¿O es que has leído demasiados blogs estúpidos sobre las diez cosas que debes saber para seducir a un japonés?

—¡Estás siendo injusto! —Yo también me levanto—. ¡Tú mismo me has dicho que había algo que querías decirme y que creías que *Después del monzón* te ayudaría!

—Y tú has dado por hecho que tenía que ver contigo. —Él resopla y sacude la cabeza disgustado—. Da igual, van a cerrar el santuario.

Me da la espalda otra vez, dispuesto a marcharse, pero yo no se lo permito. Antes de que pueda dar tres pasos hacia la salida, le cojo de la mano y tiro suavemente de él.

No se da la vuelta, pero tampoco se zafa de mi mano. Mi corazón late con fuerza mientras permanecemos así, quietos, con los dedos entrelazados y la sensación de que algo importante está a punto de suceder.

—Sora —digo con timidez—, no me debes ninguna explicación.

Él agacha la cabeza y yo, siguiendo un impulso, me pongo de puntillas para darle un beso en la nuca. Puedo sentir cómo se estremece al sentir la caricia de mis labios y, antes de que pueda apartarme siquiera, se da la vuelta y me estrecha en un abrazo que me deja sin aliento.

Despacio, casi temerosa, apoyo mi mejilla en su jersey y cierro los ojos.

—Estoy enfermo, Ana.

Su voz es poco más que un susurro, pero habla tan cerca de mi oído que puedo escucharlo perfectamente.

Me aferro a su jersey y murmuro:

—¿Qué te pasa?

—Es una cardiopatía congénita. —Sigue hablando con voz queda, pero yo estoy atenta a cada palabra—. He vivido con ella treinta y seis años, pero son días que le robo al tiempo. Si no me opero, podría sufrir un ataque en cualquier momento.

Respiro hondo. Ahora comprendo algunas cosas, como, por ejemplo, por qué se lleva la mano al pecho de vez en cuando o por qué es tan pausado para todo, hasta para hacer el amor.

—Por eso he tomado la decisión de hacerlo —prosigue—. Mañana me operan a corazón abierto y, si todo va bien, podré vivir sin miedo a que todo se acabe en un segundo. —Aunque lo dice con tono calmado, me abrazo más a él al escucharlo, como si la cercanía de mi cuerpo pudiese protegerlo de algún modo. Él suspira y una de sus manos sube hasta mi nuca—. Pero, si algo va mal...

—No digas eso —suplico, aunque sé que es en vano.

—Si algo va mal, no habrá un «mañana» para mí —concluye resignado—. No he querido decírselo a nadie de la universidad, ni a mis compañeros ni a mis alumnos, ni siquiera al señor Yamada. Eres la única que lo sabe.

—Gracias por confiar en mí.

—Gracias por darme esa confianza. —Se aparta con suavidad para mirarme a los ojos—. Me operan por la tarde, así que te llevaré al aeropuerto por la mañana.

—Puedo retrasar el vuelo...

—No. —Él es rotundo—. Si me quedo en el quirófano, Ana, quiero que me recuerdes despidiéndote en Kansai. —Se fuerza a sonreírme—. ¿Te gustaría pasar esta noche conmigo?

Se me encoge el corazón al pensar en lo valiente que está siendo, en lo fuerte que hay que ser para enfrentarse así al propio destino. Así que me obligo a devolverle la sonrisa y, sin soltar su mano, miro alrededor y compruebo que el santuario está en penumbra. Si no nos vamos pronto, nos echarán.

—Van a echarme de menos en el *ryokan* —comento con pretendida ligereza.

Por toda respuesta, Sora ríe entre dientes y tira de mí hacia la salida. ¿Por qué su risa tiene que ser tan adorable? Reprimo un suspiro mientras bajamos las escaleras, aunque ahora no puedo evitar preguntarme si Sora estará haciendo demasiados esfuerzos físicos. Tal vez lo mejor sea que pasemos una noche tranquila.

—¿Dónde te gustaría cenar? —intento parecer animada.

—¿Qué quieres probar tú?

—Tu plato favorito —digo en un momento de inspiración.

—¿En serio? —Sora alza las cejas.

—Excepto que sean cucarachas fritas. —Le doy un empujoncito en el hombro.

—No seas boba. —Él me lo devuelve—. Mi plato favorito es picante, pero, si te atreves a probarlo, adelante.

—¡Por supuesto que me atrevo...!

No llego a terminar la frase, antes de que pueda hacerlo, Sora me pone las manos en los hombros, se inclina hasta que nuestros rostros quedan a la misma altura y me da un beso en la boca, demasiado largo y húmedo como para considerarse apropiado en Japón. Yo respondo entusiasmada, pero, para cuando quiero darme cuenta, él ya se ha apartado de mí y está completamente ruborizado.

—Guau —digo con tono apreciativo.

Sora se tapa media cara con la mano.

—Es la primera vez que hago algo así...

—Por mí, cariño, puedes hacerlo cuando quieras.

Sí, acabo de llamar «cariño» a Sora, y lo peor de todo es que él parece encantado de la vida. Comenzamos a caminar sin soltarnos y me doy cuenta, asombrada, de que ya se nos puede considerar una de esas parejitas que pasean de la mano. De aquí a que me entrevisten en *Españoles en el mundo* solo hay un paso... y una operación a corazón abierto.

Sacudo la cabeza para desterrar ese pensamiento. Observo que, mientras recorremos las calles del centro, algunos transeúntes se giran al vernos pasar, unos pocos con aire perplejo y otros claramente divertidos. Entonces recuerdo algo que Amelia escribió en su diario y me vuelvo hacia Sora.

—No somos ellos —digo en voz alta.

Él me mira con aire interrogante. Me he detenido bajo un cerezo sin ser consciente de ello y estoy pisando los pétalos que ya han caído sobre la acera, pero no me aparto ni comienzo a caminar otra vez; antes tengo que decirle lo que pienso, lo que ha estado bullendo en mi interior desde que él me ha leído esas últimas páginas del diario de mi tatarabuela.

—A veces no puedo evitar pensar que... —Bajo la mirada un instante—. Nunca he creído en el destino, ni en nada que se le parezca, pero ¿no es extraño? Hace ciento cincuenta años, nuestros antepasados se enamoraron aquí, en Japón, y ahora resulta que tú y yo... —Inspiro profundamente y me armo de valor—: En cierto modo, no puedo evitar pensar que la historia se está repitiendo. Pero nosotros no somos ellos —insisto contemplando a Sora de nuevo—, ni nuestro mundo es el mismo. Somos más libres de lo que Hiroshi y Amelia fueron nunca.

—¿Y si yo sí creo en el destino, Amelia? —Él me observa fijamente—. ¿Por qué, si no, has acabado aquí, a miles de kilómetros de tu hogar? ¿Por qué tuviste que cruzarte conmigo, precisamente, habiendo tantos caminos diferentes para encontrar *Después del monzón*? —Sus palabras me provocan una extraña emoción, pero no me da tiempo a decir nada. Para cuando quiero escoger las palabras adecuadas, Sora continúa—: Ahora mismo podrías estar en España, lejos de aquí, y yo caminaría solo por la ciudad sin saber si mañana será la última vez que vea salir el sol, pero estoy contigo. —De nuevo, esboza esa sonrisa dulce y triste al mismo tiempo—. Sí, creo en el destino. Pero tienes razón: nosotros no somos ellos.

Dando por concluida la conversación, Sora se gira hacia la calle iluminada y tira de mí, probablemente en dirección al restaurante al que quiere llevarme. Volvemos a ser una pareja más mezclándose entre la gente, llamando la atención debido únicamente a mis rasgos europeos, pero yo no dejo de pensar en que no lo somos, no somos como los demás. Se me parte el alma al pensar que es posible que mañana por la noche Sora ya no esté en este mundo, que su serena presencia podría desvanecerse como la niebla después de la lluvia.

Aprieto su mano y él la mía. No sé si está pensando lo mismo que yo, pero, para consolarme, me digo que nuestro final aún no está escrito. Todavía no.

XI

Aldea de Minodake, dominio de Satsuma
Agosto de 1865

Recuerdo aquella madrugada como una de las peores de mi vida.

Tuve que dejar a Hiroshi en el camino, pues no podía cargar con él hasta la casa. Me puse la *yukata*, que estaba empapada y mortalmente fría, y corrí con todas mis fuerzas para acudir a la única persona que podía ayudarme en ese momento.

Fue Sayaka-san quien cargó con su hermano hasta nuestros aposentos. Cuando lo vi tendido en el futón, lívido, chorreando y con el cuerpo lleno de barro, me sentí desfallecer. Todavía no había recuperado el conocimiento y, cuando Akiko y Saki-chan despertaron por culpa del ruido y vinieron a ver qué sucedía, las dos gritaron espantadas. Ikeda-sama apareció al cabo de un minuto, arrastrando los pies; ella no dijo nada, pero me pareció que sus ojos se hundían por completo en su rostro al contemplar a su nieto.

—No te atormentes, Sayuri-chan —me dijo mi cuñada después de que desnudáramos y laváramos a Hiroshi y le aplicáramos compresas frías en la frente, el cuello y las ingles—. Debía de estar enfermo antes de la tormenta.

—¿Y por qué no me lo dijo? —pregunté con voz trémula.

—Porque es un guerrero —contestó ella como si eso lo explicara todo.

Las dos pasamos horas junto a su lecho, a veces acompañadas de Akiko y Saki-chan, que nos traían té caliente y pequeños pasteles de pescado. Yo me negué a probar bocado y me dediqué a observar a mi esposo, que seguía teniendo calentura a pesar de todos nuestros esfuerzos por impedirlo.

—¿Por qué diablos no traje quinina? —estallé cuando el sol ya despuntaba en el horizonte. Sayaka-san me observaba en silencio, con el mismo aire grave que adoptaba Hiroshi tantas veces y que no había visto en ella hasta ese momento—. No tenéis medicinas aquí, ¿verdad?

—Ikeda-sama habrá ido en busca de Himura-san —dijo simplemente—. Traerá sus agujas.

—¿Sus agujas? —repetí incrédula—. ¿Planeáis clavarle agujas a mi esposo con la intención de curarlo?

—Yo no estoy versada en la medicina Kampo. —Mi cuñada me miró con desgana—. Si tienes alguna idea mejor, Sayuri-chan, puedes compartirla con todos nosotros.

Yo me sentía frustrada. ¿Cómo no se me había ocurrido llevar quinina conmigo por si surgía algún problema en el viaje a Minodake? Por primera vez en horas, me puse en pie y me alejé del lecho de Hiroshi para salir al *genkan*, donde el sol ya arrojaba sus tímidos rayos. La tormenta de la noche anterior había consumido las nubes y un haz cálido y dorado bañó mi rostro mientras me sentaba en el porche, con las piernas colgando y el cansancio agarrotando mi cuerpo. El amanecer era un triste consuelo para mi corazón herido.

Entonces oí una vocecilla a mis espaldas:

—¿Señora?

Akiko se encontraba detrás de mí, oscilando sobre las puntas de sus pies descalzos. Yo me dirigí a ella con cierta impaciencia:

—¿Sí, querida?

—Sé que no ha traído medicinas aquí —dijo ella acuclillándose a mi lado, casi con timidez. Evité mirarla directamente, pero me habló de todas maneras—: ¿Por qué no piensa en lo que haría su padre?

—¿Mi padre?

—Él le enseñó todas las propiedades medicinales de las plantas...

—No sabía que tú también creyeses en la medicina Kampo —dije malhumorada, pero Akiko insistió:

—No creo en la acupuntura, señora, ni tampoco en las piedras curativas. Pero usted misma me contó que la corteza de sauce tenía propiedades medicinales, ¿me equivoco?

Me di una palmada en la frente al escuchar aquello. Por supuesto que se lo había contado. La corteza de sauce, convenientemente preparada, servía para calmar el dolor y reducir la calentura.

—Dios mío, Akiko —murmuré olvidando de inmediato que habíamos estado distanciadas—, voy a necesitar tu ayuda.

Durante las siguientes horas, Akiko y yo arrancamos varios trozos de corteza de los sauces que había fuera de la casa de los Ikeda, los convertimos en polvo y los hervimos en agua.

—Hipócrates decía que había que escoger ramas de más de dos años —dije yo mientras daba vueltas al preparado—, pero me temo que no tenemos tiempo para preocuparnos por esos detalles.

—¿Esto curará a su esposo, señora? —Akiko, que me había ayudado en todo momento, parecía tan preocupada como yo.

—Eso espero. —Durante unos instantes, contemplé a mi amiga y, por fin, me obligué a decirle—: Gracias.

—No tiene que dármelas, haría cualquier cosa por usted.

Desvié la mirada y vertí el preparado en un tazón. Hiroshi apenas había despertado en un par de ocasiones, y siempre lo hacía delirando por culpa de la calentura, pero yo estaba dispuesta a hacerle beber aquello a cualquier precio.

—¿No quiere saber por qué me he hecho amiga de Saki-chan?

—¿Por qué debería interesarme? —pregunté mientras le daba vueltas a la infusión de corteza de sauce.

Pero Akiko me levantó la barbilla y me obligó a enfrentarme a sus ojos. Tenía el ceño fruncido.

—Ella se siente muy sola.

—Discúlpame si los problemas de Saki-chan no son mi prioridad ahora mismo, querida.

—Saki-chan respeta la decisión de su esposo —insistió Akiko mientras yo me ponía en pie, sosteniendo la taza con sumo cuidado—. Pero su familia contrajo una deuda con Ikeda-sama y debe obedecerla.

—¿Qué clase de deuda? —pregunté resignada. Parecía que mi amiga iba a contármelo de todos modos.

—Toda la familia de Saki-chan estaba en Kagoshima cuando los ingleses bombardearon la bahía —dijo Akiko con sencillez—. Si Ikeda-sama no se hubiese hecho cargo de ella, la pobrecilla se hubiese quedado completamente sola en el mundo. Pero Ikeda-sama solo hizo eso porque Saki-chan iba a convertirse en un miembro de su familia, y su aparición, señora, la ha puesto en una situación muy comprometida.

—Ya me he acostumbrado a ser un inconveniente para todo el mundo —dije con un suspiro.

—¿No puede ponerse en el lugar de los demás por una vez?

—Quizá lo haga —concedí—, pero primero debo ocuparme de mi marido.

Me di la vuelta y regresé al dormitorio para encontrar a Hiroshi con agujas clavadas por todo el cuerpo. Lo habían desnudado y un solo pedazo de tela blanca cubría sus partes íntimas; no tenía buen aspecto y, desde luego, yo no creía que esas agujas fuesen a servir de gran cosa.

Himura-san, una mujer pequeña y regordeta, aunque no tanto como Ikeda-sama, se hallaba arrodillada frente a él y murmuraba una letanía. Yo reprimí el impulso de limitarme a rodearla y me aclaré la garganta:

—Tengo un remedio para mi esposo —dije con toda la suavidad que pude.

Ikeda-sama me ignoró por completo, igual que Himura-san. Solo Sayaka-san, que también se encontraba allí, me miró con interés.

—¿De qué se trata?

—Tiene que beber esto. —Señalé la taza con la barbilla—. Cuanto antes.

—Pues que lo beba. —Mi cuñada se incorporó, me arrebató la taza y se arrodilló al otro lado de Hiroshi, que permanecía aletargado.

—¡Deja eso, niña! —le espetó su abuela mientras Himura-san continuaba murmurando por lo bajo.

—No. —Sayaka-san puso la mano bajo la nuca de Hiroshi y lo incorporó a la fuerza—. ¡Bebe, pedazo de buey, si no quieres dejar viuda a tu esposa!

Mi marido entreabrió los ojos y me miró; no pareció reconocerme, pero, al cabo de un momento, también separó los labios y dejó que el líquido se los mojara.

Himura-san, que había dejado de murmurar, miró a Ikeda-sama con aire de desaprobación. Esta había palidecido de ira.

—¿Cómo osa una extranjera interrumpir un ritual de acupuntura? —Me miró como si quisiera fulminarme—. Bestia ignorante, estúpida...

Yo decidí, de una vez por todas, que ya había tenido suficiente. Mientras Sayaka-san terminaba de hacerle tragar la corteza de sauce a Hiroshi, yo me acerqué a Ikeda-sama dando zancadas y me encaré con ella. Vista de cerca, era realmente diminuta.

—Ya está bien —dije con firmeza, aunque sin elevar la voz—. Puede ignorar mi presencia o insultarme todo lo que quiera, pero no voy a presenciar cómo deja morir a mi marido con hechizos y supersticiones. La corteza de sauce es lo más parecido a medicina de verdad que hay aquí y voy a encargarme personalmente de que le sea administrada, y después podrá echarme de su casa para siempre. Porque le aseguro, Ikeda-sama, que no tengo ningún deseo de volver a verla.

La mujer apretó los labios hasta que se le pusieron blancos, pero no respondió; lo que hizo fue abandonar la estancia en silencio. Himura-san fue tras ella dando pasitos cortos, y yo me dejé caer sentada junto al futón en el que reposaba Hiroshi y enterré la cara en las manos.

Si la corteza de sauce no funcionaba, no sabía qué haría. No podía perderlo.

Pasaron tres espantosos días en los que no me separé del lecho de Hiroshi excepto para prepararle más infusión de corteza de sauce. Akiko me ayudó, y también Saki-chan, y yo fui tan amable con la muchacha como me permitía la tormenta que se desataba en mi interior por momentos. Porque cada hora que pasaba me arrancaba una brizna de esperanza más.

Sayaka-san también montaba guardia, y hasta Nobu-senséi vino a visitarlos, aunque él se limitó a presionar el costado de Hiroshi con el *bo* y a murmurar «Umm» para sus adentros antes de marcharse. Yo casi no dormía, apenas probaba bocado y me pasaba la mayor parte del tiempo en silencio; aun así, me percaté de algo que me llamó poderosamente la atención.

Akiko se comportaba de un modo extraño en presencia de Sayaka-san. Cuando creía que nadie la miraba, se dedicaba a observarla con verdadera fascinación; pero, al verse descubierta por mí o por la propia Sayaka-san, desviaba la mirada pudorosamente. En una ocasión, Sayaka-san le propuso ir al *onsen* a descansar mientras yo permanecía junto a mi esposo y Akiko se retiró balbuceando una excusa. Y una tarde, mientras mi cuñada y yo nos lavábamos desnudas en el jardín, la sorprendí espiándonos, pero no me estaba mirando a mí.

Entonces recordé el hechizo que ejercía en ella la figura de Juana de Arco, que era fuerte y valerosa como un hombre... y, sin embargo, era una mujer, igual que Sayaka-san. Porque, mal que les pesara a muchos, había mujeres tan poderosas como cualquier varón, también japonesas.

Sayaka-san, además, poseía un cuerpo hermoso, parecido al de mi marido en algunos aspectos, como las espaldas anchas, la piel pálida y las cicatrices, pero con las formas más suaves y unos grandes y hermosos senos que hubiesen sido la envidia de cualquier muchacha. Cuando se pasó el paño húmedo entre ellos, vi claramente cómo mi amiga entreabría los labios y reconocí esa mirada.

Por desgracia para Akiko, Sayaka-san solo tenía palabras apasionadas para una mujer: Nakano-sama, su maestra, compañera de fatigas y quizá también de lecho, aunque mi cuñada nunca llegó a especificarlo. Después de lo que me había contado mi esposo sobre sus propios escarceos con compañeros de armas, no me hubiese sorprendido demasiado, pero Hiroshi no hablaba de aquellos jóvenes como Sayaka-san hablaba de su adorada maestra. Sayaka-san sentía devoción por Nakano-sama, y no tenía reparo alguno en demostrarlo.

—Cuando llegué a Edo, yo ya sabía usar la *naginata*, Nobu-senséi me había enseñado —me explicó en una ocasión, ya que a veces conversábamos para combatir el ominoso silencio de las noches en vela—. La *naginata* es más ligera de lo que parece, por eso es el arma favorita de las mujeres. Yo llegué a Edo jactándome de mi habilidad, por lo que me condujeron directamente en presencia de Nakano-sama. Ella me echó un vistazo, cogió un simple *bo* y me tumbó con solo tres golpes. Aquella lección de humildad no la olvidaré nunca. —Sonreía mientras me hablaba de ello—. «Qué mujer tan formidable», me dije, y me alegré de haberme puesto a su servicio.

—¿Te gustan las mujeres fuertes? —tanteé pensando en Akiko.

—Depende de para qué —fue su respuesta.

Finalmente, llegué a la conclusión de que, para Sayaka-san, una muchacha como Akiko no sería más que una aventura pasajera y no quise indagar más en el asunto.

Aquella tercera noche, cuando mi cuñada parecía a punto de desfallecer, la mandé a la cama. Yo me proponía quedarme despierta hasta el alba, pero, en algún momento de la madrugada, cuando las corrientes de aire que se colaban en la casa de los Ikeda eran más frías, me apoyé en el regazo caliente de mi esposo y me prometí cerrar los ojos solo un momento.

—No me hagas esto, mi amor —suspiré mientras sentía los lentos latidos de su corazón a través de la piel desnuda de su abdomen—. No te vayas todavía.

Desperté sola y empapada en sudor frío.

Había tenido una pesadilla en la que Hiroshi, convertido en *yurei*, vagaba por un bosque llamado Tenjin gritando mi nombre. Su voz se había convertido en un eco espectral, apenas un pálido reflejo de aquella voz grave y firme que yo recordaba; aunque yo respondía a sus llamadas, él ya no podía escucharme. Cuando se volvió hacia mí, vi que las cuencas de sus ojos estaban vacías y sus cabellos, que recordaba largos y sedosos, se habían enmarañado como los de un demonio de verdad. Yo seguía diciendo su nombre hasta desgañitarme, pero pronto comprendía que la única forma que tenía para reunirme con él era quitándome la vida y acompañándolo al mundo de los espectros, como hacían los protagonistas de *Los amantes suicidas de Sonezaki*.

Lo primero que pensé al despertar fue que mis padres habían hecho bien en prohibirme ver esa obra, pues ahora lamentaba haberla visto; lo segundo, que Hiroshi ya no estaba en su lecho.

El dormitorio estaba agradablemente iluminado por el sol, debía de ser casi mediodía. Me incorporé apresuradamente, me alisé la *yukata* de cualquier manera y salí corriendo del dormitorio para encontrar el salón completamente vacío.

—¿Mi amor? —llamé atemorizada. Nadie contestó—. ¿Sayaka-san, Akiko? —De nuevo, no hubo respuesta—. ¿Saki-chan, Ikeda-sama?

El silencio me asfixiaba, me recordaba demasiado al de una tumba. Cada vez más alterada, salí al *genkan* y comprobé que tampoco había nadie en el jardín.

—¡Hiroshi! —Como en mi sueño, comencé a llamarlo desesperada—. ¡Hiroshi…!

Rompí a llorar mientras corría entre las camelias. Solo había una razón para que él no estuviese en su futón, a mi lado: había muerto durante la noche y se lo habían llevado, probablemente para preparar su cuerpo para el funeral. Ni siquiera me planteé si, como católico, lo enterrarían en tierra consagrada; lo único que hice fue estremecerme al pensar en aquel rostro desprovisto de ojos y aquella voz que provenía de un lugar en el que yo jamás podría alcanzarlo.

El agotamiento me impidió llegar muy lejos, apenas había comenzado a abrirme camino entre los bambúes cuando me dejé caer al suelo, enterré la cabeza en los brazos y sollocé con todas mis fuerzas, gritando de dolor. ¿Por qué tenía que sufrir aquello, por qué la vida tenía que ser tan injusta? ¿Por qué el destino me había conducido hasta un hombre bueno para quitármelo justo después?

—¿Amelia? —Su voz me congeló el aire en el pecho—. ¡Amelia!

Hipando todavía, me incorporé y aparté los bambúes como pude.

Entonces lo vi, erguido en mitad de la plantación de té, más delgado que nunca y mirándome con los ojos vidriosos. Un viento suave agitaba su pelo, suelto sobre la *yukata* mal puesta; en su mano derecha, aún temblorosa, llevaba un ramo de lirios.

Se acercó a mí caminando descalzo sobre la tierra mojada y me levantó del suelo. Yo estaba cubierta de barro porque había llovido la noche anterior, pero ni siquiera me había percatado de ese detalle. En cuanto me vi a salvo, en sus brazos, me aferré a su cintura con todas mis fuerzas y lloré de nuevo, esta vez de puro alivio.

—Shhh, querida —murmuró él besándome la cabeza—. ¿Qué hacías ahí sola?

—No te he visto al despertar y he pensado que... ¡Oh, amor mío!

—Había ido a por lirios para ti —respondió él con la misma ternura que antes—. No quería despertarte, Sayaka me ha dicho que prácticamente no has dormido desde que enfermé.

—¿Dónde están todos? —pregunté con un hilo de voz.

—Conociendo a Ikeda-sama, habrán ido al templo a darles las gracias a los dioses. —Mi marido rio haciendo vibrar su pecho contra mi mejilla—. Pero deberían dártelas a ti, ¿no es cierto? Me curaste tú.

Sacudí la cabeza. No me importaba, lo único que importaba era que él estaba vivo, vivo y recuperado, al menos en parte, y seguíamos juntos. En ese momento, mientras me abrazaba en medio del jardín, pensé que no había en el mundo una mujer más dichosa que yo.

Mi esposo terminó de recuperarse con el tiempo. Para entonces, ya había llegado el monzón y los campos de arroz que rodeaban Minodake estaban inundados, pero eso no me impidió dar largos paseos con Akiko y con Saki-chan, quien resultó ser una muchacha dulce y cortés. Sayaka-san se nos unía de nuevo, siempre risueña y armando jaleo, y a mí me gustaba disfrutar de su compañía. También jugaba al *shogi* con Nobu-senséi de vez en cuando, aunque me sentía demasiado cansada como para volver a empuñar el *bo*. Él tampoco me presionó para que lo hiciese.

Sin embargo, me dijo algo de lo más curioso:

—Esconderte del resto del mundo no impedirá que te hagan daño, Ikeda Amelia. —Mientras hablaba, me observaba con sus ojillos negros y brillantes—. El mal que temes acabará llamando a tu puerta, y no le costará encontraros a ti y a tus seres queridos. La única forma que tienes de combatirlo es salir ahí fuera y enfrentarte a él con valentía.

Entonces no entendí del todo sus palabras, pero las atesoré para el futuro. Nobu-senséi sería una de las personas de las que más lamentaría despedirme cuando, por fin, llegó el momento de dejar la aldea y regresar a Kioto, donde a mi esposo le aguardaban sus obligaciones.

—Creí que querrías devolverme con mis padres lo antes posible —le confesé la víspera de nuestra partida.

—Qué tontería —dijo él mirándome con indulgencia—. Que respete tus decisiones no significa que no te quiera para mí.

—¿Me quieres para ti?

—Quiero tenerte lo más cerca posible. —Me dio la espalda con el pretexto de arreglar el jarrón que había en el salón de su abuela; me sorprendía comprobar que los hombres japoneses se preocupaban por los arreglos florales como cualquier mujer, era algo a lo que no estaba acostumbrada. Pero sabía que, en ese instante, lo único que quería Hiroshi era hablarme sin que pudiese verle la cara—. Me encantaría que vinieses a Kioto conmigo.

—En ese caso, lo haré —prometí.

Sayaka-san dijo que nos acompañaría hasta Edo, por lo que solo tuvimos que despedirnos de Saki-chan y de

Ikeda-sama, pues a Nobu-senséi no lo encontré por ninguna parte cuando lo busqué para decirle adiós. Hiroshi tuvo que explicarme que su maestro odiaba las despedidas, pues le parecía que cerraban capítulos que él aún no había terminado de leer, por lo que renuncié a seguirle la pista y deseé volver a verlo algún día, quizá la próxima vez que mi marido y yo visitáramos la aldea.

Saki-chan me dijo adiós con una sonrisa y yo tomé la iniciativa y le estampé un beso en la mejilla redondeada. Akiko la abrazó y Sayaka-san le dedicó una reverencia.

Ikeda-sama nos observaba desde el umbral de la puerta mientras sus nietos ensillaban los cuatro caballos. Pensé que no le diría nada a nadie, pero, cuando ya nos disponíamos a montar, se acercó a Hiroshi y le dijo: «Bueno». Solo eso: «Bueno». Mi cuñada tuvo que conformarse con un escueto «Ya veremos», pero su hermano y ella intercambiaron una mirada divertida, haciéndome comprender que ya estaban acostumbrados.

Yo ya tenía un pie en el estribo cuando la abuela Ikeda, inesperadamente, dijo:

—Ikeda Amelia.

Me volví hacia ella perpleja, tanto por el hecho de que se hubiese dirigido a mí como por el de que hubiese pronunciado el que ahora era mi nombre completo. Por un momento, no tuve muy claro lo que debía hacer, pero mi marido me sacó de dudas empujándome suavemente hacia ella.

Cuando estuvimos lo bastante cerca, nos miramos de hito en hito, como si nos viésemos por primera vez. Después Ikeda-sama graznó:

—Llegaste aquí como una usurpadora, creyéndote con derecho a robarme a la sangre de mi sangre y a imponerle tus bárbaras costumbres. Vestida de cualquier manera, con los dientes blancos y esas cejas peludas que me ponían enferma. —No supe qué decir a eso, por lo que permanecí en silencio—. Hablabas en voz alta, te dirigías a mi nieto sin que él se hubiese dirigido previamente a ti y caminabas como un elefante. Eras todo lo contrario a una esposa y todo lo contrario a lo que yo deseaba para Ikeda Hiroshi, no merecías llevar nuestro noble apellido.

Yo no entendía muy bien a qué venían todos esos reproches de pronto, pero Hiroshi me hizo un gesto para que aguardara y me armé de paciencia.

—Pero entonces el muchacho enfermó —añadió Ikeda-sama en voz baja, tan baja que, de pronto, me pareció justo lo que era: una anciana terriblemente cansada—, y pensé que iba a perderlo, como a todos los demás. Pero tú te obstinaste en salvarlo y lo conseguiste, y ahora él seguirá recorriendo el camino del guerrero, del que jamás deberá desviarse, gracias a ti. No entiendes nuestro mundo ni lo entenderás nunca, pero te debo algo más importante para mí que mi vida y mi honor. —Entonces, sin previo aviso, la mujer hizo una reverencia tan amplia que temí que cayera rodando hacia delante—. Las puertas de esta casa siempre estarán abiertas para ti, Ikeda Amelia.

Repitió mi nombre con aire solemne y después se incorporó, me dio la espalda y se sentó en el *genkan* con los ojos cerrados. Yo me volví hacia Hiroshi, que me hizo una seña para que regresara a su lado.

—Tu abuela... —empecé a decir, pero él me interrumpió sin brusquedad:

—No digas nada, que quede entre vosotras. —Sonreía con cierta tristeza—. Antes o después, tenía que entender que el mundo está cambiando.

Cuando los caballos emprendieron la marcha por el sendero, vi una figura encogida en lo alto de un arce.

Sonreí, pero no le dije adiós con la mano, no quería hacer nada que pudiese interpretar como una despedida. La segunda vez que me giré para mirarlo, Nobu-senséi ya había desaparecido, una bandada de grullas nos sobrevolaba.

—¿Cuándo volveremos a Minodake? —le pregunté a mi esposo, que cabalgaba junto a mí con una extraña sonrisa en los labios.

—Cuando tú lo desees.

Por alguna razón, experimenté cierta emoción al escuchar esas palabras. Pronto los caballos dejaron atrás Minodake y avistamos a lo lejos el monte Aso, envuelto en bruma y silencio. El sonido de sus cascos se mezcló con las risas de Sayaka-san y Akiko, pero mi esposo y yo seguimos cabalgando en silencio, el uno junto al otro, porque no necesitábamos hablar en ese momento.

La brisa me acariciaba el rostro. Me permití cerrar los ojos y disfruté de la agradable sensación de sentirme libre y en paz por primera vez en mucho tiempo.

No sabía lo que me deparaba mi nueva vida en la ciudad imperial, junto a mi esposo, pero era consciente de los peligros que acechaban: el *ishin shishi* seguiría siendo una amenaza para nosotros y sus cómplices europeos buscarían cualquier pretexto para provocar una guerra civil en Japón. Pero me dije, resignada, que todo aquello estaba fuera de mi alcance, no podía cambiar la dirección del viento, pero podía elegir si doblegarme o quebrarme ante él, y mientras Hiroshi estuviese a mi lado, permanecería orgullosamente erguida.

Capítulo 12

Kioto, autobús del aeropuerto
Febrero de 2018

Abro los ojos cuando Sora termina de leer ese capítulo. La lluvia golpea los cristales del autobús, que no está demasiado lleno, o no tanto como el metro en hora punta; gracias a eso, Sora y yo hemos podido instalarnos en dos asientos contiguos del fondo, y yo he apoyado la cabeza en su hombro mientras él leía en voz alta. Me hubiese quedado dormida si la historia de Amelia y Hiroshi no me hubiese atrapado tanto.

Anoche no tuvimos tiempo de seguir con *Después del monzón*, primero Sora me llevó a cenar a su restaurante favorito, que resultó ser una tasca de seis metros cuadrados en la que servían los fideos más picantes que he probado en mi vida. Salí con la boca ardiendo, pero tengo que admitir que me encantaron. Después volvimos al apartamento, yo le compré una maqueta del Titanic por Internet para que se la enviaran a casa del señor Yamada y tuviese un regalo esperándolo después de la operación y... Bueno, digamos que el resto de la noche la pasamos en la cama, pero no durmiendo.

Esta mañana, cuando apenas había salido el sol, Sora me ha servido un desayuno rápido consistente en té casero y *dorayaki* envasados, y los dos hemos ido a recuperar mi maleta al *ryokan*, cuya dueña creo que ya estaba a punto de denunciar mi secuestro.

Y aquí estamos, en el autobús del aeropuerto, alejándonos de la ciudad en la que mi tatarabuela y yo nos enamoramos en diferentes épocas.

—Así que todo acabó bien para nuestros antepasados —suspiro.

—Aún no he terminado de leerte el libro. —Sora me mira de reojo—. Te dije que tenía tres partes, ¿recuerdas?

—¿Cómo se llamaba la tercera?

—«Niebla».

—No suena muy prometedor...

—No todos los finales pueden ser felices, Amelia.

Me quedo mirando las puntas de mis botas en silencio. El suelo del autobús está escrupulosamente limpio, como casi todo en Japón, y yo lo comparo mentalmente con el de los autobuses de Madrid. Los españoles salimos perdiendo una vez más.

—No sé si quiero escuchar un final que no sea feliz —digo finalmente.

Y no solo estoy hablando de Amelia y su capitán, algo que Sora debe de intuir, pues se queda callado. No hemos vuelto a hablar de su operación de esta tarde, pero yo no me la quito de la cabeza, y menos después de que esta mañana, mientras desayunábamos, me asaltara un pensamiento terrible: si algo malo le ocurriese a Sora, yo no me enteraría. Si él dejara de responder a mis mensajes, yo no podría saber si simplemente no quiere saber nada más de mí o, por el contrario...

—Lo desconocido da miedo. —Él interrumpe mis

sombríos pensamientos con su voz dulce—. Pero también nos permite tener esperanza. Cruzar el río es un reto, pero, si nos quedamos siempre en la misma orilla, tal vez nunca encontremos los campos más fértiles. —Se frota la nuca con cierta timidez—. Mi padre suele decirme eso cuando estoy asustado.

—Tu padre tiene toda la razón. —Me froto los ojos y me vuelvo hacia él; estamos a punto de llegar a la parada, quizá por eso me siento especialmente audaz—. ¿Puedo confesarte algo?

—Adelante.

—Cuando vine a Japón, mi intención no era leer el libro, sino... robarlo. —Me da vergüenza admitirlo, pero considero que Sora merece saberlo—. Creía que era justo que lo tuviese mi familia, pero me he dado cuenta de lo tonta que fui. Esta historia no es nuestra, es de Amelia, y ella querría que se quedara en Japón, estoy segura.

Sora desvía la mirada y, durante unos segundos, permanece sumido en un extraño silencio. Me pregunto si lo habré decepcionado. Vuelve el rostro hacia el cristal, emborronado de lluvia y vaho, y entonces su reflejo me permite comprobar que está sonriendo.

—Así que eras una ladrona —murmura divertido.

—Un intento de ladrona —puntualizo—. Me arrepentí enseguida.

—Nunca es tarde para enmendar un error. —Se gira de nuevo para contemplarme sin cristales de por medio—. Yo también voy a enmendar los míos, empezando por este.

Rebusca algo en el interior de su abrigo y me lo entrega con aire solemne. Yo reprimo un jadeo de asombro y me quedo paralizada.

Es un libro viejo y gastado, con las tapas de color ocre y flores dibujadas en las esquinas. Lirios blancos, si no me equivoco. El título, aunque desvaído por el tiempo, aún se puede leer: *Después del monzón: diario de una forastera en Japón*.

Sora lo abre para mostrarme las primeras páginas, que están escritas en español, y vuelve a ofrecérmelo con un gesto de invitación. Yo apenas puedo dar crédito a lo que estoy viendo.

—¿No dijiste que estaba en Tokio? —balbuceo aceptando el libro por fin.

—Ni siquiera hay una universidad equivalente a la mía en Tokio. —Sora esboza una sonrisa culpable—. También mentí, el libro en español siempre estuvo en mis manos. He estado siguiéndoles la pista a Hiroshi y Amelia, Ana, quizá desde antes incluso de que tu familia te hablara de tu tatarabuela.

—Podrías habérmelo prestado desde el primer momento. —Lo miro asombrada—. ¿Por qué no lo hiciste, por qué preferiste traducirme su versión japonesa?

Él parpadea y, por primera vez, me doy cuenta de que tiene los ojos empañados. Y yo también.

—Porque decidí ser egoísta —admite con lentitud—, y busqué una excusa para poder conocerte mejor.

Una lágrima resbala por mi mejilla, pero él la enjuga cariñosamente con los nudillos. ¿Así que, después de todo, no le resultaba molesta al principio? ¿Sintió la misma fascinación por mí que yo por él y por eso escogió pasar sus últimos días antes de la operación a mi lado, conociéndome?

—Oh, Sora...

—Puede que esto, más que una redención, sea un delito. —Baja la vista y ríe con nerviosismo, de un modo que me derrite el corazón—. Pero quiero que te lleves este ejemplar del libro, que formó parte de su primera edición. Tenemos más copias en la universidad, tanto en japonés como en español, y no creo que nadie lo eche de menos.

—No puedo aceptarlo... —empiezo a decir, pero él me mira de nuevo y me callo.

—Ana —dice en voz baja—, quiero que tengas algo mío. Por si acaso...

—¡No, nada de «Por si acaso»! —protesto—. Me lo voy a llevar, pero solo para enseñárselo a mi madre, después regresaré a Japón para devolvértelo. Y para verte.

—Mi corazón se acelera de pronto—. Quiero volver a verte, Sora, no quiero que Japón se acabe aquí...

—Japón no irá a ninguna parte. —Él se inclina hacia mí y, tras vacilar un instante, me besa la frente con suavidad—. Japón seguirá en el mismo sitio, incluso si yo ya no estoy aquí. Aún tendrás museos que visitar, templos que recorrer y quizá hombres y mujeres a los que amar.

—No quiero a nadie más, ¿no te das cuenta? —Estamos armando un numerito en pleno autobús, pero no puedo evitarlo—. Te quiero a ti.

Ya está, ya lo he dicho. Quiero a Ikeda Sora, quiero estar a su lado y, por encima de todo, quiero que su operación salga bien, que vuelva a su apartamento y el señor Yamada le entregue una nueva maqueta que montar, que siga comiendo *dorayaki* y ese *ramen* que te deja echando fuego por la boca.

Escondo el rostro en su pecho para que no me vea llorar.

—Querida Ana —murmura él estrechándome con suavidad.

Eso es todo, y es más que suficiente. Sora apoya su barbilla en mi cabeza y me acaricia la espalda, y nos quedamos así durante un buen rato, oyendo la lluvia y el discreto murmullo de los otros pasajeros del autobús.

—La siguiente parada es la nuestra —dice él pasado un rato.

Nos separamos con el mismo aire desorientado. Sora agarra mi maleta con una mano y su paraguas con la otra, y luego se dirige hacia la puerta del autobús abriéndome camino galantemente.

—Quedan horas para que salga tu avión y nos da tiempo a terminar *Después del monzón* —dice mientras abre el paraguas para colocarlo sobre nuestras cabezas—. ¿Te apetece que retomemos la lectura frente a dos capuchinos?

No, no me apetece. Me apetece dar media vuelta, subirme a ese autobús y volver a Kioto inmediatamente, pero me obligo a sonreír y respondo:

—Que sean dos tés *matcha*.

Tercera Parte

NIEBLA

XII

Japón, 1868

Los primeros años que pasé viviendo en Kioto fueron tranquilos, o más de lo que yo esperaba.

Aunque los miembros del Shinsengumi eran los protectores de la ciudad imperial, su cuartel general se encontraba en la aldea de Mibu; de ahí que sus enemigos los llamaran *Miburo*, «los lobos de Mibu», para desprestigiarlos. Lo cierto es que Hiroshi, aunque plenamente consciente de sus deberes como capitán, no defendía su causa con la misma fiereza que algunos de sus compañeros. No me contó gran cosa de ellos, exceptuando alguna que otra mención de su comandante, Kondo Isami, al que parecía respetar, y al capitán Hijikata Toshizo, del que estaban enamoradas la mitad de las mujeres de Mibu. Pero, desafortunadamente para dichas mujeres, los miembros del Shinsengumi rara vez contraían matrimonio. Mi esposo era un caso excepcional, y no fue bien visto por todos sus compañeros. Por eso decidimos, de mutuo acuerdo, que yo no viviría en el cuartel, con sus hombres, sino en una casa situada a las afueras de la aldea.

Pensé que me costaría más adaptarme a la vida en una casa tradicional japonesa, pero pronto descubrí, gratamente sorprendida, que todo aquello me gustaba. Era como si el tiempo transcurriese más despacio allí, como si la vida fluyese de un modo distinto. Akiko vino a vivir conmigo, por descontado, e incluso adoptamos a un gato tuerto que apareció maullando en el jardín al poco tiempo de habernos mudado. Al gato lo llamamos Kuro, le pusimos un cascabel y le hicimos engordar a base de restos de pescado hasta que mi esposo, en una de sus visitas, tuvo que poner orden para impedir que el pobre animal acabara reventando.

Eran días apacibles. Yo me sentaba a tomar el sol en el *genkan*, descalza y con Kuro en mi regazo, y leía todo lo que pasaba por mis manos, en español, en inglés y, con el tiempo, también en japonés. También escribía largas cartas a mis padres y a Martina, que, no sin reticencia, aceptaron mi nueva vida como esposa de un *ronin* y empezaron a hacerme insinuaciones sobre traer hijos al mundo.

No era algo que yo no deseara, pero las visitas de Hiroshi eran tan pocas y tan espaciadas que no lograba quedarme encinta. Habíamos alcanzado cierta paz familiar y, pese a todo, yo lo echaba profundamente de menos, tanto que extrañaba aquellos días en Minodake. Planeábamos visitar la aldea y a Ikeda-sama al año siguiente, pero los acontecimientos políticos nos lo impidieron; y es que, mientras yo le leía *Jane Eyre* a Akiko y ella me ayudaba a descifrar *El gran espejo del amor entre hombres* y se reía al ver mi cara de sorpresa y diversión al conocer los escarceos amorosos de sus protagonistas, todos varones, Japón se acercaba cada vez más al borde del abismo, al enfrentamiento directo entre el viejo y el nuevo mundo.

—Su esposo tiene muchas cosas en la cabeza, señora —solía decirme Akiko para consolarme.

Yo sabía que era cierto y, sin embargo, a veces me sentía tan irritada con él que, cuando me visitaba, lo atormentaba a propósito, mostrándome fría en su presencia o hablándole con palabras duras. Mi marido, siempre paciente, esperaba a que yo misma me arrepintiera de mi actitud y me recibía en sus brazos amorosos; habíamos llegado a comprendernos bien el uno al otro, o más bien él me comprendía y yo me preguntaba sin cesar qué habría dentro de su mente y su corazón. Hasta que llegué a la conclusión de que nunca llegaría a saberlo, de que había pensamientos y emociones que mi esposo jamás permitiría que nadie viese, ni siquiera yo.

Pero me traía lirios siempre que venía, de todos los colores, y me hacía el amor con tantas ganas que yo me sentía amada incluso cuando lo veía marchar de nuevo al cuartel general, con su chaqueta celeste y las dos espadas oscilando al compás del galope de su caballo.

Fueron años apacibles, sí. Hasta que la guerra llegó.

Recuerdo aquella mañana de febrero porque hacía frío y Kuro no dejaba de maullar, encogido en mi regazo, mientras Akiko y yo nos calentábamos las manos en sendas tazas de té.

Cuando llegó el mensajero, estábamos hablando del futuro de mi doncella y amiga.

—No puedes quedarte conmigo para siempre, querida —le decía yo, aunque mis propias palabras me rompían el corazón—. Tendrás que tener tu propia vida en algún momento.

—No, señora. —Akiko sopló para enfriar su té—. No me prometieron al nacer, lo cual considero una bendición, pues puedo disponer de mi propia vida como guste y elegiré quedarme con usted hasta que quiera prescindir de mis servicios.

—Entonces, te quedarás para siempre —dije sonriéndole a pesar de todo—. Sin embargo, te ruego que no dejes de buscar tus propios placeres.

—No me interesan los hombres, señora.

—Soy consciente de ello —respondí bajando la vista discretamente—, y también me consta que sientes debilidad por las bellas y bravas guerreras, como Juana de Arco.

Y como Sayaka-san, pensé, pero no lo dije en voz alta. Fue la propia Akiko quien, al escuchar mis palabras, sonrió con tristeza y murmuró:

—Nunca había visto nada tan hermoso, señora.

Supe a qué se estaba refiriendo: a aquella ocasión en la que nos vio a Sayaka-san y a mí lavándonos en el jardín de la casa de los Ikeda, en Minodake. Incluso yo, que no me sentía atraída por las mujeres, había sido capaz de admirar el cuerpo de mi cuñada, tan esbelto y con aquellos magníficos pechos que cualquier amante hubiese anhelado besar.

—¿Ninguna otra mujer merece tu interés, querida? —le pregunté con cautela.

—Hay muchachas agradables en Mibu, pero es difícil saber si... —Akiko arrugó el entrecejo—. No quisiera molestar a ninguna.

Iba a decirle que no creía que fuese capaz de molestar a nadie cuando llegó el mensajero del Shinsengumi para darnos la noticia: el veintisiete de enero, poco después de la última visita de Hiroshi, las fuerzas del shogun Tokugawa se habían enfrentado a las de los dominios del sur, Satsuma y Choshu, en Toba y Fushimi, en las proximidades de Kioto. La guerra entre el shogun y el joven emperador Meiji había sido oficialmente declarada.

Me temblaba todo el cuerpo mientras el joven mensajero hablaba. Los imperialistas, pese a que odiaban a los extranjeros, no habían tardado en adoptar su armamento y sus técnicas de guerra, mientras que los quince mil hombres que luchaban por el shogun habían respetado las reglas del combate tradicional, luchando con katanas, *wakizashi* y *naginata*. El resultado había sido catastrófico: tan solo cuatro días después, las tropas del shogun, diezmadas y desmoralizadas tras la traición de uno de sus propios clanes, habían tenido que retirarse a Ozaka.

Y mi esposo, que había sobrevivido, se encontraba allí.

Mientras Akiko y yo recogíamos nuestras cosas apresuradamente y Kuro nos seguía emitiendo maullidos lastimeros, yo me preguntaba cómo debía de sentirse Hiroshi en ese momento. Él había nacido en el dominio de Satsuma, cuyos clanes se enfrentaban ahora al shogun. De no haber perdido a su señor, de no haberse convertido en uno de los *ronin* que formaban parte del Shinsengumi, ahora mismo estaría luchando junto al bando vencedor, exhibiendo los colores de su antiguo linaje samurái y exigiendo, entre otras cosas, la expulsión de los extranjeros de su país. ¿Y dónde estaría yo mientras tanto? ¿En Edo, con mis padres, o en Ceilán, aborreciendo a mi esposo mientras luchaba contra el calor y las moscas?

Apenas pudimos llevar equipaje con nosotras y tuvimos que compartir un solo caballo. A Kuro lo metimos en un cesto y no dejó de quejarse durante todo el camino. No quise mirar mi casa una última vez, pues no sabía si volvería a verla algún día. El cielo estaba gris, cargado de niebla, como si algún dios antiguo quisiera recordarnos que nada volvería a ser tan hermoso como antes. Cuando apenas llevábamos unos minutos cabalgando, comenzó a caer una lluvia ligera que hacía que los cascos de los caballos salpicaran barro por todas partes. Nuestro guía apretó los dientes y aceleró de todos modos. Akiko y yo, abrazadas sobre el caballo, suspiramos al mismo tiempo y, por una vez, mi amiga no me contó ninguna historia de *yurei* para entretenerme. Yo casi lo eché de menos.

Al cabo de una hora, cuando mi kimono ya estaba empapado y empezaban a dolerme los huesos de frío, el hombre se detuvo y vi lo mismo que él: un grupo de guerreros de aspecto temible, armados y ataviados con chaquetas azules, aguardaba en silencio. Uno de ellos, el único que no iba uniformado, sino vestido con armadura y un casco que le cubría el rostro, se adelantó al vernos llegar:

—¿Sayuri-chan?

Aquella voz, suave y modulada, hizo que se me encogiese el corazón.

Sayaka-san se quitó el casco y me miró. Cuando pude verla a la luz, me pareció que había envejecido una década. Había una nueva cicatriz en su rostro, reciente todavía, que le cruzaba horizontalmente la nariz, y le habían salido pequeñas arrugas alrededor de la boca. Llevaba el pelo recogido en un moño alto, como los hombres, y estaba sucia de barro.

—¿Sayaka-san? —murmuré asombrada—. ¿Qué haces aquí?

—El capitán Ikeda ordenó a estos hombres que te esperaran para escoltarte hasta Ozaka —dijo mientras trataba de calmar a su caballo, que parecía agitado—. Yo también quise quedarme. Nakano-sama me envió a Toba para luchar por el shogun Tokugawa.

—¿Cómo está ella? —pregunté con cierto nerviosismo.

—Viva. —Sayaka-san resopló y tiró de las riendas de su caballo—. Aprisa, no hay tiempo que perder. El grueso de las tropas imperialistas marcha ahora hacia Edo, pero podrían enviar soldados a Ozaka, donde el shogun se prepara para la próxima batalla, y no queremos que nos encuentren por el camino.

Con un firme «¡*kyah!*», Sayaka-san nos hizo ponernos en marcha a todos. Incluso Kuro se calmó un poco al oír su grito, aunque aquella momentánea paz no duró demasiado. Para cuando tuvimos que detenernos para pasar la noche a cubierto, en unas tiendas rudimentarias que los hombres del Shinsengumi instalaron rápidamente, la llovizna había cesado, pero el frío lo inundaba todo como una ola imparable. Yo me acerqué, tiritando, a una de las hogueras del campamento, dejando que mi gato se hiciese un ovillo sobre mí, y Akiko fue a ayudar a Sayaka-san a repartir la cena, consistente en exiguas raciones de arroz hervido directamente sobre los cascos de los hombres.

—Habrá más arroz para ti, Sayuri-chan —me dijo mi cuñada cuando pasó por mi lado—, por orden de tu esposo.

Pero yo rehusé la oferta e insistí hasta que Sayaka-san aceptó repartir esa ración extra entre los soldados. A diferencia de ellos, yo no tendría que luchar si los imperialistas nos atacaban de camino a Ozaka.

Por la noche, me refugié en una de las tiendas, siempre abrazada a Kuro, y me propuse esperar a que Akiko se uniese a mí antes de dormirme, pero caí rendida sin pretenderlo. Desperté de madrugada y, cuando empujé a mi gato para salir reptando de la tienda en busca de mi amiga, vi que el campamento estaba envuelto en bruma y sumido en un silencio roto únicamente por los jadeos de dos personas. No necesité espiar para saber lo que estaba ocurriendo en la tienda contigua, por lo que regresé velozmente al interior de la mía y, tras recibir un bufido indignado de Kuro por haberlo despertado en vano, me dormí abrazándome a mí misma y extrañando más que nunca a mi marido.

La visión de los tejados de Ozaka me provocó un júbilo momentáneo, no podía esperar a estar en los brazos de mi esposo. Junto a mí, Akiko permanecía sumida en un profundo silencio, que yo sospechaba que se debía a lo sucedido la noche anterior. Me compadecí de ella, pues la pobrecilla había pasado de desear en vano a una mujer a convertirse en un desahogo momentáneo. Desde que habíamos levantado el campamento, Sayaka-san no había mostrado más interés en Akiko que en el más insignificante de los soldados que nos escoltaban.

—Deje de mirarme así, señora —me dijo mi amiga mientras el castillo aparecía frente a nosotras, con sus paredes blancas y su tejado azul, entre cerezos desnudos que me hacían extrañar la primavera más que nunca—. Siempre supe que no podría competir con Nakano-sama, pero lo ocurrido esta noche lo atesoraré en mi corazón para siempre. —Akiko entornó los ojos como si contemplara el castillo, pero yo sabía que estaba viendo imágenes muy distintas, unas que solo existían en sus recuerdos—. Anoche no existía Nakano-sama, solo yo. Solo yo —repitió en voz baja, y yo la dejé rumiando su pena y su resignación para concentrarme en mi inminente reencuentro con Hiroshi.

Nunca antes había visitado Ozaka, pero la encontré como cualquier ciudad que teme un asedio: silenciosa, expectante y triste. Se encontraba en la desembocadura del río Yodo, abierta al mar, y la silueta de la bahía aparecía gris ante mis ojos. Me pregunté por qué pasábamos de largo junto al castillo, donde se suponía que se encontraban el shogun y sus hombres de confianza, y nos dirigíamos directamente hacia el puerto, en el que reinaba una actividad frenética. ¿Acaso Hiroshi planeaba reunirse conmigo en un barco? ¿Iban las tropas leales a navegar hasta Edo para adelantarse a los imperialistas? ¿Qué sería de mis padres, que se hallaban en la capital del shogunato, y del resto de los extranjeros que vivían allí? ¿Habrían tenido el buen juicio de tomar un barco que los llevara a China de inmediato, hasta que las cosas se calmaran en Japón, o confiarían en la protección del shogun hasta el último momento?

Un mensajero nos alcanzó cuando ya divisábamos los juncos que se mecían al compás del viento salado, intercalados con algún llamativo barco de vapor. Sayaka-san lo recibió con aire grave y, conforme hablaba, su rostro se fue crispando hasta que la mujer, furiosa, arrojó el casco al suelo. Akiko y yo intercambiamos una mirada, pero no nos atrevimos a preguntar. Durante varios minutos, los hombres del Shinsengumi discutieron entre ellos en voz baja mientras Sayaka-san permanecía en trance, contemplando el mar sin verlo realmente.

Después, por fin, se dirigió a mí y me habló con aspereza:

—Tomarás el próximo barco a Edo.

—¿Cómo? —dije lentamente—. ¿Y Hiroshi?

—Él lo ha dispuesto todo. —Sayaka-san no parecía dispuesta a seguir hablando, pero, cuando hizo ademán de alejarse de mí, la retuve del brazo.

—¿Es que no voy a verlo? —pregunté con una nota de pánico en la voz.

—No, él ha partido ya rumbo a Edo. —Las palabras de mi cuñada me provocaron un dolor sordo en el pecho—. Antes de saber que el shogun Tokugawa...

Apretó los dientes. Yo la miraba sin comprender.

—¿El shogun Tokugawa...? —la invité a continuar.

—Se ha marchado a Edo en barco él también. —Sayaka-san inspiró profundamente—. Supongo que para confundir a nuestros enemigos.

Sus palabras estaban cargadas de rabia contenida. Incluso yo, que no era ninguna experta en asuntos bélicos, sabía que aquello se parecía más a una huida que a una estrategia militar.

Como no podíamos hacer otra cosa, Akiko y yo tomamos ese barco moderno que nos conduciría velozmente a Edo. Cuando estábamos cruzando la pasarela, Kuro logró abrir la tapa del cesto y, al ver el mar bajo nuestros pies, soltó un maullido histérico y huyó de regreso al puerto. Lo perdimos de vista en cuestión de segundos y comprendimos que ya no volvería, por lo que zarpamos sin él. Me sorprendí a mí misma derramando lágrimas por ese gato quisquilloso y gordinflón, pero, en mi fuero interno, sabía que no lloraba por él, no realmente.

Cuando nuestro barco arribó a Edo, el castillo de Osaka ya estaba en manos de los imperialistas, pero nosotros aún no lo sabíamos. Nos recibieron algunos miembros del Shinsengumi, entre los cuales no estaba mi esposo, y también dos extranjeros a los que pronto reconocí.

—¡Padre, madre! —los llamé desde la pasarela del barco, aliviada al verlos sanos y salvos.

Me refugié en sus brazos por primera vez en años y, cuando me aparté para verlos bien, descubrí que apenas habían cambiado: mi padre seguía pareciendo un estudioso distraído, aunque quizá tuviese el pelo un poco más gris y las gafas un poco más rotas, y mi madre no había envejecido excepto por una nueva arruga que dividía su frente. Por lo demás, ambos se mostraron aliviados al verme llegar.

—Querida Amelia —suspiró mi madre acariciándome las mejillas—, qué triste que tengamos que reencontrarnos en un momento como este.

—¿Cómo están las cosas en Edo, madre? —pregunté sin perder de vista a Sayaka-san, que iba y venía por el puerto con aire lúgubre, cuchicheando con diferentes hombres y maldiciendo entre dientes cada poco rato.

—Tranquilas —contestó mi padre—, para nosotros. ¿No te has enterado?

—¿De qué?

—El shogun Tokugawa ha rechazado la ayuda de Léon Roches, el embajador francés, y este ha dimitido. —Sus palabras me provocaron un nudo en el estómago—. Parkes está reuniendo a los diplomáticos de todos los países extranjeros para firmar una declaración de neutralidad.

Henry Parkes era el ministro británico. Comprendí lo que suponía aquello para las fuerzas leales al shogunato: menos apoyos todavía. ¿En qué diablos estaba pensando el shogun, por qué no había querido aceptar la ayuda de Roches? ¿Es que ya daba por perdida la guerra, por eso había escapado de Osaka de ese modo tan indigno?

¿Y mi esposo? ¿Dónde estaba, por qué no había venido a buscarme al puerto?

—¿Qué voy a hacer ahora? —pregunté sin dirigirme a nadie en particular, solo por desahogarme; pero mi padre contestó con firmeza:

—Vamos a tomar el próximo barco a China, y desde allí volveremos a Europa. —Solo entonces me fijé en los baúles que había a sus pies—. Te estábamos esperando, Amelia, pero ya ha llegado el momento de marcharnos. Vinimos a este país porque era un lugar pacífico en el que yo podría desarrollar mis estudios, pero mis propios colegas del Real Jardín Botánico de Madrid me han aconsejado volver. Además —añadió ignorando mi cara de desasosiego—, tu hermana tendrá ganas de vernos.

—¡Pero yo estoy casada! —Sacudí la cabeza, incapaz de aceptar eso—. No me iré sin mi marido, vosotros podéis marcharos cuando queráis.

—Amelia... —empezó a decir mi madre, pero yo no quería escucharla:

—Hiroshi lo dispuso todo para que yo viniese a Edo y lo esperaré hasta que aparezca, no me importa que pasen años hasta entonces. —El viento cargado de sal sacudía mis ropas y me hacía temblar de frío, pero me abracé a mí misma y traté de mantenerme firme en medio de aquel temporal que amenazaba con ahogarme en cualquier momento—. No me iré sin él.

—Sayuri-chan —dijo entonces Sayaka-san desde algún punto situado a mis espaldas—, hay algo que debes ver.

Había dos hombres junto a ella, dos miembros del Shinsengumi. Erguidos y mirando al frente, como si portaran un objeto sagrado, me mostraron una arqueta de madera lacada en negro.

Yo podía sentir las miradas de mis padres y Akiko clavadas en mí, pero, cuando Sayaka-san abrió la arqueta y dio un paso atrás, olvidé que no estaba sola y grité de espanto.

Dentro estaba el *tanto* de mi esposo, cuidadosamente recogido en su vaina roja y colocado sobre un cojín decorado con borlas. Y justo al lado, casi oculto entre los pliegues de seda, había un lirio blanco.

—El último regalo de su esposo, señora —dijo uno de los hombres sin dejar de mirar hacia delante.

No. No, no podía creerlo.

No podía aceptarlo.

—Hiroshi nunca quiso reunirse conmigo en Edo —murmuró espantada—, sino enviarme de vuelta a España.

—Ya no queda nada para ti en Japón, Sayuri-chan. —Sayaka-san estaba derramando lágrimas amargas—. Cumple la última voluntad de un hombre enamorado y vive para recordarlo.

Apenas recuerdo lo que sucedió después; creo que mis padres me ayudaron a subir al barco que nos esperaba en el puerto mientras yo lloraba sin consuelo, que Akiko vino detrás de mí, discreta como siempre, y que Sayaka-san nos observaba desde el puerto mientras nos alejábamos en el horizonte. Creo que pasé días sin probar bocado y durmiendo de puro agotamiento, y creo que ni siquiera hablé hasta que llegamos a China.

También creo que fue entonces cuando decidí escribir este libro contando mi historia, la historia de un fracaso. Porque, aunque siempre deseé ser Ikeda Amelia, terminé huyendo miserablemente de un país en ruinas como lo que el destino me había condenado a ser: una forastera en Japón.

Capítulo 13

Kioto, aeropuerto de Kansai
Febrero de 2018

—No.

Sora me mira en silencio. Mi té se ha enfriado, pero no me importa lo más mínimo, ahora mismo estoy completamente indignada, no puedo dar crédito a lo que acabo de escuchar.

—Me estás tomando el pelo —le espeto a Sora, que permanece impasible—. Esta historia no puede acabar así.

—Pues es la última página del libro —contesta él. Tan tranquilo.

—¡Te digo que no puede acabar así! —Algunas personas se vuelven hacia nosotros, pero yo las ignoro a todas—. ¡No puedo haber estado días esperando que Hiroshi y Amelia tuviesen un final feliz para enterarme de que él la palmó en la guerra y ella tuvo que volver a España hecha pedazos!

—Te dije que no todos los finales podían ser felices...

—¡Me da igual lo que me dijeses! —Mi corazón late con fuerza y tengo ganas de echarme a llorar. No sé por qué me importa tanto esta historia, si sucedió hace ciento cincuenta años y ya nada tiene remedio, pero el caso es que me importa. Entonces se me ocurre algo—: ¡Es imposible que todo se termine ahí, en el puñetero puerto de Edo! ¡Completamente imposible!

—¿Por qué? —Sora arquea las cejas. Juraría que el condenado de él está reprimiendo una sonrisa.

—¡Porque tú y yo no existiríamos, pedazo de adoquín! —Me inclino sobre la mesa con el ceño fruncido—. Amelia no menciona que tuviese ningún hijo antes de marcharse de Japón.

—Puede que estuviese embarazada.

—No —insisto—. Incluso si lo estaba y dio a luz a mi bisabuela, ni ella ni sus hermanos fueron jamás a Japón.

—Entonces, ¿qué piensas? —Sora continúa hablando con calma—. ¿Qué crees que sucedió en realidad?

—Que Hiroshi no estaba muerto —digo casi desafiante—, y que Amelia volvió.

Por fin, Sora deja escapar la sonrisa que había estado conteniendo.

—Amelia estaba embarazada de tu bisabuela cuando se marchó de Japón —me explica—. Pero después volvió. Cuando descubrió —concluye ensanchando su sonrisa— que, después de todo, Ikeda Hiroshi no había muerto en la Guerra Boshin.

Una parte de mí quiere suspirar de alivio y otra se muere de ganas de echarle todo el té por encima a Sora, por haberme tenido en ascuas durante los últimos minutos, pero lo que hago al final es hundirme en el asiento y cruzarme de brazos.

—¿Y escribió otro libro?

—No. No lo sabemos —se corrige—. Lo estoy investigando ahora mismo y había pensado que...

—¿Qué?

—Si salgo de esta, ¿querrás ayudarme? —me pregunta casi con cautela—. No tienes por qué estar viniendo a Japón, podemos hablar por videoconferencia y...

—¿Y acostarnos por videoconferencia? —sugiero fríamente.

—¡Amelia! —Sora mira alrededor escandalizado, pero yo resoplo:

—Por supuesto que querré ayudarte y por supuesto que vendré más a Japón... siempre y cuando mi cartera me lo permita.

—Puedo pagarte todos los viajes que quieras —murmura él suspirando—, pero todo esto suponiendo que esta tarde...

—Esta tarde, Sora, todo irá bien —digo con firmeza—. Pero me surge una duda: ¿cómo puedes estar seguro de que Hiroshi sobrevivió a la guerra?

—No sabemos si Amelia escribió más libros, pero lo que seguro que escribió, ya en 1876, fue una carta dirigida a su cuñada. —Él pasa la última página del libro—. Esa carta no aparece en este ejemplar de *Después del monzón*, pero está recogida en ediciones posteriores.

—¿Y qué dice? —Yo apenas puedo contener mi impaciencia.

—Responde a una carta previa de Sayaka-san en la que debió de decirle que Hiroshi seguía vivo y le informa de que zarpará a Japón en cuanto ponga en orden ciertos asuntos. Asuntos que, presumo, tenían que ver con tu bisabuela.

—Me encantaría saber cómo fue su reencuentro con Hiroshi tantos años después.

—Ocho en total —asiente Sora—. A mí también me gustaría, por eso quiero investigarlo.

—Y lo haremos —digo muy convencida. Ya se me ha pasado el enfado con él—. Juntos.

—Ojalá.

Me quedo callada. Hay cosas de *Después del monzón* que tengo que asimilar todavía, y algo me dice que no lo haré del todo ni en el avión ni durante los próximos días que pase en España, ni siquiera cuando hable con mi madre o cuando quede con Marta para contarle mis aventuras. Por lo menos, la historia de Hiroshi y Amelia me permitirá tener la mente ocupada con algo y no pensar todo el rato en la persona a la que estoy a punto de dejar atrás.

Sora consulta su reloj y se pone en pie.

—Tienes que irte.

—Ya. —Suspiro y también me levanto—. Bueno, pues... gracias por todo.

Ya está, aquí se acaba nuestra historia. Con un «Gracias por todo», y la promesa de hablar por videoconferencia o hacer otro viaje... algún día. ¿También yo tendré que escribir un libro sobre esto, con futuras entregas en las que corrija este penoso final con nuevos y fogosos reencuentros? La sola idea me parece deprimente.

La gente ya está haciendo fila frente al control. Sora y yo nos detenemos y nos miramos al mismo tiempo.

—Buena suerte esta tarde —me despido.

—Yo no tengo que hacer gran cosa, pero gracias. —Sora intenta sonreír y me entrega el ejemplar de *Después del monzón* en español—. ¡No te olvides de esto!

Me lo guardo sin decir nada porque ahora mismo no soy capaz de hablar; si lo hago, lloraré, y lo último que necesita alguien a quien van a operar a corazón abierto es aguantar una escenita en el aeropuerto.

Entonces, siguiendo un impulso, me agacho para

abrir mi maleta, de la que extraigo un viejo cuaderno de tapas de cuero.

—Es uno de los herbarios de Amelia —le confieso—. Hay dos lirios prensados en la última página, supongo que son... —Trago saliva antes de continuar—. El primero y el último.

—Tal vez no fuese el último —dice Sora—. ¿Seguro que quieres que me lo quede? Debe de ser muy valioso para ti.

—Quiero que te lo quedes porque es muy valioso para mí. —Al ver que duda, se lo pongo en las manos—. Cuídalo.

Finalmente, Sora esboza una sonrisa nerviosa y estrecha el cuaderno contra su pecho en señal de apreciación. Yo también le sonrío, pero dejo de hacerlo enseguida.

Nuestro último beso es torpe y tristemente rápido. ¿Por qué recrearnos en algo que ya se ha terminado? Cuando le doy la espalda a Sora para dirigirme hacia el control, donde hay apiladas varias bandejas para depositar objetos personales, visualizo lo que vendrá después: un viaje de avión, el frío de Madrid, yo escuchando música triste japonesa sin entender ni una sola palabra, yo abalanzándome sobre el móvil cada vez que suene por si es Sora enviándome un mensaje o el señor Yamada dándome la peor de las noticias. Yo hablándoles a mis nietos, si los tengo, de aquel hombre japonés con el que tuve una aventura durante el viaje más alocado de mi vida.

La bandeja resbala entre mis dedos y cae sonoramente a mis pies.

Cuando me doy la vuelta, Sora sigue en el mismo sitio. La gente me mira, pero yo ya no tengo ojos para nadie más. Decidida, giro sobre mis talones y camino hacia él.

—Vámonos.

—¿Qué? —Sora parpadea confundido.

—No me hagas coger ese vuelo. —No quiero que me tiemble la voz, pero no puedo evitarlo—. Déjame estar contigo. Quiero estar aquí si las cosas salen mal, y también si salen bien. Quiero quedarme a tu lado hasta que podamos escribir juntos el final de nuestra historia, sea cual sea. No quiero ser como Amelia, no quiero rendirme tan pronto.

Sora me mira con los ojos muy abiertos, es como si hubiese perdido el habla. Sus labios están ligeramente separados, pero no emite ningún sonido, solo me observa.

—Si prefieres que lo nuestro se acabe, lo respetaré —aclaro al ver que no parece dispuesto a pronunciarse. No recuerdo haber estado tan nerviosa en toda mi vida—. Pero, si prefieres que siga a tu lado, solo tienes que decírmelo. Paso de ese avión, ¿entiendes?

Me gustaría sonreírle, pero la verdad es que estoy llorando como una tonta.

Y él también. Se tapa la boca sin dejar de mirarme mientras sus ojos se anegan por completo. La gente nos observa al pasar, pero, de nuevo, yo no les presto la menor atención.

—¿De verdad... quieres? —murmura Sora por fin—. ¿Quieres quedarte? ¿Sabiendo lo que puede pasar?

—La vida no nos pregunta cuál es el mejor momento para enamorarnos. —Me encojo de hombros—. Vamos, volvamos a casa.

—Espera, Ana, no tan deprisa. —Sora frunce el ceño—. Voy a pagarte ya un billete de vuelta para la semana que viene y no, no quiero oír ni una sola queja. También voy a darte una copia de las llaves de mi apartamento para que puedas ir y venir sin necesidad de pedírmelas. Si todo sale mal —dice mirándome con gravedad—, quiero que no tengas problemas para volver a España.

—¿Y si todo sale bien?

Una sonrisa curva los labios de Sora al escucharme decir eso. Pequeña, pero llena de esperanza.

—Entonces —dice ofreciéndome su brazo—, haremos lo que tú dices: escribiremos juntos el final de nuestra historia, sea cual sea. —Y añade resoplando—: Yo tampoco quiero ser como Hiroshi.

Llueve cuando salimos del aeropuerto, pero, por una vez, no dejo que Sora saque el paraguas, lo que hago es echar la cabeza hacia atrás y disfrutar de la lluvia.

—Vas a mojarte —me dice preocupado.

—Esa es la idea.

Nuestros labios se encuentran bajo la cortina de agua y yo no puedo evitar pensar que, si escribiese un diario como el de Amelia, me gustaría que acabara así: con una decisión valiente y un beso bajo la lluvia. Pero sé que yo, igual que mi antepasada, también tendré que enfrentarme a la realidad que está por venir. Tarde o temprano.

Epílogo

Madrid, aeropuerto de Adolfo Suárez-Barajas
Mayo de 2018

—¿Por qué no salen ya? Se supone que el avión ha aterrizado hace un rato.

Natalia Pequerul me mira con indulgencia. Lleva un vestido rojo, a juego con el color de sus labios, y todo en ella irradia calidez.

—¿Tienes ganas de verlo?

—¿Tú qué crees? —resoplo—. Hace ya más de un mes que volví de Japón.

—El profesor Ikeda se ha recuperado muy deprisa. —Ella se vuelve hacia las pantallas que anuncian las llegadas—. Ni siquiera sabía que lo habían operado del corazón.

—No quiso contárselo a nadie —admito—. Es un hombre muy reservado.

—Pero no lo suficiente como para no emparejarse con una europea. —Los ojos de la investigadora adquieren un brillo pícaro—. No son muchos los japoneses que se atreven a hacerlo.

Sonrío como una tonta, que Sora sea mi pareja con

todas las de la ley es algo que sigue haciéndome suspirar a ratos.

Aunque lo pasamos mal, recuerdo con cariño aquellos días en Kioto, después de su operación, cuando estábamos todo el día juntos en la habitación del hospital. Vimos comedias japonesas (para evitar encontrarnos con protagonistas muriendo dramáticamente al final), comimos fideos con poco picante (los médicos no se lo permitían a Sora) y yo compré libros en español para leérselos en voz alta. No volvimos a tocar *Después del monzón*, ninguno de los dos ejemplares, porque consideramos que ya habíamos explorado lo suficiente el pasado y debíamos mirar un poco hacia el futuro para variar.

Cuando los médicos le dieron el alta, aún me quedé unas semanas en su apartamento, conociendo la ciudad mientras él trabajaba y disfrutando de su serena compañía por las noches. Los dos comprobamos que podíamos convivir fácilmente, a pesar de su manía de lavar los platos después de comer, antes de la siesta y todo, y de las veces que yo lo despertaba de madrugada para ponerme cariñosa y él acababa yendo con ojeras a la universidad. Lo único que nos permitimos hacer en relación con nuestro trepidante pasado familiar fue visitar los monumentos en honor al Shinsengumi, y yo, al ver la estatua de Kondo Isami, comenté que tenía cara de mal genio y provoqué mi primera discusión de pareja en condiciones. Entonces aprendí que, para los japoneses, hay cosas con las que no se puede bromear.

Volví a Madrid hace más de un mes, a principios de abril, porque consideraba que ya era hora de reencontrarme con mis padres, con Marta y con mi capuchino favorito. Ahora es Sora el que viene a España, y él ha cogido un billete solo de ida. Se quedará en mi apartamento mientras dure el congreso y luego... ya veremos.

—Ya salen —me dice Natalia señalando las puertas. Acaban de abrirse.

Un grupo de turistas japoneses sale en primer lugar. Después una familia y, finalmente, un hombre trajeado.

Se detiene al verme. Y yo también. Los dos nos miramos desde la distancia, con la misma sonrisa en los labios, quizá con el mismo temblor en las rodillas. Yo, por lo menos, estoy de los nervios por primera vez desde que nos conocemos.

—Voy a mirar hacia otro lado. —Natalia parece divertida—. Tendréis ganas de saludaros como es debido.

Me dedica un guiño amistoso y se aleja. La he conocido hoy mismo, cuando Sora me ha dicho que la universidad la enviaría a recibirlo por cortesía, pero me parece tan agradable que casi me siento culpable por haber mentido sobre ella en el pasado. Me imagino que acabaré dándole una larga e innecesaria explicación en algún momento de mi vida, pero no ahora.

En cuanto Natalia se aleja, yo echo a andar hacia la puerta. Sora hace lo mismo, muy deprisa, casi corriendo, pero se detiene bruscamente justo antes de alcanzarme.

—¿No vas a darme un abrazo? —le pincho.

—Estás preciosa. —Él suspira abrumado.

Soy yo la que, finalmente, le echa los brazos al cuello, quizá porque en España no está tan mal visto besarse en el aeropuerto o quizá porque siempre voy a ser la más efusiva de los dos. En cualquier caso, cuando Sora me rodea con sus brazos y me estrecha contra su pecho, contra su corazón, soy consciente de que no estamos escribiendo juntos el final de nuestra historia, esto es solo el principio. Lo mejor aún está por venir.

ÚLTIMOS TÍTULOS PUBLICADOS EN HQN

La institutriz y el escocés de Julia London

Conquistar la luna de Marisa Ayesta

Irlanda, Luchando por una pasión de Claudia Velasco

Atracción en Nueva York de Sarah Morgan

Todo lo que siempre quiso de Kristan Higgins

Martina de Carmela Trujillo

Tras la pista que me llevó a ti de Caridad Bernal

Lazos de amistad de Susan Mallery

Cómo enamorarse de un hombre que vive debajo de un arbusto de Emmy Abrahamson

Misión California de Martina Jones

Donde pertenecemos de Brenda Novak

Prefiero llamarlo magia de Eugenia Casanova

La dama pirata y el escocés de Julia London

Cuando ya no te esperaba de Claudia Cardozo

Noches de invierno de Jill Shalvis

Empezar de nuevo de Isabel Keats

www.ingramcontent.com/pod-product-compliance
Lightning Source LLC
LaVergne TN
LVHW091624070526
838199LV00044B/922